AMBROSE BIERCE

HINTER DER WAND

AMBROSE BIERCE

Hinter der Wand

SCHWARZE GESCHICHTEN

MIT BILDERN

VON KLAUS BÖTTGER

Büchergilde Gutenberg

Inhalt

SEITE 9 Der Tod Halpin Fraysers
THE DEATH OF HALPIN FRAYSER

32 Das Geheimnis von Macargers Schlucht
THE SECRET OF MACARGER'S GULCH

44 Eine Sommernacht
ONE SUMMER NIGHT

48 Die mondhelle Straße
THE MOONLIT ROAD

63 Eine Todesdiagnose
A DIAGNOSIS OF DEATH

69 Moxons Meister
MOXON'S MASTER

84 Ein verbissener Kampf
A TOUGH TUSSLE

96 Der eine Zwilling
ONE OF TWINS

107 Die geheimnisvolle Waldschlucht
THE HAUNTED VALLEY

124 Ein Topf voll Sirup
A JUG OF SIRUP

135 Staley Flemings Halluzination
STALEY FLEMING'S HALLUCINATION

139 Eine zurückerlangte Identität
A RESUMED IDENTITY

148 Ein kleiner Stromer
A BABY TRAMP
156 Die nächtlichen Vorgänge in Deadman's Schlucht
THE NIGHT-DOINGS AT "DEADMAN'S"
169 Hinter der Wand
BEYOND THE WALL
183 Schiffbruch mit Fernwirkung
A PSYCHOLOGICAL SHIPWRECK
189 Die Mittelzehe des rechten Fußes
THE MIDDLETOE OF THE RIGHT FOOT
202 John Mortonsons Begräbnis
JOHN MORTONSON'S FUNERAL
206 Das Reich des Unwirklichen
THE REALM OF THE UNREAL
217 John Bartines Uhr
JOHN BARTINE'S WATCH
226 Das Verfluchte Ding
THE DAMNED THING
240 Haïta, der Schafhirte
HAÏTA THE SHEPHERD
248 Ein Einwohner Carcosas
AN INHABITANT OF CARCOSA
255 Der Fremde
THE STRANGER

Der Tod Halpin Fraysers

I

Denn durch den Tod wird eine größere Veränderung bewirkt, als bisher dargelegt wurde. Obwohl der Geist eines Verstorbenen im allgemeinen bei Gelegenheit zurückkehrt und manchmal von den noch im Fleische Wandelnden gesehen wird (und zwar in Gestalt des Körpers erscheinend, der ihn einst beherbergte), ist es auch schon vorgekommen, daß der ursprüngliche Körper ohne den Geist herumwandelte. Und von denen, die ihm begegneten und uns davon berichten konnten, wird bezeugt, daß ein solchermaßen auferstandener Leichnam weder eine natürliche Zuneigung noch eine Erinnerung daran besitzt, sondern nur den Haß kennt. Auch ist bekannt, daß einige Geister, die zu ihren Lebzeiten gütig waren, durch den Tod ganz bösartig werden.

(Hali)

In einer dunklen Nacht im Hochsommer erwachte ein im Wald liegender Mann aus traumlosem Schlaf und hob den Kopf, starrte ein paar Augenblicke in die Finsternis und sagte: »Catherine Larue.« Mehr sagte er nicht, und er kannte auch nicht den Grund, weshalb er überhaupt etwas geäußert hatte.

Der Mann hieß Halpin Frayser. Er hatte in St. Helena gewohnt, doch wo er jetzt wohnt, ist unsicher, denn er ist tot. Wer dazu neigt, im Wald zu schlafen, nichts unter sich als das trockne Laub und die feuchte Erde, und nichts über sich als die Zweige, aus denen das Laub fiel, und den Himmel, aus dem die Erde fiel, kann auf kein sehr langes

Leben hoffen, und Frayser war ohnehin bereits zweiunddreißig Jahre alt. Es gibt Menschen in dieser Welt, Millionen Menschen, und bei weitem die besten Menschen, die das für ein sehr hohes Alter halten: die Kinder nämlich. Denjenigen, die die Lebensreise vom Hafen der Abfahrt aus beobachten, erscheint ein Schiff, auch wenn es nur eine kleine Entfernung zurückgelegt hat, bereits sehr nah am andern Ufer zu sein. Es ist allerdings nicht sicher, ob Halpin Frayser starb, weil er im Freien schlief.

Den ganzen Tag über war er in den Bergen westlich vom Napatal gewesen und hatte nach Waldtauben und ähnlichem Kleinwild Ausschau gehalten, das jetzt gejagt werden durfte. Am späten Nachmittag hatte sich der Himmel mit Wolken bezogen, und er hatte die Richtung verloren; und obwohl er nur bergab zu gehen brauchte – was überall der sicherste Ausweg ist, wenn man sich verirrt hat –, hatte ihn das Fehlen jeglicher Wegspur so aufgehalten, daß ihn die Nacht überraschte, während er noch im Wald war. Weil er sich nun in der Dunkelheit nicht durch das Dickicht der Bärentraubenbüsche und anderen Gestrüpps hindurcharbeiten konnte, und weil er völlig verwirrt und von Müdigkeit überwältigt war, hatte er sich am Fuß eines großen Arbutusbaums niedergelegt und war in einen traumlosen Schlaf gesunken. Einige Stunden später, mitten in der Nacht, glitt einer von Gottes geheimnisvollen Boten den unabsehbaren Heerscharen seiner Gefährten voraus, die mit der Morgenröte westwärts ziehen, und flüsterte das weckende Wort ins Ohr des Schläfers, der sich aufrichtete und einen Namen nannte, er wußte nicht, warum, und auch nicht, wessen Name es war.

Halpin Frayser war weder ein rechter Philosoph, noch war er ein Wissenschaftler. Der Umstand, daß er nachts mitten im Wald aus tiefem Schlaf erwacht war und laut einen Namen genannt hatte, der seinem Gedächtnis fremd war und den er sich kaum merken konnte, erregte nicht etwa

The Death
of
Halpin Frayser
KB
7/3/90

eine interessierte Wißbegierde in ihm, das Phänomen zu erforschen. Er fand es nur seltsam, und mit einem flüchtigen, unwillkürlichen Frösteln, als beuge er sich der Tatsache, daß in dieser Jahreszeit die Nächte kühl sind, legte er sich wieder hin und schlief weiter. Aber jetzt blieb sein Schlaf nicht länger traumlos.
Er glaubte auf einer staubigen Landstraße entlangzuwandern, die hell durch die zunehmende Dunkelheit einer Sommernacht schimmerte. Woher sie kam, wohin sie führte und weshalb er auf ihr entlangschritt, wußte er nicht, obwohl ihm alles – wie stets im Traum – ganz einfach und natürlich erschien. Denn im Lande jenseits der Bettstatt können Überraschungen nicht mehr beunruhigen, und das Urteilsvermögen ist zur Ruhe gekommen. Bald kam er an eine Weggabelung. Von der Landstraße bog ein wenig benutzter Weg ab, der ganz den Eindruck machte, als sei er seit langer Zeit sogar gänzlich aufgegeben worden, und zwar, wie er meinte, weil er zu etwas Unheilvollem hinführte. Trotzdem bog er ohne Zaudern, und wie von einer gebieterischen Notwendigkeit vorangetrieben, in ihn ein.
Während er weitereilte, wurde ihm bewußt, daß ihn unsichtbare Wesenheiten verfolgten, die er sich nicht genau vorstellen konnte. Aus den Zwischenräumen der Baumstämme zu beiden Seiten des Wegs konnte er abgerissene und zusammenhanglose Flüsterlaute einer fremden Sprache erhaschen, die er dennoch teilweise verstand. Wie ihm schien, waren es bruchstückhafte Andeutungen eines ungeheuren Verschwörerplans gegen seinen Leib und seine Seele.
Seit Anbruch der Nacht war schon viel Zeit vergangen, und trotzdem wurde der endlose Wald, durch den er wanderte, von einem bleichen Schimmer erhellt, der aber nicht von einer bestimmten Lichtquelle herrührte, denn in dem geheimnisvollen Schein warf kein Ding einen Schat-

ten. Sein Blick fiel auf den rötlichen Glanz einer seichten Pfütze in der Rinne einer alten Wagenspur: sie mochte vom letzten Regen herrühren. Er bückte sich und tauchte die Hand hinein. Seine Finger nahmen Farbe an: es war Blut! Und Blut war rings um ihn her, wie er jetzt bemerkte. Auf dem Unkraut, das geil am Straßenrand wucherte, lag es in Tupfen und Spritzern auf den großen, breiten Blättern. Der Staub zwischen den Wagenspuren war wie von roten Regentropfen übersät. Große blutrote Flecke besudelten die Baumstämme, und aus dem Laub tropfte Blut wie Tau herab.
Das alles beobachtete er mit einem Entsetzen, das mit der Erfüllung des instinktiv erwarteten Endes nicht unvereinbar schien. Ihm kam es so vor, als ginge es um die Sühne eines Verbrechens, an das er sich nicht mehr recht erinnern konnte, obwohl er sich seiner Schuld bewußt war. Neben den Drohungen und Geheimnissen seiner Umgebung bildete dieses Schuldbewußtsein noch ein zusätzliches Grauen. Er bemühte sich vergebens, den Moment seiner Untat heraufzubeschwören, indem er in Gedanken sein Leben zurückverfolgte. Szenen und Ereignisse drängten sich ungestüm in seine Gedankenwelt hinein, ein Bild löschte das andere aus, oder alle verschmolzen in Wirrnis und Unklarheit, und nirgends erhaschte er eine Spur des Gesuchten. Sein Mißerfolg verstärkte sein Entsetzen. Er kam sich vor wie einer, der in der Dunkelheit gemordet hat, ohne zu wissen, wen oder warum. Es war eine furchtbare Situation. Das unheimliche Licht leuchtete still und bedrohlich, die makabren Gewächse und die Bäume, die nach stillschweigender Übereinkunft als melancholisch oder wehmütig bezeichnet werden, verschworen sich vor seinen Augen ganz offen gegen seinen Seelenfrieden, und über ihm und ringsumher erklang ein deutlich hörbares, erschreckendes Tuscheln und ein Seufzen von Geschöpfen, die ganz offensichtlich nicht von dieser Welt

stammten. Er konnte es nicht länger ertragen, und in unsäglichem Bemühen, den üblen Bann zu brechen, der ihn zu Schweigen und Tatenlosigkeit verdammte, begann er aus Leibeskräften zu schreien. Seine Stimme schien in einer unendlichen Vielzahl unbekannter Laute zu zersplittern, verlor sich lallend und stammelnd in der fernsten Ferne des Waldes und erstarb und verstummte. Dann war wieder alles wie zuvor. Aber er hatte immerhin angefangen, Widerstand zu leisten, und das spornte ihn an. Er sagte: »Ich will mich nicht ungehört ergeben! Vielleicht wandern auf dieser verwünschten Straße auch Wesen, die nicht bösartig sind. Ihnen will ich einen Bericht und eine flehentliche Bitte hinterlassen. Ich werde meine Fehler und die Verfolgungen schildern, die ich ertragen muß – ich, ein hilfloser Sterblicher, ein reuiger Sünder und harmloser Poet!« (Halpin Frayser war ein Dichter auch nur in dem Grade, wie er ein Büßer war: in seinem Traum.)

Aus seiner Tasche holte er ein kleines Notizbuch aus rotem Leder, dessen Seiten zur Hälfte für Notizen freigelassen waren. Aber er entdeckte, daß er keinen Bleistift bei sich hatte. Deshalb brach er einen Zweig vom nächsten Busch ab, tauchte ihn in eine Blutlache und schrieb hastig. Aber kaum hatte er das Papier mit der Spitze des Zweiges berührt, da erscholl aus unermeßlicher Ferne ein tiefes, wildes Gelächter, das immer lauter dröhnte und immer näher zu kommen schien – ein seelenloses, herzloses und unfrohes Lachen wie das eines einsamen Haubentauchers, der um Mitternacht am Seeufer ruft, ein Lachen, das zu einem unirdischen Schrei aus nächster Nähe anschwoll und dann allmählich abklang, als hätte sich das gräßliche Wesen, das derartige Schreie ausstieß, hinter die Grenzen der Welt zurückgezogen, aus der er gekommen war. Aber der Mann spürte, daß dem nicht so war, sondern daß es noch immer in der Nähe lauerte und sich nicht gerührt hatte.

Ein seltsames Gefühl begann von seinem Körper und seinem Geist Besitz zu ergreifen. Er konnte nicht sagen, welcher seiner Sinne – oder ob überhaupt einer davon betroffen war. Er empfand es eher als einen Bewußtseinszustand, eine geheimnisvolle seelische Gewißheit einer allmächtigen Präsenz – einer übernatürlichen Böswilligkeit, die anders war als die sie umschwärmenden unsichtbaren Wesenheiten, und ihnen an Macht überlegen. Er wußte, daß sie es war, die so gräßlich gelacht hatte. Und jetzt schien sie sich ihm zu nähern – aus welcher Richtung, vermochte er nicht zu sagen, und er wagte auch keine Vermutungen anzustellen. All seine voraufgegangenen Befürchtungen hatte er vergessen, oder sie waren mit dem ungeheuren Grauen verschmolzen, das ihn jetzt im Bann hielt. Abgesehen davon, hatte er nur noch den einen Wunsch, seinen schriftlichen Appell an die guten Mächte zu vollenden. Vielleicht könnten sie ihn irgendwann beim Durchqueren des gespenstischen Waldes erretten – falls ihm die Gnade völliger Vernichtung verwehrt sein sollte. Er schrieb in rasender Eile; Blut rann vom Zweig zwischen seinen Fingern herunter, ohne daß er erneut eintauchen mußte, aber mitten in einem Satz verweigerte ihm seine Hand den Dienst, seine Arme sanken nieder, und das Buch fiel auf die Erde. Unfähig, sich zu rühren oder zu rufen, starrte er in das eingefallene, verzerrte Gesicht und die leeren, toten Augen seiner Mutter: stumm stand sie in ihrem weißen Totenhemd vor ihm!

II

In seiner Jugend hatte Halpin Frayser bei seinen Eltern in Nashville im Staate Tennessee gelebt. Die Fraysers waren wohlhabend und erfreuten sich in der Gesellschaft, soweit diese das vom Bürgerkrieg angerichtete Unglück überstanden hatte, eines beträchtlichen Ansehens. Ihre Kinder genossen die Vorteile, die ihnen Ort und Zeit in bezug auf Rang und Bildungsmöglichkeiten boten, und dem gesellschaftlichen Umgang und der guten Erziehung verdankten sie Bildung und gute Manieren. Halpin als der jüngste und nicht sehr kräftige Sohn war vielleicht ein wenig verzogen, wie es sich aus dem zweifachen Nachteil, der Verzärtelung durch die Mutter und der Vernachlässigung von seiten des Vaters eben ergab. Frayser père war Politiker, wie es sich für jeden vermöglichen Südstaatler gehörte. Sein Land oder vielmehr sein Stadtteil und Distrikt nahmen seine Zeit und seine Gedanken so in Anspruch, daß er seiner Familie und deren Wünschen nur teilweise Gehör schenken konnte – so betäubt waren seine Ohren vom Lärm der politischen Führer und ihrem Geschrei (seinem eigenen mit inbegriffen).

Der junge Halpin hatte eine verträumte, träge und ziemlich romantische Veranlagung und neigte mehr zur Literatur als zur Jurisprudenz, dem Beruf also, in dem er ausgebildet wurde. Diejenigen seiner Verwandten, die dem modernen Glauben an die Vererbungslehre anhingen, waren völlig überzeugt, daß sich in ihm der Charakter des verstorbenen Myron Bayne, eines Urgroßvaters mütterlicherseits, abermals den Strahlen des Mondes ausgesetzt hatte, eines Himmelskörpers, von dem Myron Bayne zu seinen Lebzeiten so stark beeinflußt wurde, daß er ein recht angesehener Dichter der Kolonialzeit geworden war. Obwohl ein Frayser, der nicht auch stolzer Besitzer eines prachtvollen Exemplars der Gesammelten Werke des Ahnherrn war (seinerzeit auf Kosten der Familie gedruckt und seit langem vom nicht sehr aufgeschlossenen Büchermarkt zurückgezogen), eine seltene Ausnahme gebildet hätte, merkte man doch, auch wenn es nicht ausdrücklich erwähnt wurde, daß eine unnatürliche Abneigung bestand, den großen Toten in der Person seines geistigen Nachfolgers zu ehren. Halpin wurde ziemlich allgemein als das intellektuelle schwarze Schaf angeprangert, das jederzeit Schande über die Herde bringen konnte, sobald es anfing, in Versen zu blöken. Die Fraysers aus Tennessee waren Leute des praktischen Lebens – nicht im üblichen Sinne, daß sie niedrigem Erwerb nachgegangen wären, sondern sie hegten ehrliche Verachtung für alle Eigenschaften, die einen Mann für den gesunden Beruf des Politikers untauglich machten.

Um dem jungen Halpin jedoch Gerechtigkeit widerfahren zu lassen, sei hier erwähnt, daß sich zwar die meisten geistigen und moralischen Eigenschaften, die dem berühmten Barden der Kolonialzeit von der Geschichte und von der Familientradition zugeschrieben wurden, ziemlich genau auch in Halpin wiederfanden, daß jedoch die Annahme, er habe die göttliche Gabe der Dichtkunst geerbt, ein reiner Trugschluß war. Nie hatte man beobachtet, daß er der Muse den Hof machte – ja er hätte nicht einmal einen einzigen Vers tadellos abfassen können. Allerdings ließ sich nicht vorhersagen, wann das schlummernde Talent vielleicht erwachte und in die Saiten der Leier griffe. Doch zunächst war der junge Mann jedenfalls ein ziemlich lockerer Vogel gewesen. Zwischen ihm und seiner Mutter bestand das innigste Einvernehmen, denn insgeheim war die Dame selbst eine ergebene Schülerin des verstorbenen großen Myron Bayne. Immerhin hatte sie mit dem bei ihrem Geschlecht so allgemein und mit Recht bewunderten Takt (den nur hartnäckige Verleumder als Gerissenheit abstempeln), stets darauf geachtet, ihre Schwäche vor den Augen anderer zu verbergen – mit Ausnahme des Sohnes, der sie mit ihr teilte. In dieser Hinsicht war ihre gemeinsame Schuld ein weiteres Band zwischen ihnen. Hatte ihn seine Mutter in seiner Jugend verzogen, so hatte sicher auch er sein Teil dazu beigetragen. Während er soweit zum Manne heranwuchs, wie das einem Südstaatler möglich ist, der sich um den Ausgang der Wahlen nicht kümmert, wurde die Zuneigung zwischen ihm und seiner schönen Mutter, die er seit seiner frühen Kindheit »Katy« genannt hatte, mit den Jahren stärker und zärtlicher. In diesen beiden romantischen Naturen manifestierte sich auf bedeutsame Art ein oft vernachlässigtes Phänomen: das Überwiegen des Sexuellen in *allen* menschlichen Beziehungen: sogar die Beziehungen zwischen den Blutsverwandten werden dadurch tiefer, inniger und schöner. Mutter und Sohn waren fast unzertrennlich und wurden von Fremden, die sie beobachteten, nicht selten für Verliebte gehalten.

Als Halpin Frayser eines Tages das Zimmer seiner Mutter betrat, sie auf die Stirn küßte und einen Augenblick mit einer Locke ihres dunklen Haars spielte, die dem Zwang der Haarnadeln entschlüpft war, fragte er in sichtlichem Bemühen um Gleichmut: »Würde es dir viel ausmachen, Katy, wenn ich für ein paar Wochen nach Kalifornien gehen müßte?«

Es war kaum nötig, daß Katys Lippen eine Frage beantworteten, auf die bereits ihre Wangen die Erwiderung preisgaben. Offenbar machte es ihr sehr viel aus, und wie zur Bekräftigung traten ihr obendrein noch die Tränen in ihre großen braunen Augen.

»Oh, mein Junge«, sagte sie und blickte mit unendlicher Zärtlichkeit zu ihm auf, »ich hätte es wissen können, daß so etwas kam! Mußte ich nicht die halbe Nacht weinend wachliegen, weil mir Großvater Bayne im Traum erschienen war? Er stand neben seinem Porträt – übrigens war er jung und hübsch –, und deutete auf dein Porträt, das an derselben Wand hing. Und als ich hinschaute, schien mir, als könnte ich deine Gesichtszüge nicht sehen: du warst durch ein Tuch verdeckt, wie man es auf das Antlitz eines Verstorbenen legt. Dein Vater hat mich zwar ausgelacht wegen des Traums, aber du und ich, mein lieber Junge, wir wissen ja, daß einem dergleichen nicht umsonst geschickt wird. Und am unteren Rand des Tuches sah ich Würgemale wie von Händen auf deiner Kehle! Verzeih mir, aber wir haben ja solche Dinge nie voreinander verschwiegen. Vielleicht fällt dir eine andere Deutung ein? Vielleicht bedeutet es, daß du nicht nach Kalifornien gehst? Oder vielleicht nimmst du mich mit?«

Es muß zugegeben werden, daß ihre naive Deutung des Traums angesichts der soeben erst mitgeteilten Tatsache dem logisch denkenden Sohn nicht ganz einging. Im Augenblick war er jedenfalls fest überzeugt, daß der Traum ein viel einfacheres und ein unmittelbar bevorstehendes, wenn auch tragischeres Unglück als eine Reise an die Küste des Pazifik ankündigte. Halpin Fraysers erster Eindruck beim Anhören des Traums war nämlich der, daß er auf seinem Heimatboden erwürgt werden sollte.

»Gibt es nicht Heilquellen in Kalifornien?« fuhr Mrs. Frayser fort, ehe er Zeit hatte, ihr die wahre Deutung des Traums mitzuteilen. »Kurorte, wo man von Rheuma und Neuralgien geheilt wird? Sieh mal meine Finger an, wie steif sie sind: bestimmt haben sie mir im Schlaf oft wehgetan!«

Sie hielt ihm ihre Hände zur Besichtigung hin. Was für eine Diagnose ihres Falles der junge Mann lieber lächelnd unterdrückte, kann der Chronist nicht mehr herausfinden, doch fühlt er sich zu der Feststellung verpflichtet, daß bei einer ärztlichen Untersuchung kaum jemals Finger vorgezeigt wurden, die weniger steif aussahen und weniger Anzeichen von auch nur den geringsten Schmerzen aufwiesen, jedenfalls nicht von einer schönen Patientin, die sich nur eine neue Umgebung verordnen lassen wollte.

Das Ergebnis der Unterhaltung dieser beiden sonderbaren Menschen, die beide dieselben merkwürdigen Vorstellungen von Pflichterfüllung besaßen, war einerseits, daß der junge Mann nach Kalifornien reiste, um die Interes-

sen seiner Klienten wahrzunehmen, und andrerseits, daß seine Mutter zu Hause blieb, einem gar nicht geäußerten Wunsch ihres Mannes entsprechend, dessen er sich kaum bewußt war.
Während Halpin Frayser in einer dunklen Nacht am Hafen von San Francisco spazierenging, wurde er mit einer Geschwindigkeit, die ihn überraschte und verblüffte, zum Seemann gemacht, das heißt, er wurde gewaltsam angeheuert, kam auf ein wackeres Schiff und segelte in ferne Länder. Doch endete sein Pech noch nicht mit dieser Seereise, denn das Schiff strandete auf einer Insel im Südpazifik, und erst sechs Jahre später wurden die Überlebenden von einem unternehmungslustigen Handelsschoner nach San Francisco zurückbefördert.
Obwohl Frayser jetzt arm war, hatte er noch immer denselben stolzen Sinn wie in jenen Jahren, die anscheinend eine Ewigkeit zurücklagen. Von Fremden hätte er keine Unterstützung angenommen, und während er mit einem anderen Schiffbrüchigen in der Nähe der Stadt St. Helena wohnte und auf Nachrichten und eine Geldüberweisung von daheim wartete, war er auf die Jagd gegangen und hatte geträumt.

III

Die Erscheinung, die dem Träumenden im Spukwald begegnete und die seiner Mutter so ähnlich und doch wieder so unähnlich sah, war grauenhaft: sie vermochte in seinem Herzen keine Liebe und keine Sehnsucht zu wecken; keine angenehmen Erinnerungen an eine goldene Vergangenheit begleiteten sie, noch rief sie überhaupt irgendein Gefühl hervor; alle feineren Empfindungen wurden durch die Angst verdrängt. Frayser versuchte kehrtzumachen und davonzulaufen, aber seine Beine waren wie Blei, und es gelang ihm nicht, die Füße vom Boden zu heben. Die Arme hingen hilflos hernieder; nur die Augen gehorchten ihm, aber er wagte es nicht, den Blick von den glanzlosen Augen der Erscheinung abzuwenden, weil er wußte, daß sie nicht eine Seele ohne Körper war, sondern zu den furchtbarsten Wesen gehörte, die den Spukwald heimsuchten: sie war ein Körper ohne Seele! In den leeren, starren Blicken lagen weder Liebe noch Mitleid noch Intelligenz – nichts, das man um Liebe hätte anflehen können. »Es wird nichts nützen, Berufung einzulegen«, dachte er in absurder Umkehrung seines Berufsjargons, wodurch die Lage noch gräßlicher wurde – etwa ebenso, wie wenn das Glimmen einer Zigarre den Graus einer Gruft erhellt. Während eines Augenblicks, der so lang schien, daß die Welt vor Alter und Sünde grau wurde und der Spukwald mitsamt seinen trügerischen Bildern und Geräuschen aus dem Bewußtsein Fraysers entschwand, als habe er mit der gräßlichsten Steigerung aller Schrecken sein Ziel erreicht, stand die Erscheinung nur einen Schritt von Frayser entfernt und betrachtete ihn mit der geistlosen Böswilligkeit einer wilden Bestie. Dann plötzlich stieß sie die Hände vor und stürzte sich mit entsetzlicher Wildheit auf ihn. Dadurch wurden seine physischen Kräfte wachgerüttelt, während sein Wille weiterhin gelähmt blieb. Sein Geist unterlag noch immer dem Bann der Erscheinung, aber sein kräftiger Körper und die flinken Gliedmaßen, die jetzt von einem eigenen blinden, sturen Lebenswillen beherrscht waren, leisteten zähen Widerstand. Einen Augenblick schien er diesen unnatürlichen Kampf zwischen einem toten Wesen und einem atmenden Organismus wie ein Zuschauer zu beobachten: solche Einfälle kommen in Träumen vor. Dann gewann er seine Identität fast genauso zurück, als sei er mit einem einzigen Satz in seinen Körper hineingesprungen, und seine verkrampften mechanischen Bewegungen wurden wieder von einem Willen dirigiert, er ebenso behende und wild wie der seiner scheußlichen Gegnerin war.

Doch welch Sterblicher kann sich mit einem Geschöpf seiner Traumwelt messen? Die Phantasie, die den Feind erschuf, ist schon besiegt, und der Ausgang des Kampfes ist zugleich seine Ursache. Trotz seiner Gegenwehr, trotz seiner Kraft und Behendigkeit, die sich in einer Leere zu vergeuden schienen, spürte er, wie sich die kalten Finger um seine Kehle schlossen. Als er hintenüber zu Boden sank, sah er das tote, verzerrte Gesicht eine Handbreit über seinem eigenen Gesicht, und dann war nichts als Schwärze! In der Ferne ein Geräusch wie von Trommelschlägen, ein Gewirr murmelnder Stimmen, ein scharfer, ferner Schrei, der allen andern zu schweigen befahl – und Halpin Frayser träumte, er sei tot.

IV

Auf eine warme, klare Nacht folgte ein nässender Nebel. Schon am späteren Nachmittag des voraufgegangenen Tages hatte man einen leichten Dunststreifen beobachten können – nur eine Verdichtung der Atmosphäre, den bloßen Geist einer Wolke –, der an der Westseite des Berges St. Helena oben über den baumlosen Hängen in der Nähe des Gipfels klebte. So zart war sie, so durchsichtig, so sehr einem sichtbar gewordenen Phantasiegebilde gleichend, daß man hätte ausrufen können: »Schau rasch hin! Im nächsten Augenblick wird sie weg sein!«
Aber im nächsten Augenblick war die Wolke sichtlich größer und dichter. Während sie sich mit dem einen Rand an den Berg klammerte, reckte sie sich auf der andern Seite weiter und weiter in die Luft über den tieferliegenden Hängen. Gleichzeitig dehnte sie sich nach Norden und Süden aus und vereinigte sich mit kleineren Nebelschwaden, die anscheinend in voller Absicht, übergeschluckt zu werden, in gleicher Höhe aus dem Abhang hervorkamen. Und so wuchs sie immer mehr, bis der Gipfel vom Tal aus

nicht mehr zu sehen war und über dem Tal ein ständig wachsender, dicker grauer Baldachin hing. In Calistoga, das nah am Talschluß und am Fuß des Berges liegt, war auf eine Nacht ohne Sterne ein Morgenhimmel ohne Sonne gefolgt. Der ins Tal niedersinkende Nebel hatte sich südwärts erstreckt und verschluckte eine Ranch nach der andern, bis er auch die neun Meilen entfernte Stadt St. Helena verschluckt hatte. Der Staub auf der Straße war durchfeuchtet und hatte sich gelegt, die Bäume tropften vor Nässe, die Vögel saßen stumm in ihrem Versteck, und die Morgenhelle war fahl und gespenstisch und hatte weder Farbe noch Glanz.

Im ersten Morgengrauen verließen zwei Männer die Stadt St. Helena. Sie gingen in nördlicher Richtung talaufwärts die Straße entlang, die nach Calistoga führte. Sie hatten jeder eine Flinte umgehängt, doch niemand, der sich in solchen Dingen auskannte, hätte sie für Jäger gehalten, die Vögel oder anderes Wild erlegen wollten. Der eine war ein Hilfssheriff aus Napa und der andre ein Detektiv aus San Francisco, und sie hießen Holker und Jaralson. Sie waren auf Menschenjagd ausgezogen.

»Wie weit ist es noch?« fragte Holker, während sie weiterwanderten und mit ihren Füßen den weißen Staub unter der feuchten Oberfläche der Straße aufwirbelten.

»Bis zur Weißen Kirche? Nur noch eine halbe Meile!« antwortete der andre. »Übrigens ist es weder eine Kirche noch ist sie weiß«, fuhr er fort. »Es ist ein ehemaliges Schulhaus, grau vor Alter und sehr vernachlässigt. Früher, als sie noch weiß war, wurde dort manchmal Gottesdienst abgehalten; daneben ist ein Friedhof, der jeden Dichter begeistern müßte. Kannst du dir denken, weshalb ich dich holen ließ und dich bat, bewaffnet zu kommen?«

»Ach, du weißt ja, ich habe dich nie mit Fragen belästigt. Du warst immer sehr mitteilsam, sobald es nötig wurde. Aber laß mich mal eine Vermutung anstellen: wahrscheinlich willst du, daß ich dir auf dem Friedhof bei der Verhaftung einer Leiche helfe!«

»Erinnerst du dich an Branscom?« fragte Jaralson und ging über den billigen Witz seines Begleiters mit der angemessenen Nichtbeachtung hinweg.

»Meinst du den Kerl, der seiner Frau die Kehle durchgeschnitten hat? Allerdings erinnere ich mich! Ich mußte die Arbeit einer ganzen Woche für ihn opfern und hatte auch noch Unkosten für meine Mühe. Fünfhundert Dollar Belohnung waren ausgeschrieben, wenn man ihn erwischte, aber keiner von uns hat ihn je zu Gesicht bekommen. Willst du etwa sagen ...?«

»Ja, genau das will ich! Die ganze Zeit ist er euch Burschen immer vor der Nase herumspaziert. Nachts kommt er auf den alten Friedhof bei der Weißen Kirche.«

»Ih, zum Teufel – da liegt ja seine Frau begraben!«

»Freilich, und ihr Burschen hättet soviel Verstand haben sollen, euch zu sagen, daß er irgendwann an ihr Grab zurückkehren müßte.«

»Das wäre doch der letzte Ort gewesen, wo man ihn vermutet hätte!«

»Aber alles andre hattet ihr ja abgesucht! Ich habe aus euren Fehlern gelernt und ihm dort aufgelauert.«

»Und du hast ihn entdeckt?«

»Er hat *mich* entdeckt, verdammt nochmal! Der Schurke war schneller als ich, hat mich regelrecht angefallen und mir Beine gemacht. Ich kann Gott danken, daß er mich nicht durchlöchert hat. Oh, der ist gerissen! Mir würde die Hälfte der Belohnung genügen, falls du sie brauchen kannst.«

Holker lachte gutmütig und erklärte, seine Gläubiger seien aufdringlicher denn je.

»Ich wollte dir nur das Gelände zeigen und einen Plan mit dir ausklamüsern«, sagte der Detektiv. »Ich hielt es für richtig, bewaffnet zu kommen, sogar am hellichten Tag.«

»Der Mann muß verrückt sein«, meinte der Hilfssheriff. »Die Belohnung gilt für seine Ergreifung mit anschließender Verurteilung. Wenn er aber geistesgestört ist, wird er nicht schuldig gesprochen.«
Holker war über das drohende Versagen der Justiz so bestürzt, daß er unwillkürlich mitten auf der Straße stehenblieb und dann mit vermindertem Eifer weiterging.
»Er erweckt ganz diesen Eindruck«, gab Jaralson zu. »Ich muß gestehen, daß ich – außerhalb der alten und ehrwürdigen Zunft der Landstreicher – noch nie einen so unrasierten, ungekämmten, ungewaschenen und verwahrlosten Kerl gesehen habe. Aber ich hab' mich nun mal mit ihm befaßt, und ich kann mich nicht entschließen, die Sache aufzugeben... Jedenfalls können wir uns ein paar Lorbeeren dabei verdienen. Keine Menschenseele weiß, daß er sich diesseits des Mondgebirges herumtreibt.«
»Na schön«, sagte Holker. »Sehen wir uns mal die Stelle an!« Und er fügte ein paar Worte hinzu, die einst eine beliebte Inschrift für Grabsteine waren: »... wo auch du bald ruhen wirst. Wenn nämlich der alte Branscom genug hat von dir und deiner unverschämten Aufdringlichkeit. Übrigens habe ich neulich gehört, daß Branscom nicht sein richtiger Name ist.«
»Wie heißt er denn?«
»Kann mich nicht erinnern. Ich hatte alles Interesse an dem Schurken verloren, deshalb ist mir der Name nicht im Gedächtnis hängengeblieben. So ähnlich wie Pardee. Die Frau, der er so widerlich die Kehle durchgeschnitten hat, war verwitwet, als er sie kennenlernte. Sie war nach Kalifornien gekommen, um Verwandte zu suchen – es soll nämlich Leute geben, die so was manchmal tun. Aber das weißt du ja alles.«
»Klar.«
»Aber wenn du nicht mal den richtigen Namen gewußt hast, was für ein glücklicher Zufall hat dich dann zu dem

richtigen Grab geführt? Der Mann, der mir ihren Namen nannte, hatte gesagt, er sei in die Grabtafel eingeritzt.«
»Das richtige Grab kenne ich nicht.« Jaralson gab offenbar etwas ungern zu, daß ihm eine so wichtige Einzelheit seines Vorhabens unbekannt war. »Ich habe den Friedhof nur ganz im allgemeinen beobachtet. Es wird also ein Teil unsrer heutigen Aufgabe sein, ihr Grab zu identifizieren. Da ist übrigens die Weiße Kirche!«
Während einiger Zeit hatten sich zu beiden Seiten der Straße nur Felder ausgedehnt, doch jetzt erhob sich linker Hand ein Wald aus Eichen, Jalapa-Bäumen und riesigen Tannen, deren untere Zweige sich verschwommen und gespenstisch in den Nebel reckten. Das Unterholz war stellenweise sehr dicht, doch nirgends undurchdringlich. Zuerst sah Holker das Gebäude überhaupt nicht, doch als sie in den Wald einbogen, tauchte es mit undeutlichen grauen Umrissen aus dem Nebel auf und wirkte riesig und weit entfernt. Noch ein paar Schritte, und greifbar nahe stand es vor ihnen: dunkel vor Feuchtigkeit, und gar nicht sehr hoch. Wie alle Landschulhäuser war es im Kistenstil gebaut und hatte ein Fundament aus Stein, ein moosbewachsenes Dach und leere Fensterhöhlen, denn Scheiben und Fensterrahmen waren längst verschwunden. Es war verfallen, aber noch keine Ruine – ein typisch kalifornischer Ersatz für das, was in ausländischen Reiseführern als »Zeuge der Vergangenheit« gepriesen wird. Mit kaum einem Blick auf den uninteressanten Bau ging Jaralson in das dahinterliegende tropfnasse Unterholz.
»Jetzt zeige ich dir, wo er mich überfallen hat«, sagte er. »Das hier ist der Friedhof.«
Zwischen den Büschen befanden sich hier und da kleine Einzäunungen, die ein paar Gräber oder manchmal auch nur ein einzelnes Grab umschlossen. Als Gräber waren sie nur an den verwitterten Grabsteinen oder morschen Holztafeln am Kopf- oder Fußende zu erkennen, die krumm

und schief dastanden und oder auch umgefallen waren. Andre erkannte man an den niedergetretenen Einzäunungen oder manchmal auch am Grabhügel selbst, dessen Kies durch welkes Laub hervorschimmerte. In vielen Fällen deutete gar nichts auf die Stelle hin, wo die Reste eines armen Sterblichen ruhten, der, einst »einen großen Kreis trauernder Freunde zurücklassend«, jetzt von ihnen vergessen worden war. Nur eine Vertiefung in der Erde war geblieben, die von längerer Dauer als die Lücke im Herzen der Trauernden war. Die Pfade waren, falls es jemals welche gegeben hatte, längst überwuchert. Bäume von stattlicher Größe machten sich auf den Gräbern breit und stießen mit ihren Wurzeln oder Zweigen die Umzäunungen um. Über dem Ganzen hing ein Hauch von Einsamkeit und Zerfall, wie er nirgends passender und bedeutsamer erschien als in einem Dorf vergessener Toter.
Als die beiden Männer sich durch den Bestand junger Bäume einen Weg bahnten, blieb der unternehmungslustige Jaralson, der vorangegangen war, plötzlich stehen und brachte sein Gewehr in Anschlag, stieß einen leisen Warnruf aus und stand regungslos da, während seine Augen weiter vorn etwas beobachteten. Sein Begleiter, der nichts sah, weil das Gestrüpp ihm die Sicht nahm, folgte Jaralsons Beispiel, so gut er konnte. Einen Augenblick darauf rückte Jaralson behutsam vor, und der andere folgte.
Unter den Zweigen einer ungeheuren Tanne lag ein Toter. Während sie stumm vor ihm standen, vermerkten sie all jene Einzelheiten, die als erstes die Aufmerksamkeit auf sich ziehen, das Gesicht, die Stellung und die Kleider, also alles, was auf die unausgesprochenen Fragen mitfühlender Neugier eine rasche und klare Antwort gibt.
Der Tote lag auf dem Rücken und hatte die Beine weit gespreizt. Einen Arm reckte er über den Kopf, den andern seitwärts, aber so spitz abgewinkelt, daß die Hand neben

dem Hals lag. Beide Hände waren zur Faust geballt. Die ganze Stellung drückte einen verzweifelten, jedoch unwirksamen Widerstand aus – aber wogegen?
In der Nähe lagen eine Flinte und eine Jagdtasche, durch deren Maschen das Gefieder erlegter Vögel zu erkennen war. Ringsumher waren Spuren eines wilden Kampfes zu sehen: junge Triebe der Gifteiche waren umgeknickt und hatten Blätter und Rinde verloren; neben den Beinen des Toten hatten fremde Füße welkes und verfaultes Laub zusammengescharrt und angehäuft, und neben den Hüften befanden sich die unverkennbaren Abdrücke von menschlichen Knien.
Die Art des Kampfes konnte man durch einen Blick auf Kehle und Gesicht des Toten leicht erkennen: sie waren blaurot, beinah schwarz, während Brust und Hände weiß geblieben waren. Mit den Schultern lag er auf einer niedrigen Bodenerhebung, daher war der Kopf auf eine sonst unerklärliche Weise hintenüber gebogen, und die weit aufgerissenen Augen starrten blicklos leer in eine den Füßen entgegengesetzte Richtung. Aus dem Schaum, der den offenen Mund füllte, hing schwarz und geschwollen die Zunge hervor. Der Hals wies furchtbare Würgemale auf – nicht nur Fingerabdrücke, sondern auch Quetschungen und Kratzer, von zwei kräftigen Händen stammend, die sich in das weiche Fleisch eingekrallt und ihren schrecklichen Würgegriff noch lange nach dem Eintreten des Todes beibehalten haben mußten. Brust, Hals und Gesicht waren feucht; die Kleider waren von Nässe durchtränkt; Tropfen, die sich aus dem fallenden Nebel zu Wasser verdichtet hatten, hingen im Haar und am Schnurrbart.
Das alles bemerkten die beiden Männer schweigend und fast auf den ersten Blick.
Dann sagte Holker: »Der arme Teufel! Er hat schwer kämpfen müssen!«
Jaralson nahm eine genau Untersuchung des Waldes vor;

wachsam hielt er die Flinte in beiden Händen, den Hahn gespannt und den Finger am Abzug.
»Das hat ein Verrückter getan«, sagte er, ohne den Blick von dem umliegenden Waldstück abzuwenden. »Der Täter ist Branscom-Pardee!«
Ein Gegenstand, der halb versteckt zwischen aufgewühltem Laub auf dem Boden lag, erregte Holkers Aufmerksamkeit. Es war ein Notizbuch in rotem Ledereinband. Er hob es auf und blätterte darin. Es enthielt leere Seiten für Notizen, und die erste Seite trug den Namen Halpin Frayser. Auf den folgenden Seiten standen in roter Schrift – hastig hingekritzelt und kaum zu entziffern – ein paar Verse, die Holker laut vorlas, während sein Begleiter noch immer die trüben grauen Umrisse ihrer begrenzten Welt durchforschte und aus dem Tröpfeln der triefend nassen Äste Gründe zur Besorgnis heraushörte:

»Umfangen von geheimnisschwerem Bann
stand ich im hellen Düster eines Zauberwaldes,
wo Myrten und Zypressen ihre Zweige
bedeutungsvoll in übler Bruderschaft verflochten.

Die Weide wispert traurig mit der Eibe,
Nachtschatten, tödlicher, und Raute
verwoben sich mit widerlichen Nesseln
zu seltsam unheimlicher Grabeszier.

Kein Vogelsang, kein Bienensummen,
kein heitres Lüftchen ließ die Blätter zittern.
Die Luft war dumpf und schwer, und nur das Schweigen
schien stockend zwischen Stämmen ein- und auszuatmen.

Verschwörerische Geister tuscheln durch das Dunkel
von halb vernommenen Geheimnissen des Grabes.
Die Bäume tropften Blut; die Blätter glänzten
vom Hexenlicht blutrot bereift.

Da schrie ich auf! Noch immer lastete
der Zauberbann auf meinem Geist und Willen.
Gefühllos, mutlos, hoffnungslos verloren
kämpft' ich mit ungeheuren, üblen Ahnungen,

bis dann der aussichtslose...«

Holker hatte aufgehört zu lesen; es stand weiter nichts da. Das Gedicht brach mitten in einer Zeile ab.
»Das klingt ganz wie Bayne«, sagte Jaralson, der auf seine Art ein Kenner war. Er hatte seine Nachforschungen eingestellt und stand jetzt da und blickte auf den Toten hinunter.
»Wer ist Bayne?« fragte Holker, ohne sonderlich interessiert zu sein.
»Myron Bayne ist ein Mann, der vor mehr als hundert Jahren hier lebte, in der Gründerzeit unsrer Nation. Er schrieb ziemlich trübseliges Zeug; ich besitze seine Gesammelten Werke. Das Gedicht hier ist nicht darunter – muß wohl aus Versehen ausgelassen worden sein.«
»Es ist kalt«, sagte Holker. »Laß uns gehen! Wir müssen den Untersuchungsrichter von Napa herschicken.«
Jaralson sagte nichts, sondern nickte nur zustimmend. Als er an der kleinen Bodenerhebung vorbeiging, auf der die Schultern und der Kopf des Toten lagen, stieß sein Fuß unter dem vermoderten Laub gegen etwas Hartes, und er nahm sich die Mühe, es mit einem Fußtritt hervorzuholen. Es war eine umgekippte Grabtafel, die den kaum entzifferbaren Namen ›Catherine Larue‹ aufwies.
»Larue! Larue!« rief Holker, der plötzlich munter wurde. »Das ist der richtige Name von diesem Branscom – nicht Pardee! Und jetzt, lieber Himmel, fällt's mir alles wieder ein: seine ermordete Frau war eine verwitwete Frayser!«
»Das ist etwas verflixt Mysteriöses!« sagte der Detektiv Jaralson. »Dergleichen kann ich nicht ausstehen!«

Aus dem Nebel drang Gelächter – anscheinend aus großer Entfernung –, ein tiefes, herausforderndes, seelenloses Lachen, das ebensowenig Freude ausdrückte wie das Lachen einer Hyäne, die nachts durch die Wüste streift; ein Lachen, das allmählich anschwoll und immer lauter und heller, deutlicher und gräßlicher wurde, bis es knapp außerhalb ihres begrenzten kleinen Gesichtskreises erklang. Es war ein so unnatürliches, unmenschliches, teuflisches Gelächter, daß es sogar die beiden abgebrühten Menschenjäger mit unsagbarem Entsetzen erfüllte. Sie griffen nicht zu den Waffen, ja sie dachten überhaupt nicht daran: das Bedrohliche des furchtbaren Lachens war nicht von der Art, der man mit Waffen begegnen kann. Und wie es aus der Stille aufgetaucht war, so verebbte es nun auch wieder. Nach einem letzten Schrei, der ihnen fast unmittelbar in die Ohren zu gellen schien, verzog es sich in die Ferne, bis seine verhallenden Laute – noch immer freudlos und seelenlos – in unermeßlicher Entfernung in Schweigen versanken.

Das Geheimnis von Macargers Schlucht

Ungefähr neun Meilen nordwestlich in gerader Linie vom Indian Hill liegt Macargers Schlucht. Es ist eigentlich keine richtige Schlucht, bloß eine Senke zwischen zwei bewaldeten Bergrücken von unbedeutender Höhe. Vom Ausgang der Schlucht bis zu ihrem Ursprung ist sie kaum länger als zwei Meilen, und die Breite des Talgrundes beträgt nur an einer einzigen Stelle etwas mehr als etwa zwölf Meter, denn zu beiden Seiten des kleinen Baches, der die Schlucht im Winter entwässert und der bei Frühjahrsbeginn eintrocknet, gibt es auf der ganzen Strecke überhaupt keinen ebenen Talboden.

Die steilen Abhänge der Bergrücken, die mit einem fast undurchdringlichen Dickicht von Bärentrauben- und Chemisalbüschen bedeckt sind, werden einzig durch die Breite des kleinen Wasserlaufs voneinander getrennt. Niemand außer einem gelegentlich herkommenden unternehmungslustigen Jäger aus der Nachbarschaft dringt jemals in Macargers Schlucht ein, und fünf Meilen weiter weg ist sie überhaupt nicht bekannt, nicht mal dem Namen nach. Innerhalb dieses Umkreises gibt es in jeder Richtung weit auffallendere Geländeformationen, die unbenannt sind, und es wäre sicher ein vergeblicher Versuch, durch örtliche Erkundigungen den Ursprung des Namens Macargers Schlucht herauszufinden.

Etwa in der Mitte zwischen Talschluß und Ausgang von Macargers Schlucht spaltet eine andre Schlucht den Berghang rechter Hand (wenn man von unten kommt). Diese zweite Schlucht ist kurz und trocken, und am Zusammentreffen der beiden Schluchten liegt ein ebenes, etwa zwei oder drei Morgen großes Stück Land. Dort stand vor ein paar Jahren eine alte Bretterhütte mit nur einem einzigen kleinen Wohnraum. Wie die einzelnen Bauteile der Hütte – so einfach und dürftig sie waren – zu diesem fast unzugänglichen Punkt transportiert wurden, ist ein Problem, dessen Lösung eher die bloße Befriedigung einer Neugier wäre, als daß sie sonst einen Vorteil brächte. Möglicherweise war das Bachbett früher eine Art Karrenweg. Es ist bekannt, daß die Schlucht seinerzeit ziemlich gründlich von Goldsuchern durchschürft wurde, die ja eine Möglichkeit gehabt haben müssen, wenigstens mit Packtieren vorzudringen, die mit Werkzeug und Proviant beladen waren. Ihre Funde waren aber anscheinend nicht so großartig, um eine größere Investition zu rechtfertigen, die Macargers Schlucht mit irgendeinem Mittelpunkt der Zivilisation verbunden hätte, der im Genuß einer Sägemühle war. Immerhin, die Hütte stand da, wenigstens zum größten Teil. Eine Tür und ein Fensterrahmen fehlten, und der aus Lehm und Steinen zusammengekleisterte Schornstein war umgekippt und nichts als ein unansehnlicher, von geilem Unkraut überwucherter Haufen. Das bescheidene Mobiliar, das vielleicht einmal dagewesen war, und der größte Teil der unteren Holzverschalung hatte den Jägern als Brennstoff für ihre Lagerfeuer gedient, desgleichen wohl auch der Rand eines alten Brunnens, der zu der Zeit, über die ich schreibe, nur noch in Form einer ziemlich breiten, aber nicht sehr tiefen Mulde bestand.

Eines Nachmittags im Sommer des Jahres 1874 drang ich, von dem schmalen Tälchen kommend, in das die Schlucht ausmündet, in Macargers Schlucht vor und folgte dem jetzt trockenen Bachbett. Ich war auf der Wachteljagd gewesen und hatte meine Jagdtasche mit etwa einem Dutzend dieser Vögel gefüllt, als ich auf das soeben beschriebene Holzhaus stieß, dessen Vorhandensein mir bis dahin nicht bekannt war. Nachdem ich die ›Ruine‹ ziemlich unachtsam inspiziert hatte, nahm ich die Jagd wieder auf, und weil ich recht guten Erfolg hatte, ließ ich nicht ab bis fast zum Sonnenuntergang. Da erst fiel mir ein, daß ich recht weit von jeder menschlichen Behausung entfernt war, zu weit jedenfalls, um sie vor Anbruch der Nacht zu erreichen. Doch in meiner Jagdtasche hatte ich Proviant, und die alte Hütte würde mir Schutz bieten, falls man in einer warmen und taufreien Nacht in den Vorbergen der Sierra Nevada überhaupt einen Schutz benötigt, denn man kann sehr bequem auf den Kiefernnadeln schlafen, auch ohne sich zuzudecken. Ich liebe die Einsamkeit, und ich liebe die Nacht, deshalb hatte ich schnell beschlossen, im Freien zu kampieren. Noch ehe es ganz dunkel war, hatte ich mir in einer Ecke des Häuschens aus Zweigen und Gras ein Lager hergerichtet und briet mir über dem Feuer, das ich auf der alten Herdstelle angezündet hatte, eine der erlegten Wachteln. Der Rauch entwich durch den eingestürzten Schornstein, der Flammenschein erhellte den Raum mit freundlichen Lichtern, und während ich meine einfache Mahlzeit verspeiste und den Rest einer Flasche Rotwein trank, der mir den ganzen Nachmittag das in dieser Gegend nicht vorhandene Wasser ersetzt hatte, spürte ich ein Behagen, das einem eine weit bessere Kost und Unterkunft nicht immer bieten.

Trotzdem fehlte noch etwas an meinem Glück. Ich fühlte mich behaglich, aber nicht geborgen. Ich ertappte mich dabei, wie ich häufiger auf das offene Türloch und das leere Fenster blickte, als es mir gerechtfertigt schien. Jenseits dieser Öffnungen war alles schwarz, und ich konnte eine gewisse Besorgnis nicht unterdrücken, weil sich meine Phantasie die Außenwelt vorstellte und mit unfreundlichen Wesen, natürlichen und übernatürlichen, bevölkerte. Von diesen am bedrohlichsten waren – und jeweils in ihrer Klasse – einerseits ein Grizzly-Bär, der sich, wie ich *wußte*, noch gelegentlich in dieser Gegend sehen ließ, und andrerseits ein Gespenst, von dem ich mit Fug

und Recht *glaubte*, daß es sich nicht sehen ließe. Leider respektieren unsre Gefühle nicht immer das Gesetz der Wahrscheinlichkeit, und für mich waren an jenem Abend das Mögliche und das Unmögliche gleichermaßen beunruhigend.

Jeder, der schon diesbezügliche Erfahrungen hinter sich hat, muß bemerkt haben, daß man den wirklichen und den eingebildeten Gefahren der Nacht viel weniger furchtsam unter freiem Himmel als in einem Haus ohne Tür ins Auge blickt. Auch ich empfand es jetzt, als ich in einer Ecke des Wohnraums neben dem Kamin auf meinem Laublager lag und das Feuer ausgehen ließ. Das Gefühl, daß irgend etwas Übles und Bedrohliches mit mir in der Hütte sei, wurde übermächtig, und es wollte mir nicht gelingen, meine Blicke von der Türöffnung abzuwenden, die in der zunehmenden Dunkelheit immer undeutlicher wurde. Als das letzte Flämmchen noch einmal aufflackerte und erstarb, packte ich meine Flinte, die ich neben mich gelegt hatte, und richtete die Mündung tatsächlich auf den jetzt nicht mehr erkennbaren Eingang. Mein Daumen lag auf einem der beiden Hähne und war bereit, abzudrücken; ich wagte kaum zu atmen, und mein ganzer Körper war verkrampft und steif. Doch nach einiger Zeit war ich so beschämt, daß ich die Waffe beiseite legte. Wovor fürchtete ich mich denn, und weshalb? Ich, für den die Nacht »ein vertrauteres Gesicht als das der Menschen hatte«, ich, der dank einem Rest ererbten Aberglaubens, von dem keiner von uns ganz frei ist, die Einsamkeit und Finsternis und Stille erst recht verlockend und interessant und reizvoll empfunden hatte! Jetzt konnte ich mein törichtes Verhalten nicht mehr begreifen, vergaß ob all der Mutmaßungen die darauf beruhende Wahrscheinlichkeit und schlief ein. Und dann träumte ich.

Ich sah mich plötzlich in einer Großstadt eines fremden Landes, deren Einwohner meiner Rasse angehörten und nur geringe Unterschiede in der Sprache und Kleidung aufwiesen, doch worin diese im Grunde bestanden, wußte ich nicht; ich empfand es nur irgendwie. Die Stadt wurde von einer großen Burg auf einer überragenden Anhöhe beherrscht, deren Namen ich wußte, aber nicht aussprechen konnte. Ich ging durch viele Straßen – einige waren breit und schnurgerade, mit hohen, modernen Häusern, andre waren eng, düster und gewunden, und die Giebel ihrer seltsamen alten Häuser mit den vorspringenden Stockwerken waren mit Schnitzereien und Steinhauerarbeit reich verziert und stießen hoch über meinem Kopf fast zusammen.

Ich suchte jemanden, den ich nie gesehen hatte, von dem ich aber wußte, daß ich ihn sofort erkennen würde, sobald ich ihn fände. Meine Suche war auch nicht planlos und auf den Zufall abgestellt, sondern an eine bestimmte Methode gebunden. Ohne zu zögern, bog ich von einer Straße in die nächste ein und wand mich durch einen Irrgarten verzwickter Durchgänge, ohne jede Furcht, mich zu verirren. Schließlich blieb ich vor der niedrigen Tür eines einfachen Steinhauses stehen, das die Behausung eines Handwerkers von gehobenem Stand sein mochte. Ich trat ein, ohne anzuklopfen. In dem etwas karg möblierten Zimmer, das nur ein einziges Fenster mit kleinen Butzenscheiben hatte, waren zwei Menschen, ein Mann und eine Frau. Mein Eindringen beachteten sie nicht – ein Umstand, der nach Art der Träume ganz natürlich erschien. Sie unterhielten sich nicht und saßen nicht nah beieinander – beide waren unbeschäftigt, beide verdrießlich.

Die Frau war jung und ziemlich stämmig: sie hatte hübsche große Augen und war von einer gewissen ernsten Schönheit. Meine Erinnerung an ihren Gesichtsausdruck ist überaus lebendig, aber Einzelheiten der Gesichtszüge beobachtet man im Traum ja meistens nicht. Um ihre Schultern hatte sie sich einen karierten Schal gelegt. Der

Mann war älter; er hatte ein dunkles, bösartiges Gesicht, das durch eine lange, von der linken Schläfe schräg abwärts bis in den schwarzen Schnurrbart verlaufende Narbe noch bedrohlicher aussah, obwohl es mir in meinem Traum so schien, als bedrohe sie das Gesicht wie etwas Zusätzliches – ich kann es nicht anders ausdrücken –, statt zu ihm zu gehören. So wie ich die beiden vor mir sah, wußte ich, daß es Eheleute waren.

An das, was folgte, erinnere ich mich undeutlich; alles war verworren und zusammenhanglos – wahrscheinlich durch Bewußtseinsblitze erhellt. Es war gerade so, als würden zwei Bilder, der Schauplatz meines Traumes und meine gegenwärtige Umgebung, verschmolzen und überlagert, bis das erstere allmählich verblaßte und verschwand und ich hellwach und ruhig in der verlassenen Hütte lag und meiner Lage klar bewußt war.

Meine törichte Furcht war vergangen, und als ich die Augen aufschlug, sah ich, daß mein Feuer nicht ganz ausgebrannt war, sondern sich durch ein umkippendes Hölzchen neu belebt hatte und den Raum wieder etwas erhellte. Vermutlich hatte ich nur ein paar Minuten geschlafen, aber mein harmloser Traum hatte mich doch irgendwie stark beeindruckt, so daß ich mich nicht länger schläfrig fühlte. Nach einer Weile stand ich auf, schob die Glut meines Feuers zusammen, zündete mir eine Pfeife an und begann, auf etwas albern methodische Art über mein Traumbild nachzudenken.

Damals hätte es mich in Verlegenheit gesetzt, hätte ich sagen sollen, in welcher Hinsicht der Traum des Nachdenkens wert war. Im ersten Augenblick ernsthaften Nachdenkens erkannte ich die Stadt meines Traums als Edinburgh, wo ich aber noch nie gewesen war. Wenn der Traum also ein Erinnern war, dann war es ein Erinnern an Bilder und Berichte. Daß ich die Stadt als Edinburgh erkannte, machte einen tiefen Eindruck auf mich: mir war, als ob etwas in meinem Denken rebellisch und gegen meinen Willen und Verstand auf der Wichtigkeit der Tatsache beharrte. Und jene Kraft – oder was immer sie war – drängte sich auch in meine Sprache ein, denn ich sagte laut und ganz unfreiwillig: »Die MacGregors sind sicher aus Edinburgh hierhergezogen.«

Im ersten Augenblick vermochten weder der Inhalt meiner Bemerkung noch die Tatsache, daß ich sie überhaupt äußerte, mich im geringsten zu überraschen. Es schien mir ganz natürlich, daß ich den Namen meiner Traumleute kannte und etwas aus ihrem Leben wußte. Doch bald dämmerte mir die Komik des Ganzen: ich lachte laut heraus, klopfte die Asche aus meiner Pfeife und streckte mich wieder auf meinem Lager aus Laub und Zweigen aus. Geistesabwesend lag ich da und starrte in mein verlöschendes Feuer, ohne an meinen Traum oder meine Umgebung zu denken. Plötzlich duckte sich das letzte, noch übrig gebliebene Flämmchen, schoß dann hoch, trennte sich von der Glut und verging.

Jetzt herrschte völlige Finsternis.

Im Nu und fast ehe der Lichtschimmer gänzlich erloschen war, hörte ich ein dumpfes, hohles Geräusch, als schlüge ein schwerer Körper auf den Fußboden, der dabei unter mir erbebte. Ich richtete mich im Sitzen auf und tastete nach der Flinte neben mir, denn mein erster Gedanke war, daß irgendein Waldtier durch das offene Fenster hereingesprungen sei. Während die dünnen Bohlen noch unter dem Aufprall zitterten, hörte ich andere Geräusche: Schläge, scharrende Tritte auf dem Fußboden und dann – fast in Reichweite meiner Hand – den schrillen Schrei einer Frau in Todesängsten! Noch nie hatte ich einen so gräßlichen Schrei gehört oder ihn mir auch nur vorgestellt! Er brachte mich gänzlich aus der Fassung, und während eines Moments war ich nur meines eigenen Entsetzens inne. Zum Glück fand meine Hand jetzt die Waffe, nach der sie getastet hatte, und bei der vertrauten Berührung kam ich wieder etwas zu mir. Ich sprang vom Lager auf und versuchte, mit aufgerissenen Augen die Finsternis zu durchdringen. Die wilden Geräusche hatten nachgelassen, aber schrecklicher war das, was ich jetzt hörte: nämlich das schwache, immer wieder aussetzende Ächzen eines lebenden, sterbenden Geschöpfs!

Als sich meine Augen an das schwache Licht der Glut auf dem Feuerrost gewöhnt hatten, sah ich zuerst die Umrisse von Türöffnung und Fensterhöhle, die noch schwärzer als die schwarzen Wände wirkten. Als nächstes konnte ich die Stellen unterscheiden, wo die Wände auf den Fußboden stießen, und endlich vermochte ich den Fußboden in seiner ganzen Ausdehnung von einer Wand zur andern und von hinten nach vorne zu erkennen. Sonst war nichts zu sehen, und die Stille wurde durch nichts unterbrochen.

Mit der einen Hand, die noch etwas zitterte, und mit der andern meine Flinte haltend, schürte ich das Feuer und stellte eine genaue Untersuchung des Innenraums an. Nirgends wies etwas darauf hin, daß jemand die Hütte betreten hatte. Im Staub auf dem Fußboden waren nur meine eigenen Schritte zu erkennen, und andre Fußspuren waren nicht vorhanden. Ich zündete mir wieder die Pfeife an, besorgte mir neuen Brennstoff, indem ich ein paar Latten aus der Innenwand riß – in die Finsternis draußen mochte ich nicht gehen –, und verbrachte den restlichen Teil der Nacht mit Rauchen und Grübeln und dem Schüren des Feuers. Selbst gegen ein paar zusätzliche Lebensjahre hätte ich die kleinen Flammen nicht wieder verlöschen lassen.

* * *

Ein paar Jahre danach lernte ich in Sacramento einen Mann namens Morgan kennen, an den mir ein Freund in San Francisco ein Empfehlungsschreiben mitgegeben hatte. Als ich eines Abends in seiner Wohnung mit ihm beim

Essen saß, fielen mir verschiedene Trophäen an den Wänden auf, die darauf hinzudeuten schienen, daß er manchmal jagen ging.
Es stellte sich heraus, daß er ein leidenschaftlicher Jäger war, und als er von einigen seiner Abenteuer berichtete, erwähnte er auch, daß er die Gegend meines nächtlichen Erlebnisses kannte.
»Mr. Morgan«, fragte ich ihn plötzlich, »ist Ihnen da oben ein Tälchen namens Macargers Schlucht bekannt?«
»Ich habe allen Grund, es zu kennen«, erwiderte er. »Ich war es ja, der im vorigen Jahr in der Zeitung den Bericht über das Auffinden des Skeletts veröffentlichte!«
Ich hatte nichts darüber gehört; der Bericht war anscheinend veröffentlicht worden, während ich mich an der Ostküste der Staaten aufhielt.
»Übrigens ist der Name der Schlucht verstümmelt worden«, fuhr Morgan fort. »Es müßte MacGregors Schlucht heißen. – Liebste«, unterbrach er sich, an seine Frau gewandt, »Mr. Elderson hat etwas Wein verschüttet!«
Das war nicht ganz zutreffend ausgedrückt: ich hatte das Glas mitsamt dem Inhalt umgestoßen.
»In der Schlucht stand früher eine alte Bretterbude«, fuhr Morgan fort, nachdem der Schaden behoben war, den meine zitternde Hand verursacht hatte. »Aber kurz vor meinem Eintreffen war sie umgeweht oder vielmehr fortgeweht worden, denn die Trümmer lagen überall verstreut herum, und sogar der Fußboden war Bohle um Bohle herausgerissen worden. Zwischen zwei Planken, die noch an ihrem Platz hingen, entdeckten ich und mein Begleiter den Zipfel eines karierten Tuches, und als wir es untersuchten, sahen wir, daß es die Schultern einer weiblichen Leiche bedeckte. Außer den Knochen und ein paar Resten ihrer Kleidung war nicht mehr viel von ihr vorhanden, nur die braune, trockne Haut. – Aber damit wollen wir meine Frau verschonen«, schloß er lachend. Mrs. Mor-

gans Miene hatte übrigens eher ihren Widerwillen als ihr Mitleid bekundet.

»Es sollte aber nicht unerwähnt bleiben«, fuhr er fort, »daß der Schädel an mehreren Stellen zertrümmert war, wie von Schlägen mit einem stumpfen Werkzeug. Und das Werkzeug selbst – eine noch immer mit Blut befleckte Spitzhacke – lag in der Nähe unter den Dielen.«

Mr. Morgan wandte sich abermals an seine Frau. »Entschuldige, Liebste«, sagte er mit gut gespieltem Ernst, »daß ich diese unerfreulichen Einzelheiten erwähne: natürliche, wenn auch bedauerliche Hinweise auf einen ehelichen Streit, den sicher der Ungehorsam der unseligen Ehefrau verschuldet hatte.«

»Ich muß es wohl entschuldigen«, erwiderte die Dame gelassen, »da du mich schon so oft mit genau denselben Worten darum gebeten hast.«

Wie mir schien, war er richtig froh, mit seiner Geschichte fortzufahren.

»Aus diesen und andern Umständen«, berichtete er, »folgerte die Leichenschau-Kommission, daß die verstorbene Janet MacGregor durch Schläge zu Tode kam, die ihr von einem der Kommission unbekannten Täter zugefügt worden waren. Man war sich jedoch einig, daß die Indizien ziemlich eindeutig auf ihren Mann, Thomas MacGregor, als den Schuldigen hinwiesen. Aber Thomas MacGregor wurde weder gefaßt, noch hat man je von ihm gehört. Es stellte sich dann heraus, daß das Ehepaar aus Edinburgh stammte – oh, Liebste, Mr. Eldersons Knochenteller ist voller Wasser!«

Ich hatte einen Hühnerknochen in meine Spülschale gelegt.

»In einem Schränkchen hatte ich übrigens eine Fotografie von MacGregor gefunden, aber auch sie führte nicht zu seiner Festnahme.«

»Könnten Sie mir das Bild wohl zeigen?« bat ich.

Auf der alten Fotografie war ein Mann mit einem dunklen, bösartigen Gesicht, das durch eine lange, von der linken Schläfe schräg abwärts bis in den schwarzen Schnurrbart verlaufende Narbe noch bedrohlicher aussah.

»Darf ich vielleicht wissen, Mr. Elderson«, fragte mein liebenswürdiger Gastgeber, »weshalb Sie sich nach der Macargers Schlucht erkundigten?«

»Ach – mir ist dort in der Nähe ein Maultier entlaufen«, erwiderte ich, »und dieser Verlust ... hat mich ... sehr aufgebracht.«

»Liebste«, sagte Mr. Morgan mit dem unbeteiligten Tonfall eines übersetzenden Dolmetschers, »der Verlust des Maultiers ist schuld daran, daß Mr. Elderson soeben Pfeffer in seinen Kaffee gestreut hat!«

Eine Sommernacht

Die Tatsache, daß Henry Armstrong beerdigt worden war, schien ihm nicht hinreichend zu beweisen, daß er tot war: er war schon immer schwer zu überzeugen gewesen. Daß er wirklich beerdigt worden war, mußte er zugeben, denn seine Sinne bewiesen es ihm. Die Stellung seines Körpers – flach auf dem Rücken, die Hände über dem Magen gekreuzt und mit etwas zusammengebunden, das er mühelos zerreißen konnte, ohne die Situation dadurch vorteilhaft zu ändern – sowie die Beengtheit seiner ganzen Person, die pechschwarze Finsternis und die tiefe Stille ergaben einen Tatbestand, der sich unmöglich wegdiskutieren ließ, und er nahm ihn hin, ohne daran herumzukritteln.

Aber tot – nein, das war er nicht! Er war nur sehr, sehr krank. Außerdem war er, wie jeder Kranke, zu apathisch, um sich noch sehr über das ungewöhnliche Schicksal aufzuregen, das ihm zuteil geworden war. Ein Philosoph war er nicht – nur ein einfacher Dutzendmensch, der – jedenfalls momentan – an einer pathologischen Unempfindlichkeit litt. Das Organ, das ihn vor möglichen Folgen warnte, war betäubt. Ohne besondere Besorgnis um seine nähere Zukunft schlummerte er ein, und Frieden umfing Henry Armstrong.

Doch über ihm war etwas im Gange. Es war eine dunkle Sommernacht, hin und wieder zuckten Blitze stumm über den westlichen Himmel, erhellten eine tief herabhängende Wolke und kündigten ein Unwetter an. Bei dem abgerissenen Geflacker des Wetterleuchtens traten die Grabsteine und Denkmäler des Friedhofs jeweils in gespenstischer Deutlichkeit hervor, als tanzten sie wild durcheinander.

Es war keine Nacht, in der glaubwürdige Zeugen über den Friedhof geschlendert wären, deshalb fühlten sich die drei Männer, die das Grab Henry Armstrongs ausheben wollten, leidlich sicher.
Zwei von ihnen waren junge Studenten von der wenige Meilen entfernten medizinischen Fakultät, der dritte war ein riesiger Neger, der Jess hieß. Jess verrichtete schon seit vielen Jahren alle erforderlichen Arbeiten auf dem Friedhof, und im Scherz sagte er gern, daß er jede Seele in seinem Amtsbereich kenne. Doch nach dem zu schließen, was er jetzt eben tat, war der Friedhof nicht mehr so bevölkert, wie es das amtliche Register anzeigen mochte.
Außerhalb der Friedhofsmauer, an einer Stelle, die von der Straße möglichst entfernt war, warteten ein Pferd und ein leichter Bretterwagen.
Das Ausheben des Grabes war nicht schwierig: die lockere Erde, mit der das Grab erst vor wenigen Stunden aufgefüllt worden war, bot wenig Widerstand und war bald herausgeschaufelt. Den Sarg aus der Vertiefung zu heben, war schon schwieriger, aber es wurde geschafft, denn das gehörte zum Nebenverdienst des Negers. Er schraubte den Deckel ab und legte ihn auf die Seite, so daß ein Körper in weißem Hemd und schwarzer Hose zum Vorschein kam. Plötzlich stand der ganze Himmel in Flammen, ein krachender Donnerschlag erschütterte die erschrockene Welt, und Henry Armstrong richtete sich gelassen auf. Unter wildem Geschrei flohen die Männer entsetzt von dannen, jeder in eine andere Richtung. Um keinen Preis hätte man zwei von ihnen überreden können, zurückzukehren.
Aber Jess war aus anderem Holz geschnitzt.
Im Morgengrauen trafen sich die beiden Studenten bleich und verstört vor der Medizinischen Fakultät, und das Entsetzen ob ihres Abenteuers steckte ihnen noch immer im Blut.

»Hast du's auch gesehen?« rief der eine.
»Großer Gott, ja! Was sollen wir bloß tun?«
Sie gingen auf die Rückseite des Gebäudes, wo sie einen leichten Bretterwagen und ein Pferd sahen, das am Torpfosten neben dem Eingang zum Anatomiesaal angezurrt war. Geistesabwesend betraten sie den Sezierraum. Auf einer Bank im Halbdunkel saß der Neger Jess. Er erhob sich und grinste von einem Ohr zum andern: »Ich möcht' meinen Lohn!« sagte er.
Auf einem langen Tisch lag ausgestreckt der nackte Körper Henry Armstrongs. Blut und Lehm vom Schlag eines Spatens besudelten seinen Kopf.

Die mondhelle Straße

I

BERICHT DES JOEL HETMAN JUNIOR

Ich bin der unglücklichste Mensch von der Welt! Reich und angesehen, einigermaßen gebildet und völlig gesund, überdies mit anderen Vorzügen bedacht, die von denen, die sie besitzen, meistens geschätzt, und von denen, die sie nicht haben, heiß begehrt werden, denke ich manchmal, daß ich vielleicht weniger unglücklich wäre, wenn sie mir versagt wären. Dann würde sich nämlich der Gegensatz zwischen meinen äußeren Umständen und meinem Innenleben nicht dauernd so qualvoll bemerkbar machen. Unter dem Druck von Entbehrungen und der Notwendigkeit, etwas zu leisten, könnte ich manchmal das düstere Geheimnis vergessen, das bisher jeder Lösung gespottet hat, zu der es herausfordert.

Ich bin das einzige Kind von Joel und Julia Hetman. Mein Vater war ein wohlhabender Farmer, meine Mutter eine schöne und begabte Frau, an der ich mit einer leidenschaftlichen, aber, wie ich jetzt weiß, eifersüchtigen und anspruchsvollen Liebe hing. Unser Heim lag ein paar Meilen außerhalb von Nashville in Tennessee, ein wenig abseits von der Straße, in einem Park mit Büschen und Bäumen. Es war ein großes und unregelmäßig gebautes Haus, das keinen bestimmten architektonischen Stil aufwies.

Zu der Zeit, von der ich erzähle, war ich neunzehn Jahre alt und studierte an der Yale-Universität. Eines Tages erhielt ich von meinem Vater ein derartig dringendes Telegramm, daß ich sofort seiner nicht weiter erläuterten

Bitte entsprach und heimreiste. Auf dem Bahnhof in Nashville erwartete mich ein entfernter Verwandter und nannte mir den Grund für meine Abberufung: meine Mutter war einem scheußlichen Mord zum Opfer gefallen – weshalb und durch wen, das ahnte niemand. Hier die äußeren Umstände:

Mein Vater war nach Nashville gegangen und er hatte beabsichtigt, am folgenden Nachmittag zurückzukehren. Irgendwie wurde er daran gehindert, das vorliegende Geschäft zu Ende zu bringen, deshalb machte er sich am gleichen Abend auf den Rückweg und traf kurz vor der Morgendämmerung zu Hause ein. In seiner Aussage vor dem Leichenbeschauer erklärte er, er habe keinen Hausschlüssel bei sich gehabt und hätte die schlafenden Diener nicht stören wollen. Ohne bestimmte Absicht sei er um das Haus herum auf die Rückseite gegangen. Als er um eine Ecke des Gebäudes bog, vernahm er ein Geräusch wie von einer leise ins Schloß gezogenen Tür und sah in der Dunkelheit die undeutlichen Umrisse eines Mannes, der jenseits des Rasens zwischen Bäumen verschwand. Eine eilige Verfolgung und ein kurzes Durchsuchen des Grundstücks – in der Annahme, daß der Eindringling heimlich eine Dienerin besucht habe, erwiesen sich als erfolglos, deshalb ging er durch die nicht abgesperrte Tür ins Haus und stieg die Treppe zum Zimmer meiner Mutter hinauf. Die Tür stand offen, und als er das dunkle Zimmer betrat, stürzte er in voller Länge über einen schweren Gegenstand auf dem Fußboden. – Die Einzelheiten möchte ich mir ersparen: er erkannte meine arme Mutter, die von Menschenhand erwürgt worden war.

Im Haus fehlte nichts, die Diener hatten kein Geräusch gehört, und abgesehen von den schrecklichen Fingerabdrücken auf der Kehle der Toten – o Gott! könnte ich sie nur vergessen! – fand man von dem Mörder nie eine Spur.

Ich gab mein Studium auf und blieb bei meinem Vater, mit dem eine große Veränderung vorging. Er war schon immer eine gesetzte, schweigsame Natur gewesen, doch jetzt verfiel er einer so schweren Depression, daß nichts seine Anteilnahme auf längere Zeit fesseln konnte, doch irgendeine Kleinigkeit – ein Schritt, das jähe Zuschlagen einer Tür – erregte ihn jedesmal heftig: man hätte es Verfolgungswahn nennen können. Bei allem, was seine Sinne überraschte, schreckte er sichtlich zusammen und wurde auch manchmal bleich; dann sank er wieder in eine schwermütige Apathie, die noch ständig zunahm. Ich fand, daß er nervlich ein Wrack war. Was mich betrifft, so war ich damals jünger als jetzt, und das erklärt manches. Jugend ist wie das Land Gilead, wo es Balsam für jede Wunde gibt. Oh, daß ich doch wieder in jenem bezaubernden Land leben könnte! Unerfahren im Leid, wußte ich nicht zu bewerten, wie sehr ich beraubt worden war. Ich konnte die Schwere des Schlags nicht richtig abschätzen. Ein paar Monate nach dem furchtbaren Ereignis gingen mein Vater und ich eines Abends von der Stadt nach Hause. Es war Vollmond – er stand seit drei Stunden über dem östlichen Horizont. Die ganze Gegend war in die feierliche Stille einer Sommernacht getaucht. Unsre Schritte und das unaufhörliche Gezirp der Grillen waren weit und breit der einzige Laut. Die schwarzen Schatten der Bäume, die den Weg besäumten, fielen quer über die Straße, die daher in kurzen Abständen zwischenhinein geisterhaft weiß aufleuchtete. Als wir wir uns dem Tor unsres Anwesens näherten, dessen Front ganz im Schatten lag und in dem kein Licht brannte, blieb mein Vater plötzlich stehen, umklammerte meinen Arm und murmelte kaum hörbar: »Großer Gott! Was ist das?«
»Ich höre nichts«, erwiderte ich.
»Doch! Sieh doch!« sagte er und zeigte geradeaus auf die vor uns liegende Straße.

2|4|90

Ich beruhigte ihn: »Es ist nichts da, Vater. Komm, laß uns ins Haus gehen – du bist krank.«
Er hatte meinen Arm losgelassen, stand starr und reglos in der Mitte der mondhellen Straße und stierte wie jemand, der den Verstand verloren hat. Im Mondschein zeigte sein Gesicht eine Blässe und Erstarrung, die mich unsäglich beunruhigte. Ich zog ihn sanft am Ärmel, aber er hatte mein Vorhandensein vergessen. Schritt um Schritt begann er rückwärts zu gehen, ohne den Blick auch nur eine Sekunde von dem abzuwenden, was er sah oder zu sehen glaubte. Ich drehte mich halb um und wollte ihm folgen, blieb aber unschlüssig stehen. Ich kann mich nicht erinnern, daß ich Furcht empfand – falls nicht ein jähes Frösteln deren physische Äußerung war. Mir war, als hätte ein eisiger Wind mein Gesicht berührt und mich von Kopf bis Fuß umhüllt: ich spürte sogar, wie er in meinen Haaren wühlte.
Im gleichen Augenblick wurde meine Aufmerksamkeit durch einen Lichtschimmer abgelenkt, der plötzlich aus einem Fenster im oberen Stockwerk fiel. Eine Dienerin war anscheinend durch irgendeine mysteriöse Vorahnung von etwas Bösem geweckt worden und, einem inneren Drang gehorchend, den sie mir nie erklären konnte, hatte sie eine Lampe angezündet. Als ich mich umdrehte und mich um meinen Vater kümmern wollte, war er verschwunden, und in all den Jahren, die seither vergangen sind, ist kein Gerücht, sein Schicksal betreffend, aus dem Reich des Unbekannten über das Grenzland bloßer Vermutung gedrungen.

II

BERICHT DES CASPAR GRATTAN

Heute bin ich gewissermaßen noch am Leben; morgen wird hier in diesem Zimmer ein fühlloser Erdenkloß liegen, der nur zu lange ich war. Sollte jemand das Tuch vom Gesicht des unschönen Geschöpfs ziehen, dann nur, um eine makabre Neugier zu befriedigen. Manch einer wird vielleicht ein übriges tun und fragen: »Wer war das?« Mit meinem Bericht liefere ich die einzige Antwort, die ich geben kann: Caspar Grattan! Das dürfte doch sicher genügen. Dieser Name hat meinen geringen Bedürfnissen während mehr als zwanzig Jahren eines Lebens von unbekannter Länge gedient. Zwar habe ich ihn mir selbst zugelegt, aber da ich keinen anderen besaß, hatte ich wohl ein Recht dazu. In dieser Welt muß man einen Namen haben, er verhindert Unklarheiten, selbst wenn er keine Identität herstellt. Manche Leute werden mittels Zahlen gekennzeichnet, was mir auch eine unzureichende Unterscheidung zu sein scheint.

So ging ich zum Beispiel in einer weit entfernten Stadt eine Straße entlang und begegnete zwei Männern in Uniform, von denen der eine kurz stehenblieb, mir forschend ins Gesicht blickte und zu seinem Begleiter sagte: »Der hier sieht aus wie 767!« Etwas an dieser Zahl kam mir bekannt und grauenhaft vor. Ein nicht unterdrückbarer Impuls zwang mich, in eine Seitenstraße zu springen und davonzurennen, bis ich auf einem Feldweg erschöpft zusammenbrach.

Ich habe die Zahl nie mehr vergessen, und immer, wenn sie in meinem Gedächtnis auftaucht, ist sie begleitet von obszönem Geschnatter, höhnischen Lachsalven und dem Zuschmettern von eisernen Türen. Daher sage ich, daß ein Name, auch wenn er nur selbstverliehen ist, immerhin

besser als eine Zahl ist. Im Register des Töpferackers* werde ich bald beides haben. Wie üppig!
Denjenigen, der diesen Bericht findet, möchte ich um Nachsicht bitten. Es ist keine Geschichte meines Lebens: die zu kennen ist mir versagt. Dies hier ist nur eine Aufzeichnung von Bruchstücken und scheinbar zusammenhanglosen Erinnerungen, von denen einige so klar und folgerichtig wie Brillanten auf einer Kette sind, andere dagegen sind schwach und seltsam und gleichen roten Träumen mit leeren und schwarzen Lücken – die reinsten Elmsfeuer, die still und brandrot in einer großen Einsamkeit glühen.
Da ich nun am Gestade der Ewigkeit stehe, wende ich mich um zu einem letzten Blick landeinwärts, auf den Weg, den ich herkam. Hinter mir liegen zwanzig Jahre mit recht deutlichen Spuren, den Tritten blutender Füße. Sie führen durch Armut und Schmerz und sind streunend und unsicher, wie von einem, der unter einer Last dahintorkelt, »entrückt und ohne Freunde, schwermütig und langsam«.
Ja, das ist eines Dichters Vorhersage meines Lebens – wie bewundernswert, wie grauenhaft bewundernswert!
Welche Via dolorosa, welch Epos meiner Leiden mit Episoden meiner Sünde! Will ich aber noch *vor* ihren Beginn zurückblicken, dann ist nichts deutlich zu sehen. Der Weg taucht wie aus einer Wolke auf, er umfaßt nur eine Spanne von zwanzig Jahren, und doch bin ich ein alter Mann.
Seiner Geburt kann sich kein Mensch erinnern – darüber muß einem erzählt werden. Doch mit mir verhielt es sich anders: das Leben kam mit vollen Händen und stattete mich sogleich mit all meinen Fähigkeiten und Befugnissen aus. Von einem früheren Dasein weiß ich nicht mehr als

* Töpferacker: für das Begräbnis der Heimatlosen und der Pilger, siehe Matthäus 27, 7

jeder andre, denn jeder besitzt nur lückenhafte Ahnungen, die vielleicht Erinnerungen, vielleicht auch Träume sind. Ich weiß nur, daß ich bei meinem ersten bewußten Erleben bereits die volle geistige und körperliche Reife besaß: ein Innesein meiner selbst war's, das ich ohne Erstaunen oder Mutmaßungen hinnahm. Ich sah mich einfach durch einen Wald gehen, nur halb angezogen und fußkrank und unaussprechlich müde und hungrig. Als ich ein Farmhaus erblickte, trat ich hinzu und bat um Essen. Es wurde mir von einem Mann gegeben, der mich nach meinem Namen fragte. Ich wußte ihn nicht, war mir aber klar darüber, daß jedermann einen Namen hat. Sehr verlegen zog ich mich zurück, und weil die Nacht anbrach, legte ich mich im Wald zum Schlafen nieder.

Am folgenden Tag betrat ich eine große Stadt, die ich nicht nennen will. Auch weitere Einzelheiten aus dem Leben, das jetzt enden soll, möchte ich nicht berichten. Ein Wanderleben war es, auf dem mich immer und überall das überwältigende Bewußtsein eines Verbrechens und meines Entsetzens verfolgte: die Strafe für ein begangenes Verbrechen, eine begangene Untat. Ich will sehen, ob ich es zu einem bloßen Bericht herabmindern kann.

Anscheinend hatte ich früher in der Nähe einer großen Stadt gelebt, als wohlhabender Pflanzer, mit einer Frau verheiratet, die ich liebte und der ich mißtraute. Manchmal ist mir so, als hätten wir ein Kind gehabt, einen vielversprechenden Jüngling mit glänzenden Gaben. Er bleibt stets eine undeutliche Figur, nie scharf umrissen, und häufig überhaupt nicht im Bild.

An einem unheilvollen Abend kam es mir in den Sinn, die Treue meiner Frau mittels einer ordinären und gewöhnlichen Methode, die jeder kennt, der wahre und erdichtete Geschichten gelesen hat, auf die Probe zu stellen. Ich ging in die Stadt und sagte meiner Frau, daß ich bis zum folgenden Nachmittag abwesend sein würde. Doch ich kehrte vor Tagesanbruch zurück und ging auf die Rückseite des Hauses, weil ich dort durch eine Tür eintreten wollte, deren Schloß ich heimlich so eingestellt hatte, daß sie zugesperrt schien, es aber nicht war. Als ich mich der Tür näherte, hörte ich, wie sie leise geöffnet und geschlossen wurde, und sah, wie sich ein Mann ins Dunkel schlich. Mit Mordgedanken im Herzen sprang ich ihm nach, aber er war verschwunden, ohne auch nur das Pech gehabt zu haben, daß ich ihn erkannt hatte. Jetzt kann ich mich gelegentlich kaum dazu überreden, daß es überhaupt ein Mann war.

Ich drang in das Haus ein – verrückt vor Eifersucht und Wut, blind und viehisch in all den elementaren Leidenschaften beleidigten Mannestums, und sprang die Treppe zum Zimmer meiner Frau hinauf. Ihre Tür war verschlossen, doch weil ich auch dort das Schloß geändert hatte, konnte ich ohne weiteres eintreten und stand trotz der Finsternis im Nu neben dem Bett meiner Frau. Meine tastenden Hände verrieten mir, daß das Bett zwar zerwühlt, aber leer war. »Sie ist unten, und durch meine Rückkehr erschreckt«, dachte ich, »und im dunklen Flur konnte sie mir ausweichen.«

Um sie zu suchen, drehte ich mich um und wollte das Zimmer verlassen, doch ich schlug die falsche, vielmehr die richtige Richtung ein und stieß mit dem Fuß gegen meine Frau. Sie kauerte in einer Ecke ihres Zimmers. Im Nu flogen meine Hände an ihre Kehle und erstickten einen Schrei. Meine Knie drückten den kämpfenden Körper nieder, und ohne ein Wort der Beschuldigung oder des Vorwurfs würgte ich sie, bis sie tot war.

Damit endet mein Traum. Ich habe ihn in der Vergangenheitsform erzählt, obwohl die Gegenwart die geeignetere Zeitform wäre, denn immer wieder von neuem spielt sich die düstere Tragödie in meinem Geist ab, immer wieder lege ich mir meinen Plan zurecht, erdulde die Bestätigung meines Verdachts und sühne das Unrecht. Dann ist alles Leere, und hinterher schlägt der Regen gegen die schmutzigen Scheiben, oder der Schnee fällt auf meine dürftigen Kleider, und Räder rasseln durch erbärmliche Straßen, wo ich ein Leben in Armut und erniedrigender Arbeit friste. Wenn jemals irgendwo die Sonne schien, erinnere ich mich nicht daran. Wenn es Vögel gibt – mir singen sie nicht.

Noch einen andern Traum hatte ich, noch eine andre nächtliche Vision. Ich stehe im Schatten einer mondhellen Straße. Ich bin mir eines andren Wesens neben mir bewußt, aber wer das ist, kann ich nicht entscheiden. Im Schatten eines großen Gebäudes erkenne ich weiß schimmernde Gewänder, und dann kommt mir auf der Straße eine Frau entgegen – meine ermordete Ehefrau! Tod steht in ihrem Gesicht, auf ihrer Kehle sind Würgemale. Die Augen hat sie mit unendlichem Ernst auf mich geheftet, der aber weder Vorwurf noch Haß, weder Bedrohung noch sonst etwas weniger Schreckliches bedeutet, als es das Erkennen ist. Vor dieser furchtbaren Erscheinung weiche ich entsetzt zurück – mit einem Entsetzen, das mich noch jetzt, beim Schreiben, erschüttert. Ich kann meine Worte nicht mehr richtig formulieren ... Da ... Sieh doch ...

Jetzt bin ich wieder ruhig, aber es ist auch nichts weiter zu berichten. Der Vorfall endet, wo er begann: in Finsternis und Zweifeln.

Ja, jetzt habe ich mich wieder in der Hand, bin »der Kapitän meiner Seele«. Doch das bedeutet nicht Aufschub: es ist eine weitere Stufe und Phase der Sühne. Meine Buße, gradmäßig konstant, ändert sich in ihrer Art: eine ihrer Varianten ist die Ruhe. Schließlich ist es nur eine Verurteilung zu lebenslänglicher Haft. »Lebenslänglich in der Hölle« – das wäre eine törichte Strafe, weil der Angeklagte die Dauer seiner Strafe selbst wählen kann. Meine Strafzeit ist heute abgelaufen.

Für jeden und alle: den Frieden, der nicht mein war!

III

BERICHT DER VERSTORBENEN JULIA HETMAN, MITGETEILT DURCH DAS MEDIUM BAYROLLES

Ich hatte mich früh zur Ruhe begeben und war fast sofort in einen friedlichen Schlummer gesunken, aus dem ich mit dem unerklärlichen Gefühl einer Bedrohung erwachte, das wohl in einem anderen Leben eine allgemein bekannte Erfahrung ist. Ich war fest überzeugt, daß es nichts zu sagen hatte, doch konnte ich es nicht verscheuchen. Mein Mann, Joel Hetman, war nicht daheim, die Diener schliefen in einem andern Teil unsres Hauses. Doch das waren bekannte Situationen, die mich sonst nie beunruhigt hatten. Trotzdem nahm das seltsame Grauen noch zu und wurde so unerträglich, daß ich mich, meine Angst vor jeder Bewegung unterdrückend, im Bett aufrichtete und die Lampe neben meinem Bett anzündete. Wider meine Erwartung verschaffte mir das keine Erleichterung. Das Licht schien eine weitere Gefahrenquelle zu sein, denn ich meinte, es müsse unter der Türritze zu sehen sein und dem Bösen – oder was immer draußen lauerte –, meine Anwesenheit verraten. Ihr, die ihr im Fleisch wandelt und den Schrecken der Einbildungskraft ausgeliefert seid, stellt euch vor, wie riesengroß die Angst sein muß, die im Dunkel Sicherheit vor den bösen Mächten der Nacht sucht! Es bedeutet, aus nächster Nähe gegen den unsichtbaren Feind vorgehen: es ist die Strategie der Verzweiflung!

Ich löschte die Lampe, zog mir die Bettdecke über den Kopf und lag zitternd und still da, unfähig zu schreien, und das Beten vergessend! In diesem kläglichen Zustand muß ich stundenlang (wie ihr das nennt) dagelegen haben; für uns gibt es eben weder Stunden noch ZEIT.

Endlich kam es! Ein leises, unregelmäßiges Geräusch wie

von Schritten auf der Treppe! Langsam, zögernd und unsicher näherten sie sich – wie von jemand, der nicht sieht, wo er hintritt: meinem verwirrten Verstand erschien es deshalb nur noch entsetzlicher, wie das Näherkommen einer blinden und seelenlosen Tücke, vor der kein Bitten und Flehen hilft. Ich glaubte sogar, die Lampe im Flur brennengelassen zu haben: dann bewies gerade das Vorantasten des Geschöpfs, daß es ein Monstrum der Nacht war. Das war natürlich ein törichter Gedanke, der nicht mit meiner Furcht vor verräterischem Licht vereinbar war, aber was wollt ihr? Die Furcht ist unvernünftig, ist eine Närrin. Das pessimistische Zeugnis, das sie ablegt, und der feige Rat, den sie einem zutuschelt, sind relativ. Wir wissen es genau, wir, die wir in das Reich des Grauens hinübergegangen sind und die wir in ewigem Dämmerdunkel zwischen den Szenen unsres früheren Lebens umherschleichen, unsichtbar selbst untereinander, und doch uns in einsamen Orten verbergend, nach Gesprächen mit unsern Lieben verlangend, aber stumm – und ebenso voller Angst vor ihnen, wie sie vor uns. Manchmal wird unser Unvermögen beseitigt und das Gesetz aufgehoben: durch die unsterbliche Macht der Liebe oder des Hasses können wir den Bann brechen. Dann werden wir von denen gesehen, die wir warnen oder trösten oder strafen wollen. In welcher Gestalt sie uns zu sehen glauben, wissen wir nicht; wir wissen nur, daß wir sogar jene erschrecken, die wir am innigsten zu trösten wünschen, und von denen wir am meisten Zärtlichkeit und Anteilnahme ersehnen.
Aber ich bitte euch, verzeiht der, die früher eine Frau war, ihre Abschweifung! Ihr, die ihr uns auf so unvollkommene Weise befragt – ihr versteht nichts. Ihr stellt törichte Fragen über unbekannte oder verbotene Dinge. Vieles, was wir wissen und in unsrer Sprache mitteilen könnten, klingt in eurer Sprache bedeutungslos. Wir müssen uns

mit euch durch einen stammelnden Geist in Verbindung setzen, und zwar mittels eines kleinen Bruchteils unsrer Sprache, den auch ihr verstehen könnt. Ihr glaubt, wir gehören einer andren Welt an – aber nein! Uns ist keine andre Welt bekannt als die eure, obwohl sie für uns keinen Sonnenschein und keine Wärme, keine Musik und kein Lachen, keinen Vogelsang und keine Freundschaft birgt. O Gott, wie furchtbar ist es, ein Geist zu sein, geduckt und zitternd in eine veränderte Welt gebannt, eine Beute der Angst und Verzweiflung!

Nein, ich bin nicht vor Schreck gestorben: das Ding drehte sich um und ging fort. Ich hörte, wie es die Treppe hinunterging, eilends, wie mir schien, als sei es plötzlich selbst von Angst und Schrecken gepackt. Dann stand ich auf und wollte um Hilfe rufen. Kaum hatte meine zitternde Hand die Klinke gefunden, als ich es – barmherziger Himmel! – zurückkehren hörte! Seine Schritte, als es jetzt wieder die Treppe hinaufstieg, klangen hastig und schwer und laut; sie erschütterten das Haus. Ich floh in eine Ecke meines Zimmers und kauerte auf dem Fußboden. Ich versuchte zu beten. Ich versuchte, den Namen meines geliebten Mannes zu rufen. Dann hörte ich, wie die Tür aufgerissen wurde. Ein paar Sekunden war ich bewußtlos, und als ich wieder zu mir kam, spürte ich den würgenden Griff um meine Kehle, spürte, wie meine Arme kraftlos auf etwas einschlugen, das mich hintenüber drängte, und fühlte, wie sich meine Zunge zwischen den Zähnen hervorzwängte. Und dann glitt ich in dieses andere Leben hinüber.

Nein, mir ist nicht bekannt, was es war. Die Summe dessen, was wir im Tode wissen, ist genau das, was wir hinterher von allem Voraufgegangenen wissen. Von der früheren Existenz wissen wir vielerlei, aber kein neues Licht fällt darauf. Was im Gedächtnis verzeichnet steht, ist alles, was wir lesen können. Hier gibt es keine Höhepunkte der Wahrheit, von denen die verworrene Landschaft jenes ungewissen Reichs zu überblicken wäre. Wir leben noch immer im Todesschattental, schleichen in seinen einsamen Gegenden herum, spähen aus Dornen und Dickicht auf seine tollen, boshaften Bewohner. Wie sollten wir neue Kenntnisse von der verblassenden Vergangenheit haben?

Was ich jetzt berichte, geschah in einer Nacht. Wir wissen, wann es Nacht ist, denn dann zieht ihr euch in eure Häuser zurück, und wir können uns aus unsern Verstekken hervorwagen und uns furchtlos zu unserm ehemaligen Heim begeben, zu den Fenstern hereinschauen, sogar eintreten und in eure Gesichter blicken, während ihr schlaft. Ich hatte mich lange in der Nähe des Gebäudes aufgehalten, wo ich so grausam in das verwandelt wurde, was ich jetzt bin: wir tun es, solange jemand, den wir lieben oder hassen, noch da ist. Vergebens hatte ich nach einer Möglichkeit gesucht, mich zu manifestieren, um meinem Mann und meinem Sohn vom Fortbestand meiner Existenz und von meiner großen Liebe und meinem tiefen Mitgefühl Nachricht zu geben. Immer wenn sie schliefen, erwachten sie, oder wenn ich mich ihnen in meiner Verzweiflung zu nahen wagte, während sie wach waren, richteten sie die furchtbaren Augen der Lebenden auf mich und verscheuchten mich mit den Blicken, die ich gesucht hatte, aus meinem geplanten Vorhaben.

In jener Nacht hatte ich sie auch vergebens gesucht und gleichzeitig gefürchtet, sie zu finden. Sie waren nirgends im Haus und auch nicht auf dem mondhellen Rasen. Denn wenn uns auch die Sonne auf ewig verloren ist, bleibt uns doch der Mond, sei er voll oder schmal. Manchmal scheint er bei Nacht, manchmal bei Tage, aber immer geht er auf und unter wie in jenem anderen Leben.

Ich verließ die Rasenfläche und zog im weißen Mondlicht ziellos und trauernd die Straße dahin. Plötzlich hörte ich

die Stimme meines armen Mannes. Er schrie erstaunt auf, und meines Sohnes Stimme sprach beruhigend und ablenkend auf ihn ein – und dort, im Schatten einer Baumgruppe, standen beide, so nah, so nah! Ihre Gesichter waren mir zugewandt, die Augen des älteren Mannes starrten auf mein Gesicht. Er sah mich, endlich, endlich sah er mich! In diesem Wissen wich meine Angst wie ein grausamer Traum. Der Todesbann war gebrochen, die Liebe hatte das Gesetz besiegt! In wilder Begeisterung schrie ich auf – ich muß geschrien haben: »Er sieht mich! Er sieht mich! Er wird es begreifen!« Dann faßte ich mich, trat lächelnd und meiner Schönheit bewußt vor, um mich seinen Armen anzuvertrauen, ihn mit Zärtlichkeiten zu trösten und, meines Sohnes Hand in der meinen, Worte zu äußern, die das zerrissene Band zwischen den Lebenden und den Toten wieder zusammenfügen sollten.
Aber ach, sein Gesicht erbleichte vor Furcht, und seine Augen nahmen den Ausdruck eines gehetzten Tieres an. Er wich vor mir zurück, während ich auf ihn zuging, und schließlich drehte er sich um und floh in den Wald – wohin, das zu wissen ist mir nicht gegeben.
Meinem armen Jungen, der nun doppelt untröstlich zurückblieb, habe ich niemals ein Gefühl von meiner Anwesenheit vermitteln können. Bald muß auch er in dieses Reich des Unsichtbaren hinüberwechseln – dann ist er mir auf ewig verloren.

Eine Todesdiagnose

»Ich bin nicht so abergläubisch wie manche von euch Ärzten – Männern der Wissenschaft, wie ihr euch gerne nennen hört«, sagte Hawver, um eine Beschuldigung zu widerlegen, die gar nicht erhoben worden war. »Einige von Ihnen – nur ein paar, das gebe ich zu – glauben an die Unsterblichkeit der Seele und an Erscheinungen, die ihr nicht ehrlich genug seid, Gespenster zu nennen. Ich gehe nicht weiter als bis zu der Überzeugung, daß die Lebenden manchmal dort gesehen werden, wo sie nicht sind, wo sie aber einst waren und wo sie so lange und vielleicht so nachhaltig gelebt haben, daß sie jedem Ding um sie her ihren Stempel aufprägten. Ja, ich weiß, daß die Umgebung eines Menschen so von seiner Persönlichkeit beeinflußt werden kann, daß sie noch lange hinterher den Augen eines anderen ein Bild seines Selbst vermitteln. Natürlich muß es die richtige Art Persönlichkeit sein, wie auch die wahrnehmenden Augen des andern die richtige Art Augen sein müssen – meine zum Beispiel.«

»Ja, die richtige Art Augen, um der verkehrten Art Gehirn Sinneswahrnehmungen zu vermitteln«, sagte Doktor Frayley und lächelte.

»Danke! Man sieht seine Erwartungen gern bestätigt! Das ist so ungefähr die Antwort, die ich von Ihrer Höflichkeit erwartet hatte.«

»Verzeihung! Aber Sie sagten, daß Sie es *wissen*. Damit behaupten Sie sehr viel, finden Sie nicht? Vielleicht würden Sie liebenswürdigerweise verraten, wie Sie zu Ihrem Wissen gekommen sind?«

»Wahrscheinlich würden Sie es als Halluzination abtun«, sagte Hawver, »aber das macht nichts.«

Und er erzählte sein Erlebnis.

»Im vorigen Sommer reiste ich, wie Ihnen bekannt ist, nach Meridian, um dort die heiße Jahreszeit zu verbringen. Der Verwandte, in dessen Haus ich hatte wohnen wollen, war erkrankt, daher suchte ich mir eine andere Unterkunft. Nach einigen Schwierigkeiten gelang es, ein leeres Haus zu mieten, das einem exzentrischen Arzt namens Mannering gehört hatte. Vor Jahren war er weggezogen, niemand wußte, wohin, nicht einmal der Hausverwalter. Er hatte das Haus selbst bauen lassen und es etwa zehn Jahre lang mit einem alten Diener bewohnt. Seine Praxis, die nie sehr ausgedehnt war, hatte er schon nach ein paar Jahren gänzlich aufgegeben. Und nicht nur das – er hatte sich beinah völlig aus dem gesellschaftlichen Leben zurückgezogen und war ein Einsiedler geworden. Der Dorfarzt – ungefähr der einzige Mensch, zu dem er noch eine Beziehung aufrechterhalten hatte – erzählte mir, daß Mannering seine Einsamkeit dem Studium einer einzigen Seite seines Fachs gewidmet hatte, und das Ergebnis hatte er in einem Buch genauestens dargelegt. Doch dieses Werk hatte nicht den Beifall seiner Berufskollegen gefunden, die ihn sogar für geistig nicht ganz normal hielten. Ich habe das Buch nie gesehen und kann mich jetzt nicht an den Titel erinnern, aber wie ich hörte, hatte er darin eine ziemlich aufsehenerregende These aufgestellt. Er behauptete, es sei möglich, manchen Menschen, die sich der besten Gesundheit erfreuen, den Tod vorauszusagen, und zwar mehrere Monate vor dem Eintreffen des Ereignisses. Die längste Zeitspanne betrug, glaube ich, achtzehn Monate. Im Ort sprach es sich herum, daß er seine seherische Begabung – oder vielleicht sollte ich lieber sagen: die Kunst seiner Diagnose – auch im praktischen Leben angewandt habe. Und ferner hieß es, daß der Mensch, dessen Freunde er gewarnt hatte, zu der vorhergesagten Zeit gestorben sei, und zwar plötzlich und ohne

XII
IV
90
KB
2|6|90

ersichtliche Ursache. Das alles hat jedoch nichts mit dem zu tun, was ich Ihnen erzählen will; ich dachte nur, es könnte für einen Arzt von Interesse sein.

»Das Haus war noch genauso möbliert wie zu der Zeit, als er es bewohnt hatte. Für einen Mann wie mich, der weder ein Einsiedler noch ein Gelehrter ist, war es eine ziemlich düstere Behausung, und ich glaube, daß etwas von ihrer Eigenart auf mich abgefärbt hat – oder vielmehr von der Eigenart ihres einstigen Bewohners. Immer spürte ich dort eine gewisse Niedergeschlagenheit, die gar nicht meine natürliche Veranlagung ist und die ich auch nicht auf die Einsamkeit zurückführen mochte. Ich hatte keine Diener, die im Haus schliefen, denn wie Sie wissen, bin ich mit meiner eigenen Gesellschaft sehr zufrieden, da ich gewöhnt bin, viel zu lesen, wenn auch nur wenig zu studieren. Einerlei, was die Ursache war, die Wirkung war jedenfalls eine ständige Niedergeschlagenheit und ein Gefühl von drohendem Unheil – letzteres besonders in Doktor Mannerings Studierzimmer, obwohl dieses Zimmer das hellste und luftigste im ganzen Haus war. Es schien gänzlich von seinem lebensgroßen Porträt beherrscht zu sein, das dort an der Wand hing. Dabei war gar nichts Ungewöhnliches an dem Bild. Offenbar war der Doktor ein recht gut aussehender Mann, etwa fünfzig Jahre alt, mit stahlgrauem Haar, einem glattrasierten Gesicht und dunklen, ernsten Augen. Das Bild hatte etwas an sich, das immer wieder meine Aufmerksamkeit erregte und fesselte. Das Aussehen des Mannes wurde mir schließlich so vertraut, daß es mich fast verfolgte.

Als ich eines Abends mit einer Lampe – denn in Meridian gab es kein Gas – durch das Studierzimmer ging, um mich in mein Schlafzimmer zu begeben, blieb ich, wie es meine Gewohnheit war, vor dem Bildnis stehen. Im Lampenlicht schien es einen neuen Ausdruck zu zeigen, der nicht leicht zu beschreiben ist, aber ausgesprochen unheimlich war.

Ich fand es interessant, aber es störte mich nicht. Ich bewegte die Lampe von einer Seite auf die andere, um die Wirkung des Lichteinfalls zu beobachten. Noch während ich es tat, fühlte ich mich veranlaßt, mich umzudrehen – und sah einen Mann durchs Zimmer gehen, der auf mich zusteuerte. Sobald er nahe genug herangekommen war, daß das Lampenlicht auf sein Gesicht fiel, sah ich, daß es Doktor Mannering selber war: es schien, als schritte sein Porträt durchs Zimmer.

›Verzeihung‹, sagte ich ziemlich kühl, ›ich habe nicht gehört, daß Sie anklopften!‹

Er ging auf Armes Länge an mir vorbei, hob warnend seinen rechten Zeigefinger und verschwand ohne ein Wort, obwohl ich sein Hinausgehen genausowenig bemerkte, wie ich sein Eintreten gesehen hatte.

Natürlich brauche ich Ihnen nicht zu sagen, daß es sich um etwas handelte, was Sie eine Halluzination nennen und was ich eine Erscheinung nenne. Das Studierzimmer hatte nur zwei Türen, von denen die eine zugesperrt war; die andre führte in ein Schlafzimmer, von dem es keinen Ausgang gab. Aber was ich empfand, als mir das klar wurde, ist für den Vorfall nicht wichtig.

Zweifellos kommt es Ihnen wie eine ganz alltägliche Gespenstergeschichte vor, eine, die nach dem üblichen Muster abläuft, das die alten Meister der Gruselgeschichten dafür festgelegt haben. Aber wenn dem so wäre, hätte ich sie Ihnen nicht erzählt, selbst wenn sie wahr ist. Der Mann ist nämlich nicht tot, ich bin ihm heute in der Union Street begegnet. Im Gedränge ging er an mir vorüber.«

Hawver hatte seine Geschichte beendet, und beide Männer schwiegen. Doktor Frayley trommelte gedankenversunken mit den Fingern auf den Tisch.

»Hat er heute etwas zu Ihnen gesagt?« fragte er. »Etwas, aus dem Sie schließen durften, daß er nicht tot ist?«

Hawver starrte ihn an, gab aber keine Antwort.

»Vielleicht hat er eine Handbewegung gemacht«, fuhr Frayley fort, »eine Geste – vielleicht einen warnenden Finger erhoben? Das war nämlich eine Eigenart von ihm, eine Gewohnheit, wenn er etwas Wichtiges verkünden wollte, zum Beispiel das Ergebnis einer Diagnose.«
»Ja, das hat er getan – genau wie die Erscheinung auch. Aber, lieber Himmel, haben Sie ihn denn gekannt?«
»Ich habe ihn gekannt. Ich habe sein Buch gelesen, wie es eines Tages jeder Arzt lesen wird. Es ist einer der beachtlichsten und wichtigsten Beiträge zur medizinischen Wissenschaft unseres Jahrhunderts. Ja, ich habe ihn gekannt. Ich habe ihn vor drei Jahren an einer Krankheit behandelt, an der er starb.«
Hawver sprang vom Stuhl auf und war offensichtlich erregt. Er ging im Zimmer hin und her, dann trat er auf seinen Freund zu und fragte ihn mit einer nicht allzu festen Stimme: »Doktor Frayser, haben Sie mir etwas mitzuteilen – Sie als Arzt?«
»Nein, Hawver. Sie sind der gesündeste Mann, der mir je begegnet ist! Aber als Freund möchte ich Ihnen empfehlen, nun in Ihr Zimmer zu gehen. Sie können so herrlich Violine spielen. Spielen Sie jetzt! Spielen Sie etwas Leichtes und Lebhaftes! Schlagen Sie sich diese verdammt scheußliche Sache aus dem Kopf.«
Am folgenden Tag fand man Hawver tot in seinem Zimmer, die Geige an der Schulter, den Bogen über den Saiten, das Notenheft aufgeschlagen vor sich: bei Chopins Trauermarsch!

Moxons Meister

»Ist das dein Ernst? Glaubst du wirklich, daß eine Maschine denkt?«

Ich bekam nicht gleich eine Antwort. Moxon war anscheinend eifrig mit den Kohlen auf dem Kaminrost beschäftigt, die er mit einem Schüreisen geschickt zurechtrückte, bis sie seine Bemühungen mit etwas hellerem Aufglühen belohnten. Seit mehreren Wochen hatte ich an ihm eine immer stärker werdende Gewohnheit beobachtet, beim Beantworten selbst der banalsten und alltäglichsten Fragen zu zaudern. Doch seine Miene deutete eher darauf hin, daß er es nicht absichtlich tat, sondern in Gedanken versunken war. Man hätte sagen können, daß ihm etwas auf der Seele lag.

Endlich erwiderte er: »Was ist denn eine Maschine? Das Wort ist ganz verschieden definiert worden. In einem beliebten Lexikon heißt es: ›MASCHINE: jedes Gerät oder Gefüge, mit dem Energie angewandt oder wirksam gemacht oder eine gewünschte Leistung erzeugt wird.‹ Gut so! Und ist dann nicht auch der Mensch eine Maschine? Und mußt du nicht zugeben, daß er denkt – oder denkt, daß er denkt?«

»Wenn du meine Frage nicht beantworten willst«, entgegnete ich etwas gereizt, »warum sagst du's dann nicht? Das sind ja bloß lauter Ausflüchte! Du weißt genau, daß ich nicht ›Mensch‹ meine, wenn ich ›Maschine‹ sage, sondern etwas, das der Mensch hergestellt hat und beherrscht.«

»Falls es nicht *ihn* beherrscht«, sagte er, erhob sich plötzlich und blickte aus dem Fenster, wo es in der Finsternis einer Gewitternacht nichts zu sehen gab. Doch einen Augenblick darauf drehte er sich um und sagte lächelnd:

»Verzeih! Ich wollte keine Ausflüchte machen. Ich hielt das, was der Lexikon-Mann da unbewußt bescheinigt, für anregend und brauchbar bei unsrer Diskussion. Auf deine Frage kann ich dir ohne weiteres eine Antwort geben: ja, ich glaube wirklich, daß eine Maschine über die Arbeit nachdenkt, die sie verrichtet.«
Das war gewiß eine klare Antwort. Sie war aber nicht gerade erfreulich, denn sie schien die traurige Vermutung zu bestätigen, daß die Ausschließlichkeit, mit der Moxon in seiner Maschinenwerkstatt grübelte und experimentierte, ihm nicht gutgetan hatte. Außerdem wußte ich, daß er an Schlaflosigkeit litt, und das ist ein Leiden, das man nicht auf die leichte Schulter nehmen soll. Hatte es seinen Verstand beeinträchtigt? Seine Antwort auf meine Frage schien den Beweis dafür zu liefern; aber vielleicht würde ich heute anders darüber denken. Damals war ich jünger, und zu den Segnungen, die der Jugend nicht vorenthalten werden, gehört der Dünkel, und der ist ein großer Ansporn zum Widerspruch. Daher sagte ich: »Und womit denkt sie, bitte schön – in Ermangelung eines Gehirns?«
Die Antwort erfolgte etwas weniger zaudernd als sonst bei ihm üblich, und zwar, wie er es gern tat, mit einer Gegenfrage: »Womit denkt eine Pflanze – in Ermangelung eines Gehirns?«
»Aha, Pflanzen gehören also auch in diese Philosophenklasse! Ich wäre begeistert, einige ihrer Schlußfolgerungen zu hören – die Prämissen kannst du dir schenken!«
»Vielleicht könntest du«, erwiderte er, anscheinend unberührt von meiner törichten Ironie, »von ihrem Tun auf ihr Denken schließen? Ich möchte dich verschonen mit den bekannten Beispielen der Mimose, der verschiedenen fleischfressenden Pflanzen und all jener Blüten, die ihre Staubbeutel nach unten beugen und den Pollen auf die naschenden Bienen schütteln, damit entferntere Artge-

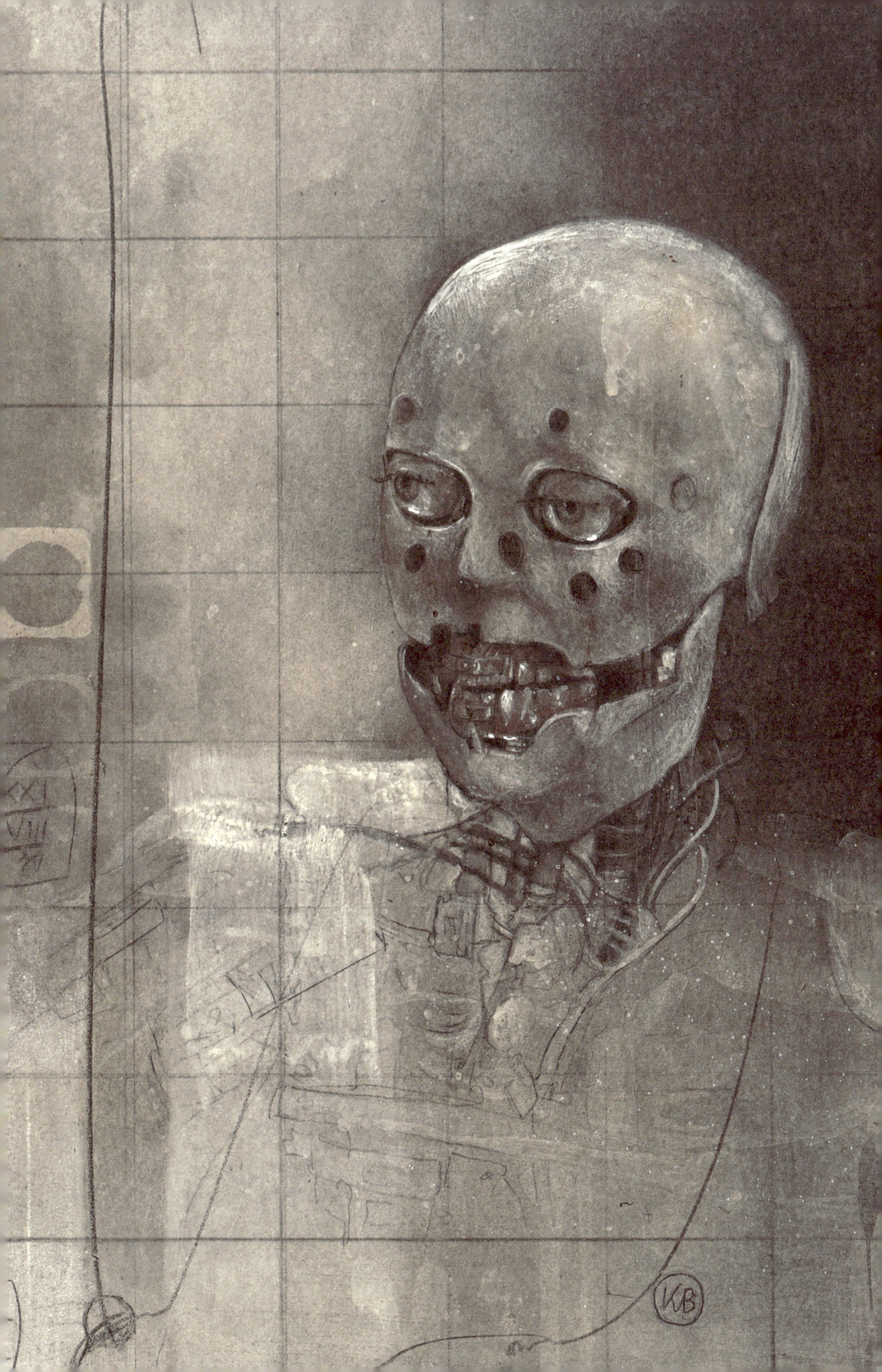

nossen befruchtet werden. Aber hör dir das an: auf eine freie Stelle meines Gartens hatte ich eine Kletterrebe gepflanzt. Als sie kaum aus dem Boden schaute, trieb ich in etwa einem Meter Entfernung einen Stecken in die Erde. Die Kletterrebe begann sofort in diese Richtung zu wachsen; aber als sie nach mehreren Tagen den Stecken fast erreicht hatte, versetzte ich ihn an eine andere Stelle. Die Rebe wechselte sofort mit einem spitzen Winkel ihre bisherige Richtung und strebte wieder auf den Stecken zu. Dieses Spiel wurde mehrmals wiederholt, doch schließlich gab die Rebe, als sei sie entmutigt, die Verfolgung des Steckens auf, ignorierte weitere Versuche, sie abzulenken, und wuchs einem kleinen, etwas entfernteren Baumstamm entgegen, an dem sie sich schließlich hochrankte. Die Wurzeln des Eukalyptus können auf der Suche nach Feuchtigkeit ganz unglaublich in die Länge wachsen. Ein bekannter Gärtner berichtete über eine Eukalyptuswurzel, die in ein altes Abflußrohr hineinwuchs und dem Rohr folgte, bis sie an eine Lücke kam, wo ein Teil des Rohrs entfernt worden war, um für eine Steinmauer Platz zu schaffen. Die Wurzel verließ das Rohr und folgte der Steinmauer, bis sie eine Lücke fand, wo ein Stein herausgefallen war. Dort kroch sie hindurch, fand auf der andern Seite der Mauer wieder zum Rohr zurück, wuchs in das noch unerforschte Teilstück hinein und setzte ihre Suche nach Feuchtigkeit fort!«

»Und was soll das alles?«

»Ist es möglich, daß du die Bedeutung nicht verstehst? Es beweist, daß die Pflanzen ein Bewußtsein haben. Es beweist, daß sie denken!«

»Selbst wenn dem so wäre – was dann? Wir sprechen nicht von Pflanzen, sondern von Maschinen. Sie können teilweise aus Holz bestehen – aus totem Holz, das keine Lebenskraft mehr besitzt, oder auch gänzlich aus Metall. Ist das Denken auch ein Attribut des Mineralreichs?«

»Ja! Wie sonst willst du dir zum Beispiel das Phänomen der Kristallisation erklären?«

»Ich will es mir überhaupt nicht erklären.«

»Weil du es nicht kannst, ohne zu bestätigen, was du abstreiten willst – nämlich das intelligente Zusammenwirken zwischen den Bausteinchen der Kristalle. Wenn die Soldaten sich in Reihen oder in einem Karree formieren, siehst du darin den Verstand an der Arbeit. Wenn die Wildgänse im Flug ein V bilden, nennst du es Instinkt. Wenn sich die homogenen Teilchen eines Minerals, die sich frei in einer Lösung bewegen, zu mathematisch perfekten Figuren anordnen, oder wenn Partikel gefrorener Feuchtigkeit in der symmetrischen und schönen Form der Schneeflocken erscheinen, dann weißt du nichts darüber auszusagen, ja du hast noch nicht einmal einen Namen erfunden, hinter dem sich deine sagenhafte Unvernunft verstecken könnte.«

Moxon sprach mit ungewöhnlichem Eifer und Ernst. Als er sich unterbrach, hörte ich im Nebenzimmer, das mir als seine »Maschinenwerkstatt« bekannt war und die nur er selbst betreten durfte, ein seltsam hämmerndes Klopfen, wie wenn jemand mit der flachen Hand auf einen Tisch schlägt. Moxon vernahm es im gleichen Augenblick, stand sichtlich erregt auf und eilte schnell ins Nebenzimmer, aus dem das Geräusch kam. Mir schien es merkwürdig, daß noch jemand anders dort sein sollte, und mein Interesse an meinem Freund – zweifellos mit einer Spur unberechtigter Neugier gemischt –, verführte mich dazu, angestrengt zu lauschen, obwohl, zu meiner Ehre sei's gesagt, nicht am Schlüsselloch. Verworrene Geräusche wie von einem Kampf oder Handgemenge drangen zu mir her, und der Fußboden zitterte. Ich hörte deutlich, wie jemand keuchte und heiser flüsterte: »Hol dich der Teufel«! Dann war alles still, und gleich darauf erschien Moxon wieder und lächelte etwas kläglich: »Verzeih bitte, daß ich dich so unvermittelt

alleingelassen habe! Drüben habe ich eine Maschine, die plötzlich die Beherrschung verlor und tätlich wurde.«
Ich heftete meine Blicke unentwegt auf seine linke Wange, die von vier parallel verlaufenden blutigen Kratzern verunstaltet wurde, und sagte: »Wie wär's, wenn du ihr die Nägel beschnittest?«
Ich hätte mir den Scherz sparen können; er beachtete ihn gar nicht, sondern setzte sich wieder auf den Stuhl, von dem er aufgesprungen war, und fuhr mit seinem unterbrochenen Monolog fort, als wäre nichts geschehen.
»Natürlich stimmst du nicht mit all denen überein (Namen brauche ich einem Mann von deiner Belesenheit nicht aufzuzählen), die gelehrt haben, daß alle Materie ein Empfindungsvermögen hat und daß jedes Atom ein lebendiges, fühlendes, seiner selbst bewußtes Wesen ist. Ich aber bin derselben Ansicht. So etwas wie tote, leblose Materie gibt es nicht: alles lebt, alles ist voller Energie, voll wirkender und voll potentieller Kraft, alles gewahrt dieselben Kräfte in seiner Umgebung und ist empfänglich für die Berührung mit höheren, subtileren Kräften, wie sie in den höher entwickelten Organismen vorhanden sind, etwa denen des Menschen, wenn er sich die niedrigeren Formen zum Instrument seines Willens macht. Dann nehmen sie etwas von seiner Intelligenz und Absicht auf – und das um so mehr, je komplizierter die von ihm erschaffene Maschine und ihr Arbeitsgang ist.
Erinnerst du dich zufällig an Herbert Spencers Definition vom Leben? Ich las sie vor dreißig Jahren. Vielleicht hat er sie später abgeändert, wer weiß, aber all die Zeit konnte ich nicht einsehen, daß auch nur ein einziges Wort zu seinem Vorteil hätte geändert oder hinzugefügt oder gestrichen werden müssen. Mir schien es nicht nur die beste, sondern die einzig mögliche Definition zu sein.
Er sagt: ›Leben ist eine bestimmte Kombination heterogener Veränderungen, die sowohl gleichzeitig wie auch in

zeitlicher Folge in Übereinstimmung mit äußeren Koexistenzen und Handlungsfolgen ablaufen.‹«

»Damit hat er das Phänomen Leben erklärt«, wandte ich ein, »aber auf seine Ursache gibt er keinen Hinweis.«

»Mehr kann keine Definition tun«, entgegnete er. »Wie Mill betont hat, können wir von der Ursache nichts weiter wissen, als daß sie etwas Vorausgegangenes ist – und von der Wirkung nichts weiter, als daß sie etwas Nachfolgendes ist. Gewisse ungleichartige Phänomene treten nie eins ohne das andre auf: das erste bezeichnen wir – im Hinblick auf die Zeit – als Ursache, und das zweite als die Wirkung. Wer schon wiederholt gesehen hat, wie ein Kaninchen von einem Hund gejagt wird, sonst aber Kaninchen und Hunde noch nie einzeln beobachtet hat, wird das Kaninchen für die Ursache des Hundes halten!«

Er lachte von Herzen und fuhr fort: »Leider hat mich mein Kaninchen sehr weit von der Verfolgung meines ursprünglichen Themas abgebracht. Ich ließ mich aus lauter Freude an der Jagd dazu verleiten. Eigentlich wollte ich dich nur zu beachten bitten, daß in Herbert Spencers Definition Leben die Tätigkeit einer Maschine mit einbezogen ist – in seiner Definition gibt es nichts, was sich nicht darauf anwenden ließe. Wie der Mensch – laut diesem schärfsten Beobachter und tiefsinnigsten Denker – lebendig ist, solange er sich betätigt, so auch eine Maschine, solange sie im Gang ist. Als Erfinder und Erbauer von Maschinen weiß ich, daß es wahr ist!«

Moxon schwieg lange und starrte geistesabwesend ins Feuer. Es wurde spät, und ich fand es an der Zeit, mich zu verabschieden, aber irgendwie behagte mir der Gedanke nicht, ihn in dem einsamen Haus alleinzulassen, ganz allein, abgesehen von der Anwesenheit eines Geschöpfs, über dessen Charakter ich nichts weiter vermuten konnte, als daß es grob, ja vielleicht sogar bösartig war. Ich beugte mich zu ihm vor und blickte ihm ernst in die Augen, während ich mit der Hand auf die Tür zu seiner Werkstatt zeigte und dabei fragte: »Moxon, wen hast du da drin?«

Ich war etwas überrascht, weil er leichthin lächelte und ohne Zögern antwortete: »Niemanden! Der Vorfall, der dich auf solche Gedanken bringt, wurde durch meine Dummheit verursacht, eine Maschine nicht abzustellen, nachdem sie ihre Arbeit erledigt hatte – während ich mich der endlosen Aufgabe unterzog, deinen Verstand zu erhellen. Weißt du übrigens, daß das Bewußtsein aus dem Rhythmus geboren wird?«

»Ach, zum Teufel mit allen beiden!« erwiderte ich, stand auf und griff nach meinem Mantel. »Ich gehe jetzt, wünsche dir eine erholsame Nacht und hoffe, daß die Maschine Handschuhe trägt, wenn du sie wieder einmal zu spät anhältst!«

Ich ging aus dem Haus, ohne die Wirkung meiner Stichelei abzuwarten.

Draußen regnete es, und die Nacht war undurchdringlich. Am Himmel über dem Kamm des Hügels, in dessen Richtung ich mir auf den halsbrecherischen Bohlen des Gehsteigs und auf dem verschlammten, ungepflasterten Fahrdamm meinen Weg ertastete, konnte ich den Widerschein von den Lichtern der Stadt erkennen, aber hinter mir war nichts zu sehen als ein einziges helles Fenster in Moxons Haus. Ich wußte, daß es ohne Vorhänge war und zu seiner Maschinenwerkstatt gehörte, und ich war überzeugt, daß er die Experimente wieder aufgenommen hatte, die er unterbrochen hatte, als er sich verpflichtet fühlte, mich über denkende Maschinen und die Schöpferkraft des Rhythmus zu belehren. So sonderbar und in gewissem Grade komisch mir seine Ideen jetzt vorkamen, konnte ich ein Gefühl nicht ganz loswerden, daß sie in einer tragischen Beziehung zu seinem Leben und Charakter, vielleicht sogar zu seinem Schicksal standen, obwohl ich nicht länger glaubte, es seien nur Hirngespinste eines verwirrten Geistes. Dafür war – einerlei, was man von seinen Ansichten halten mochte –, seine Beweisführung zu logisch. Immer wieder kamen mir seine letzten Worte in den Sinn: »Das Bewußtsein wird aus dem Rhythmus geboren.« So karg und knapp diese Behauptung war, fand ich sie jetzt unendlich verführerisch. Jedesmal, wenn sie mir wieder einfiel, nahm sie zu an Bedeutung und regte zu weiteren Gedankenverbindungen an. »Sieh an«, dachte ich, »darauf läßt sich ja eine ganze Philosophie aufbauen! Wenn Bewußtsein aus dem Rhythmus geboren wird, dann sind ja alle Dinge bewußt, denn in allen steckt Bewegung, und jede Bewegung ist rhythmisch!« Ich fragte mich, ob Moxon wohl die Bedeutung und Tragweite seines Gedankens kannte – den ganzen Spielraum der folgenschweren Verallgemeinerung –, oder war er auf dem gewundenen und unsicheren Pfad der Beobachtung zu seinem philosophischen Glauben gelangt?

Dieser Glaube war mir anfänglich neu gewesen, und keine von Moxons Erläuterungen hatte mich zu bekehren vermocht. Doch jetzt schien mir, als ob ich in einem hellen Licht wandelte, wie einst Saulus aus Tarsus, und mitten in Unwetter und Finsternis und Einsamkeit widerfuhr mir, was Lewes »die unendlichen Möglichkeiten und das Erregende des philosophischen Denkens« nennt. Ich war berauscht von einem neuen Hochgefühl meines Wissens, einem neuen Stolz meiner Erkenntnis. Meine Füße schienen kaum die Erde zu berühren; mir war, als würde ich emporgerissen und auf unsichtbaren Schwingen durch die Luft getragen.

Ich gab einem unwiderstehlichen Drang nach, weitere Erleuchtung von ihm zu erbitten, den ich jetzt als meinen Meister und Führer anerkennen mußte. Unwillentlich war ich umgekehrt, und fast ehe ich dessen inne ward, daß ich es getan, stand ich wieder vor Moxons Haustür. Der Regen hatte mich durchnäßt, aber ich spürte kein Unbe-

hagen. Vor lauter Aufregung konnte ich die Klingel nicht finden und drehte unwillkürlich am Türknauf. Die Tür ließ sich öffnen, und ich trat ein und stieg die Treppe zu dem Zimmer hinauf, das ich vor kurzem verlassen hatte. Alles war dunkel und still. Moxon war, wie ich vermutet hatte, im Nebenzimmer, der Maschinenwerkstatt. Ich tastete mich an der Wand entlang, bis ich die Verbindungstür fand, und klopfte ein paarmal laut an, ohne eine Antwort zu erhalten, was ich dem Unwetter draußen zuschrieb, denn der Wind tobte jetzt orkanartig und peitschte den Regen in Schwaden gegen die leichten Außenwände. Laut und unaufhörlich trommelte der Regen auf das Schindeldach, das sich über den unverschalten Raum spannte.
Moxon hatte mich niemals aufgefordert, seine Maschinenwerkstatt zu betreten, ja er hatte mir – wie allen andern auch – sogar den Zutritt verboten; die einzige Ausnahme war ein geschickter Klempner, von dem man nichts weiter wußte, als daß er Haley hieß und ein großer Schweiger war. In meiner seelischen Erregung vergaß ich Anstand und Höflichkeit und öffnete die Tür. Was ich erblickte, verscheuchte im Nu alle philosophischen Spekulationen.
Moxon saß mit dem Gesicht zu mir an einem kleinen Tisch, auf dem eine einzelne Kerze stand – die einzige Lichtquelle im Zimmer. Ihm gegenüber saß, mit dem Rücken zu mir, eine zweite Person. Auf dem Tisch zwischen den beiden war ein Schachbrett aufgebaut; die Männer spielten Schach. Ich verstehe nicht viel von diesem Spiel, aber weil nur noch ein paar Figuren auf dem Brett standen, war mir klar, daß sich die Partie ihrem Ende näherte. Moxon blickte äußerst gespannt drein – anscheinend nicht so sehr wegen des Spiels als wegen seines Gegners, auf den er einen so intensiven Blick heftete, daß er mich überhaupt nicht sah, obwohl ich ja direkt in seinem Blickfeld stand. Sein Gesicht war von einer gespenstischen Blässe überzogen, und seine Augen glitzerten wie Brillanten. Von sei-

nem Gegner konnte ich nur den Rücken sehen, aber das genügte mir; ich hätte ihm nicht gern ins Gesicht geschaut.
Wie mir schien, war er nicht sehr groß, höchstens fünf Fuß, und die Proportionen erinnerten an die eines Gorillas, denn er hatte mächtige, breite Schultern, einen dikken, kurzen Nacken und einen plumpen, geduckten Kopf mit einem Gewirr schwarzer Haare, auf die ein roter Fes gestülpt war. Eine Tunika von derselben Farbe war in der Taille fest zusammengegürtet und reichte bis über seinen Sitzplatz – offenbar eine Kiste. Beine und Füße waren nicht zu sehen; den linken Unterarm schien er im Schoß zu halten; die Figuren bewegte er mit der rechten Hand, die mir unverhältnismäßig lang vorkam.
Ich war zurückgetreten und stand nun etwas seitlich neben der Tür im Schatten. Hätte Moxon weiter als bis ins Gesicht seines Gegners geschaut, dann wäre ihm jetzt nichts mehr aufgefallen, außer daß die Türe offenstand. Irgend etwas hinderte mich daran, einzutreten oder wegzugehen, ein Gefühl – ich weiß nicht, wieso es mich überfiel –, daß ich Zeuge einer drohenden Tragödie sei und meinem Freund durch mein Bleiben helfen könnte. Mit einem mir kaum bewußten Widerwillen wegen meiner Taktlosigkeit blieb ich.
Es wurde sehr rasch gespielt. Moxon blickte kaum auf das Brett, ehe er seine Züge machte, und meinem ungeübten Auge schien er aufs Geratewohl die Figur zu nehmen, die für seine Hand griffbereit dastand; dabei waren seine Bewegungen hastig und nervös und flüchtig. Sein Gegner reagierte ebenfalls umgehend, aber ich fand, daß die Bewegungen seines Arms langsam und gleichmäßig, ja mechanisch und etwas theatralisch waren, was meine Geduld auf eine harte Probe stellte. Das Ganze hatte etwas Unheimliches an sich, und ich merkte, daß ich zitterte. Aber ich war ja durchnäßt und fror.

Zwei- oder dreimal passierte es, daß der Fremde nach einem Zug leicht den Kopf senkte, und jedesmal beobachtete ich, daß Moxon daraufhin seinen König zog. Plötzlich kam mir der Gedanke, daß der Mann taub sei, und dann, daß er eine Maschine sein müsse, ein automatischer Schachspieler. Dann fiel mir ein, daß Moxon einmal erwähnt hatte, er habe einen derartigen Automaten erfunden, obwohl ich nicht bedachte, daß er ihn wirklich auch konstruiert hatte. War denn all sein Gerede über das Bewußtsein und die Intelligenz von Maschinen nur ein Vorspiel zu einer späteren Vorführung seiner Erfindung gewesen – nur ein Trick, um die Wirkung der automatischen Tätigkeit zu erhöhen, solange ich nicht um das Geheimnis wußte?

Das war ja ein schönes Ende all meiner intellektuellen Begeisterung – der »unendlichen Möglichkeiten und der Erregung philosophischen Denkens«! Ich war schon im Begriff, mich angewidert zurückzuziehen, als etwas geschah, das mich neugierig machte. Ich beobachtete, wie das Ding mit den Schultern zuckte, als ärgere es sich – und diese Bewegung war so natürlich, so durchaus menschlich, daß es mich bei meiner neuen Einsicht in die Sache geradezu erschreckte. Und das war noch nicht alles, denn gleich darauf schlug das Ding mit geballter Faust heftig auf den Tisch. Moxon schien wegen dieser Geste noch mehr zu erschrecken als ich: er schob seinen Stuhl wie in jäher Bestürzung ein Stück zurück.

Aber er war am Zuge: er hob seine Hand hoch über das Brett, ließ sie wie ein Habicht auf eine seiner Figuren niedersausen und sprang mit dem Ruf: »Schachmatt!« rasch auf und stellte sich hinter den Tisch. Der Automat saß da und rührte sich nicht.

Der Wind hatte sich unterdessen gelegt, doch in immer kürzeren Abständen und zunehmend lauter hörte ich den Donner grollen und poltern, und dazwischen vernahm ich jetzt ein leises Summen oder Brummen, das mit jedem Augenblick lauter und deutlicher wurde. Es schien aus dem Innern des Automaten zu kommen und war unverkennbar das Gesurre von Rädern. Ich hatte den Eindruck, als sei der Mechanismus durcheinandergeraten und als funktioniere eine hemmende oder sperrende Vorrichtung nicht mehr, was ja leicht geschehen kann, wenn ein Sperrhaken sich aus der Verzahnung eines Sperrades löst. Aber noch ehe ich Zeit hatte, tiefsinnige Vermutungen über den Vorgang anzustellen, wurde meine Aufmerksamkeit auf die seltsamen Bewegungen des Automaten gelenkt. Kopf und Rumpf zitterten wie bei einem Mann, der Gicht oder Schüttelfrost hat: anscheinend war er von leichten, aber anhaltenden Krämpfen befallen, und das steigerte sich mit jeder Minute, bis die ganze Gestalt in wildestem Aufruhr war.

Plötzlich sprang der Automat hoch und schoß in voller Länge mit ausgestreckten Armen (der Haltung eines springenden Tauchers) mit einem raschen Satz, dem der Blick kaum folgen konnte, über Tisch und Stuhl. Moxon versuchte, sich nach hinten und außer Reichweite zu werfen, aber es war zu spät! Ich sah, wie sich die Hände des greulichen Wesens um Moxons Hals schlossen und wie er dessen Handgelenke umklammerte. Dann kippte der Tisch um, die Kerze flog auf den Fußboden und erlosch, und alles lag plötzlich in pechschwarzer Finsternis. Aber das Getöse des Kampfes war furchtbar deutlich, und am schlimmsten hörten sich die heiseren, gurgelnden Laute an, die der Erstickende im Bemühen, Atem zu holen, ausstieß. Der höllische Tumult wies mir die Richtung, ich sprang meinem Freund zu Hilfe, war aber kaum ins Dunkel vorgedrungen, als das ganze Zimmer in einem grellweißen Licht aufflammte, das mir in Herz und Hirn und Gedächtnis ein unauslöschliches Bild von den Kämpfenden einbrannte: Moxon lag zuunterst auf dem Fußboden, seine

Kehle noch immer von den eisernen Klauen umkrallt, sein Kopf hintenüber gezwängt, die Augen aus den Höhlen quellend, der Mund weit aufgerissen und die Zunge heraushängend – und in grausigem Gegensatz dazu das gemalte Gesicht seines Mörders mit dem Ausdruck stiller Gelassenheit und tiefen Nachdenkens, als löse er ein Schachproblem. Nur auf einen Blick konnte ich es wahrnehmen, dann nichts als Finsternis und Schweigen.

Drei Tage später kam ich in einem Krankenhaus wieder zu Bewußtsein. Als die Erinnerung an die tragische Nacht langsam in mein mitgenommenes Gehirn zurückkehrte, erkannte ich in meinem Wärter Moxons vertrauten Gehilfen Haley. Auf meinen Blick hin trat er lächelnd näher.

»Erzählen Sie!« stammelte ich matt. »Erzählen Sie alles!«

»Sie sind bewußtlos aus einem brennenden Haus getragen worden«, erzählte er, »aus Moxons Haus. Niemand weiß, wieso Sie dort waren. Sie müssen sich auf ein paar Fragen gefaßt machen, denn auch die Ursache des Brandes ist rätselhaft. Ich selber bin der Ansicht, daß der Blitz ins Haus eingeschlagen hat.«

»Und Moxon?«

»Der ist gestern beerdigt worden – das heißt, was noch von ihm übrig war.«

Anscheinend konnte der schweigsame Mann gelegentlich aus sich herausgehen. Er war recht liebenswürdig, da er einem Kranken eine so erschütternde Nachricht übermitteln konnte. Nach ein paar Minuten heftigsten seelischen Kummers wagte ich noch eine Frage an ihn zu richten:

»Wer hat mich gerettet?«

»Also wenn Sie's gern wissen wollen – das war ich!«

»Haben Sie Dank, Mr. Haley. Gott segne Sie dafür! Haben Sie auch das reizende Produkt Ihrer Geschicklichkeit gerettet, den automatischen Schachspieler, der seinen Erfinder umgebracht hat?«

Der Mann wich meinen Blicken aus und schwieg lange.

Dann sah er mich wieder an und fragte ernst: «Wissen Sie das?«
»Allerdings«, entgegnete ich. »Ich habe es mit angesehen.«
Seither sind viele Jahre vergangen. Wenn man mich heute danach fragte, würde ich wohl weniger entschieden antworten.

Ein verbissener Kampf

Im Herbst 1861 saß ein Mann eines Nachts allein im Herzen eines Waldes in West-Virginia. Es war die Gegend um den Cheat Mountain, eines der wildesten Gebiete Nordamerikas. Doch in nächster Nähe fehlte es nicht an Menschen: innerhalb einer Meile von der Stelle, wo der Mann saß, befand sich das momentan in Schweigen gehüllte Lager einer ganzen Brigade der Unionsarmee. Irgendwo – vielleicht sogar noch näher – lag eine feindliche Streitmacht, deren Stärke unbekannt war. Die Ungewißheit betreffs Zahl und Standort des Feindes erklärte die Anwesenheit des Mannes an einem so abgeschiedenen Punkt. Es handelte sich um einen jungen Offizier der Unions-Infanterie, und seine Aufgabe war es, seine im Lager schlafenden Kameraden vor einem Überfall zu bewahren. Er befehligte eine Vorpostenabteilung.
Bei Anbruch der Dunkelheit hatte er seine Leute in einer unregelmäßigen, von der Beschaffenheit des Geländes bestimmten Linie mehrere hundert Meter vor seinem eigenen Standort Posten beziehen lassen. Diese Vorpostenlinie verlief zwischen Felsen und Lorbeerdickicht durch den Wald, und den fünfzehn bis zwanzig Schritt voneinander getrennten und getarnten Männern war völlige Ruhe und unaufhörliche Wachsamkeit anbefohlen worden. Falls sich nichts ereignete, sollten sie nach vier Stunden von einem frischen Reservekommando abgelöst werden, das jetzt unter dem Befehl des Hauptmanns in einiger Entfernung weiter links und etwas mehr rückwärts in Ruhestellung lag. Ehe der junge Offizier, von dem wir hier berichten, seine Leute postierte, hatte er seinen beiden Feldwebeln den Punkt gezeigt, wo er notfalls zu finden wäre, wenn es

Rückfragen geben oder wenn seine Anwesenheit in der vordersten Linie erforderlich werden sollte.
Es war eine unglaublich ruhige Stelle – die Gabelung eines alten Holzwegs, an dessen beiden sich im unsicheren Mondschein unregelmäßig hinziehenden Abzweigungen die zwei Feldwebel postiert waren – und zwar wenige Schritte hinter der Kampflinie. Wenn die Vorposten durch einen überraschenden Angriff des Feindes zurückgetrieben werden sollten (denn von einer Postenlinie wird nicht erwartet, daß sie nach Eröffnung des Feuers die Stellung hält), konnten sie sich auf den beiden Abzweigungen ohne weiteres bis zur Gabelung zurückziehen und dort neu formiert werden. Der junge Mann, der diese Anordnung getroffen hatte, war auf seine Art ein kleiner Stratege: hätte Napoleon bei Waterloo ebenso klug disponiert, hätte er die denkwürdige Schlacht gewonnen und wäre erst später besiegt worden.
Leutnant Brainerd Byring war ein mutiger und tüchtiger Offizier, wenn er auch jung und verhältnismäßig unerfahren in dem blutigen Handwerk war, seine Mitmenschen umzubringen. Schon in den allerersten Tagen des Krieges hatte er sich als einfacher Soldat und ohne die geringsten militärischen Vorkenntnisse gemeldet, war wegen seiner Schulbildung und seines sympathischen Wesens zum ersten Feldwebel seiner Kompanie ernannt worden und hatte die Chance gehabt, seinen Hauptmann durch eine Konföderierten-Kugel zu verlieren und bei den sich daraus ergebenden Beförderungen das Offizierspatent zu erhalten. Er hatte mehrere Scharmützel – bei Philippi, Rich Mountain, Carrick's Ford und Greenbrier – mitgemacht und genug Tapferkeit bewiesen, um seinen Vorgesetzten nicht unangenehm aufzufallen. Der Kampfesrausch gefiel ihm, aber der Anblick der Toten mit ihren erdfahlen Gesichtern, den glasigen Augen und den steifen, entweder unnatürlich eingefallenen oder unnatürlich aufgedunsenen

Leibern war ihm stets unerträglich zuwider gewesen. Er empfand eine Art unvernünftiger Antipathie gegen sie, die schon etwas mehr als der uns allen eigene körperliche und seelische Widerwille war. Sicherlich war dieses Gefühl in seiner ungewöhnlich übersteigerten Sensibilität begründet, in seiner ausgeprägten Liebe für alles Schöne, die durch einen gräßlichen Anblick beleidigt wurde. Was auch immer die Ursache gewesen sein mag, er konnte jedenfalls eine Leiche nicht sehen, ohne Ekel zu empfinden, der mit einer Spur Groll verknüpft war. Was andere als die Würde des Todes respektierten, das gab es für ihn nicht. Es war völlig unvorstellbar. Der Tod war etwas Hassenswertes. Er war nicht malerisch, er hatte nichts Sanftes und Weihevolles an sich – er war niederdrückend und häßlich in all seinen Erscheinungsformen und Gedankenverbindungen. Leutnant Byring war weit tapferer, als irgend jemand ahnte, denn keiner kannte sein Grauen vor Erlebnissen, die er so bereitwillig auf sich nahm.

Nachdem er seine Leute auf ihre Posten geschickt und die beiden Feldwebel instruiert hatte, kehrte er auf seinen Platz zurück, setzte sich auf einen Baumstamm und konzentrierte sich mit allen Sinnen auf seine Aufgabe. Um es sich leichter zu machen, löste er das Degengehenk, nahm die schwere Pistole aus dem Halfter und legte sie neben sich auf den Stamm. Er war sehr zufrieden, obwohl er sich darüber nicht Rechenschaft ablegte, denn er lauschte angespannt auf jedes Geräusch von der Front, das Gefahr und Bedrohung bedeuten konnte – einen Schrei, einen Schuß oder die Schritte eines seiner Leute, der ihm vielleicht etwas Wissenswertes mitteilen wollte. Aus dem unendlichen, nicht sichtbaren Mondesglanz über den Baumkronen fiel hier und da ein feines, gebrochenes Lichtrinnsal herab, sickerte durch die hindernden Zweige und tröpfelte auf den Waldboden, wo es zwischen Lorbeergebüsch kleine helle Lichttümpel bildete. Doch tröpfelte

es nur spärlich herab und betonte noch die Finsternis seiner Umgebung, die seine Phantasie mühelos mit allerlei unbekannten, drohenden, unheimlichen oder auch bloß grotesken Gestalten bevölkerte.
Wer jemals im Herzen eines großen Waldes das unheilvolle Zusammenwirken von Nacht und Einsamkeit und Stille erlebt hat, dem braucht nicht geschildert zu werden, wie ganz anders diese Welt ist, so daß selbst die alltäglichsten und bekanntesten Dinge einen anderen Charakter annehmen. Die Bäume gruppieren sich anders, sie drängen sich enger zusammen, als fürchteten sie sich. Sogar die Stille ist anders als die Stille des Tages. Die Nacht ist voll von nur halb gehörtem Gewisper – einem Gewisper, das erschreckt –, und von bloßen Geistern längst verhallter Geräusche. Doch auch lebendige Geräusche gibt es, wie man sie unter anderen Bedingungen nie wahrnimmt: Rufe von seltsamen Nachtvögeln, Laute von kleinen Tieren, die im Traum oder beim jähen Zusammentreffen mit herangeschlichenen Feinden aufschreien, oder ein Rascheln im dürren Laub – vielleicht nur der Sprung einer Waldratte, vielleicht aber auch der Tritt eines Panthers. Wieso knackte dort ein Zweig? Weshalb das leise, aufgeregte Zwitschern der Vögel im Gebüsch? Geräusche ohne Namen gibt es, Wesenheiten ohne Körper, Standortwechsel von Dingen, deren Bewegung man nicht wahrnahm, Bewegungen, bei denen nichts sich verändert. Ach, ihr Kinder des Sonnenscheins und des Gaslichts, wie wenig kennt ihr doch die Welt, in der ihr lebt!
Obwohl Byring sich in nächster Nähe von bewaffneten und aufmerksamen Freunden umgeben wußte, kam er sich sehr verlassen vor. Indem er sich ganz dem ernsten, geheimnisvollen Geist von Ort und Stunde überließ, vergaß er seine Verwandtschaft mit den sichtbaren und hörbaren Erscheinungen und Phasen der Nacht. Der Wald war grenzenlos groß; Menschen und menschliche Behau-

sungen gab es nicht; das Weltall war ein einziges, urzeitliches Mysterium der Finsternis, ungeformt und leer, er selbst der einzige, der stumm nach dem ewigen Geheimnis forschte. So versunken war er in seine aus dieser Stimmung geborenen Gedanken, daß ihm die Zeit unmerklich entglitt. Unterdessen hatten die vereinzelt zwischen den Baumstämmen liegenden Lichttümpel ihre Größe und Lage und Form verändert, und bei dem einen ganz in der Nähe, gleich am Wegrand, erblickte er etwas, das er vorher nicht bemerkt hatte. Es lag fast genau vor ihm; er hätte schwören können, daß es zuerst nicht dagewesen war. Zum Teil war es noch im Schatten, aber er konnte erkennen, daß es eine menschliche Gestalt war. Instinktiv schnallte er sein Degengehenk fest und legte die Hand auf die Pistole – er war wieder in der Welt des Kriegs, war wieder Mörder von Beruf.

Die Gestalt rührte sich nicht. Er stand auf, die Pistole in der Hand, und trat auf die Gestalt zu. Sie lag auf dem Rücken, der Oberkörper war im Schatten; als er jetzt vor ihr stand und auf das Gesicht hinunterblickte, sah er, daß es ein Toter war. Schaudernd, von Übelkeit und Ekel gepackt, wandte er sich ab, nahm wieder seinen Platz auf dem Baumstamm ein und zündete sich, alle militärische Vorsicht vergessend, mit einem Streichholz eine Zigarre an. In der Finsternis, die jählings auf das Erlöschen der Flamme folgte, fühlte er sich etwas erleichtert, weil er die Ursache seines Widerwillens nicht mehr sehen konnte. Trotzdem starrten seine Augen unverwandt in jene Richtung, bis sich die Leiche wieder mit zunehmender Deutlichkeit abzeichnete. Sie schien um ein winziges Stück nähergerückt zu sein.

»Hol der Teufel das Ding!« murrte er. »Was will es denn?«

Anscheinend benötigte es nichts weiter als eine Seele.

Byring wandte die Augen ab und begann ein Lied zu summen, aber mitten in einem Takt brach er ab und blickte auf die Leiche. Ihr Vorhandensein erbitterte ihn, obwohl er kaum einen ruhigeren Nachbarn hätte haben können. Außerdem wurde er eines undeutlichen, unbestimmbaren Gefühls inne, das ihm neu war. Furcht war es nicht, sondern eher eine Ahnung von etwas Übernatürlichem, an das er ja gar nicht glaubte.

»Ich muß es geerbt haben«, sagte er sich. »Vermutlich dauert es tausend, vielleicht zehntausend Generationen, bis die Menschheit über dieses Gefühl hinausgewachsen ist. Wo und wann mag es entstanden sein? Wahrscheinlich in uralten Zeiten, in der Steppe Innerasiens, wo die Wiege der Menschheit gestanden haben soll. Was wir als Aberglauben erbten, muß für unsre barbarischen Vorfahren einen vernünftigen Sinn gehabt haben. Sicher hielten sie ihn angesichts von Tatsachen für gerechtfertigt, über die wir nicht einmal Vermutungen anstellen können – beispielsweise, wenn sie eine Leiche für etwas Bösartiges hielten, dem seltsame Kräfte innewohnten, Unheil anzurichten, oder vielleicht sogar ein Wille und die Absicht, ihn zu betätigen. Möglicherweise hingen sie einer grauenhaften Religion an, und das war eine ihrer Hauptlehrsätze, der von ihren Priestern eifervoll verfochten wurde, etwa so, wie unsre Priester die Unsterblichkeit der Seele lehren. Als die Arier langsam gen Süden und zum Kaukasus und über die Pässe vordrangen und sich in ganz Europa ausbreiteten, bildeten sich dann auf Grund der neuen Lebensbedingungen auch neue Religionen. Der alte Glaube an die Bosheit der Leichen verschwand aus den Glaubenslehrsätzen und konnte sich selbst in der Tradition nicht mehr halten, hinterließ jedoch ein Erbe, das Grauen, das von Generation zu Generation weitergegeben und ebensosehr ein Teil von uns selbst wurde wie unser Blut und unsre Knochen.«

Während er seine Gedanken weiter ausspann, hatte er das vergessen, was sie hervorgerufen hatte; doch jetzt fiel

sein Blick wieder auf die Leiche. Der wandernde Schatten hatte sie inzwischen völlig entblößt. Er sah das scharfe Profil, das in die Luft gereckte Kinn und das gesamte, im Mondschein gespenstisch bleiche Gesicht. Die Kleidungsstücke waren von grauer Farbe, also war es die Uniform eines Konföderierten, eines Soldaten der Südstaaten. Der Rock und die Weste waren aufgeknöpft und auf die Seite gerutscht, so daß das weiße Hemd zu sehen war. Die Brust schien unnatürlich aufgewölbt, der Leib aber war eingesunken, daher traten die letzten Rippenbögen scharf hervor. Die Arme waren ausgebreitet, das linke Knie war angezogen. Die ganze Körperstellung kam Byring wie eine einstudierte Pose vor, um möglichst grauenhaft zu wirken.
»Pah!« rief er aus. »Sicher war er ein Komödiant! Er verstand sich darauf, eine Leiche darzustellen!«
Wieder wandte er die Blicke ab, richtete sie entschlossen auf einen der beiden Waldwege, die zur Frontlinie führten, und nahm seine philosophischen Gedankengänge wieder auf.
»Es kann ja auch sein, daß unsre Vorfahren aus Zentralasien den Brauch der Beerdigung nicht kannten. Dann wäre ihre Furcht vor den Toten einleuchtend, denn als Leichen waren sie tatsächlich eine Bedrohung und ein Übelstand, da sie Seuchen verursachten. Die Kinder wurden deshalb ermahnt, Orte zu meiden, wo sie herumlagen, und wegzulaufen, wenn sie zufällig in die Nähe einer Leiche kamen. Ich glaube wirklich, es wäre besser, wenn ich dem Kerl da aus dem Wege ginge.«
Halb erhob er sich, um es zu tun, dann fiel ihm ein, daß er seinen Leuten an der Front und dem Offizier weiter hinten, der ihn ablösen sollte, gesagt hatte, er sei jederzeit hier anzutreffen. Außerdem war es eine Frage seines Stolzes. Wenn er seinen Posten verließe, könnte man, so fürchtete er, vielleicht annehmen, daß er sich vor der Leiche geängstigt habe. Ein Feigling war er nicht, und

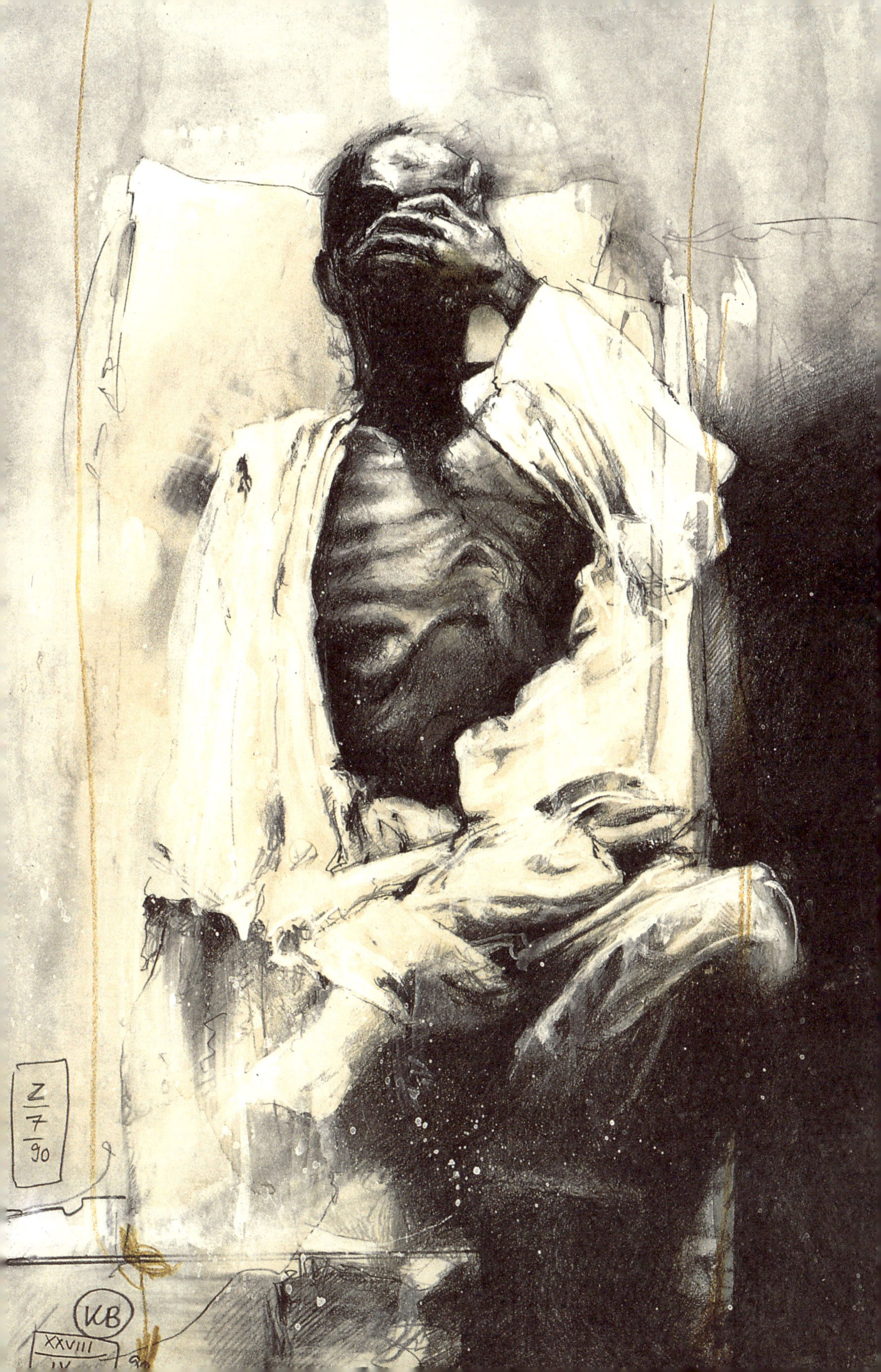
2/7/90
KB
XXVIII

keinesfalls wollte er sich dem Spott aussetzen. Deshalb sank er wieder auf seinen Baumstamm und blickte, um sich selbst seinen Mut zu beweisen, tapfer auf die Leiche. Der rechte Arm – der weiter von ihm entfernte – lag jetzt im Schatten. Er konnte kaum die rechte Hand sehen, die, wie er vorher schon bemerkt hatte, am Fuße eines Lorbeerstrauchs lag. Dort hatte sich nichts verändert, eine Tatsache, die ihn etwas beruhigte – warum, das hätte er nicht sagen können. Aber die Augen wandte er nicht sofort ab: was wir nicht zu sehen wünschen, übt eine seltsame, manchmal fast unwiderstehliche Faszination aus. Man kann ruhig behaupten, daß die Frau, die ihre Augen mit der Hand bedeckt und zwischen den Fingern hindurchspäht, von den Spöttern etwas ungerecht behandelt wird.

Byring spürte plötzlich Schmerzen in seiner rechten Hand, er riß den Blick vom Feind los und schaute nach. Er entdeckte, daß er das Heft seines gezogenen Säbels so fest umklammert hatte, bis es schmerzte. Gleichzeitig merkte er, daß er sich in angespannter Haltung vorbeugte, sich wie ein sprungbereiter Gladiator duckte, der seinem Gegner an die Kehle will. Er hatte die Zähne zusammengebissen und keuchte heftig. Doch das hatte er bald überwunden, und als seine Muskeln sich entspannten und er tief Atem schöpfte, war er sich deutlich bewußt, wie komisch die Sache war. Er mußte laut lachen. Himmel! Was war das? Was für ein dummer Teufel hatte das schreckliche Gelächter ausgestoßen, um menschliche Fröhlichkeit zu verspotten? Er sprang auf und blickte sich wild um, denn er hatte sein eigenes Lachen nicht erkannt.

Er konnte sich nicht länger der furchtbaren Tatsache verschließen, daß er ein Feigling war: ja, er stand Todesängste aus! Am liebsten wäre er ausgerissen, aber seine Beine versagten ihm den Dienst. Sie gaben einfach nach, und heftig zitternd sank er wieder auf den Baumstamm.

Sein Gesicht war feucht, der ganze Körper war mit kaltem Schweiß bedeckt. Nicht einmal schreien konnte er. Deutlich hörte er hinter sich einen verstohlenen Schritt – wie den eines Raubtiers – und wagte nicht, sich umzudrehen. Hatten sich die unbeseelten Lebewesen mit den unbeseelten Toten zusammengetan? War es ein Tier? Ach, wenn er doch den Kopf umdrehen und sich überzeugen könnte! Aber trotz aller Willensanstrengung war er nicht imstande, seine Blicke vom Antlitz des Toten zu reißen.

Ich muß noch einmal hervorheben, daß Leutnant Byring ein mutiger und intelligenter Mann war. Aber was kann man schon verlangen? Soll ein einzelner Mensch es mit so ungeheuren Verbündeten wie der Nacht und der Einsamkeit, der Stille und dem Toten aufnehmen, während die unermeßlichen Scharen seiner eigenen Ahnen ihm ihren feigen Ratschlag ins Ohr kreischen, ihre trübseligen Totenlieder in seinem Herzen aufklingen lassen und ihm die Kraft aus den Adern saugen? Ihre Übermacht ist zu erdrückend – vor einer so schweren Belastungsprobe muß jeder Mut versagen.

Eine einzige Tatsache hatte jetzt von seinem Denken Besitz ergriffen: daß die Leiche sich bewegt hatte! Sie lag jetzt näher am Rand des Lichttümpels, es war nicht zu bezweifeln! Und sie hatte sogar die Arme bewegt, denn sieh an: beide Arme waren jetzt im Schatten! Ein kalter Lufthauch traf Byring mitten ins Gesicht; die Zweige über ihm bewegten sich und ächzten. Ein scharf umrissener Schatten flog über das Gesicht des Toten, ließ es aufleuchten, bedeckte es dann wieder und ließ es im Halbschatten zurück. Das gräßliche Ding bewegte sich sichtlich. Im gleichen Augenblick krachte von der Postenkette ein einzelner Schuß herüber – und nie hat das Ohr eines Sterblichen je einen lauteren Schuß gehört, auch wenn er aus der Ferne kam. Er zerriß den Bann, der den Mann in Fesseln hielt, er zerschnitt die Stille und die Einsamkeit, er verscheuchte die behindernden Scharen aus Zentralasien und gab den Mannesmut des Menschen der Neuzeit frei. Mit einem Schrei wie dem eines großen Raubvogels, der sich auf seine Beute stürzt, sprang er vorwärts, glühend vor Tatendurst.

Von der Front dröhnte jetzt Schuß um Schuß herüber – Rufe und Stimmengewirr, Hufetrappeln und abgehacktes Hurrageschrei. Hinten im noch schlafenden Hauptlager sangen die Trompeten und dröhnten die Trommeln. Aus dem Dickicht zu beiden Seiten der Waldwege kamen die Posten der Unionstruppen in vollem Rückzug angestürmt und feuerten im Laufen aufs Geratewohl hinter sich. Eine Streife, die befehlsgemäß dem Weg folgte, flüchtete plötzlich ins Gebüsch, als etwa fünfzig Reiter an ihnen vorbeitosten und dabei wild mit den Säbeln fuchtelten. Hals über Kopf jagten sie wie berittene Wahnsinnige an der Stelle vorbei, wo Byring gesessen hatte, verschwanden schreiend hinter einer Wegbiegung und feuerten Pistolen ab. Kurz darauf krachten Gewehrsalven, dann vereinzelte Schüsse: die Reiter waren auf die Auffangstellung des Gegners gestoßen und fluteten nun in wirrer Auflösung zurück: hier und da ein leerer Sattel und manch ein rasendes Pferd, das, von einer Kugel getroffen, vor Schmerzen wieherte und stampfte. Es war alles vorbei. »Nur ein Vorpostenscharmützel.«

Die Postenkette wurde mit ausgeruhten Mannschaften besetzt, die Namen wurden verlesen, die Versprengten reihten sich wieder ein. Der Kommandant der Unionstruppen erschien mit einem Teil seines unzulänglich bekleideten Stabes auf dem Schauplatz, stellte einige Fragen, blickte äußerst gescheit drein und verzog sich wieder. Die Brigade stand noch etwa eine Stunde fluchend in Bereitschaft und legte sich dann schlafen.

Früh am nächsten Morgen suchte ein Arbeitskommando, befehligt von einem Hauptmann und begleitet von einem

Wundarzt, den Wald nach Toten und Verwundeten ab. An der Gabelung des Weges fanden sie zwei Leichen, die dicht nebeneinander lagen – die eines Offiziers der Unionstruppen und die eines Soldaten der Konföderierten. Den Offizier hatte ein Degenstoß ins Herz getroffen, aber anscheinend erst, nachdem er seinem Gegner nicht weniger als fünf furchtbare Wunden beigebracht hatte. Der tote Offizier lag mit dem Gesicht in einer Blutlache, die Waffe steckte noch in seiner Brust. Sie drehten ihn auf den Rücken, und der Wundarzt zog den Degen heraus.
»Großer Gott!« rief der Hauptmann. »Das ist ja Byring!« Und mit einem Blick auf den andern Toten fügte er hinzu: »Die waren in einen verbissenen Kampf verstrickt!«
Der Wundarzt untersuchte den Degen. Es war der Degen eines Offiziers der Unionstruppen – der gleiche, wie ihn auch der Hauptmann trug. Es war Byrings eigener Säbel! Die einzige andere Waffe, die sie fanden, war die nicht abgeschossene Pistole im Koppel des toten Offiziers.
Der Wundarzt legte den Degen hin und trat zu dem andern Toten. Er war furchtbar zerhauen und durchbohrt – aber Blut war nicht aus der Wunde getreten! Er ergriff den linken Fuß und versuchte, das Bein des Toten zu strecken. Dabei verschob er den Körper. Der Tote wollte nicht gestört werden – er protestierte mit einem schwachen, widerlichen Geruch. Wo er gelegen hatte, krochen in sinnloser Geschäftigkeit ein paar Maden herum.
Der Arzt blickte den Hauptmann an. Der Hauptmann blickte den Arzt an.

Der eine Zwilling

(Ein unter den Papieren des verstorbenen Mortimer Barr gefundener Brief)

Sie fragten mich, ob ich in meinem Dasein als Zwilling jemals etwas erlebt hätte, das mit den uns bekannten Naturgesetzen unvereinbar gewesen sei. Was das betrifft, müssen Sie bitte selbst urteilen – vielleicht kennen wir nicht alle die gleichen Naturgesetze. Sie kennen vielleicht einige, die ich nicht kenne, und was mir unerklärlich erscheint, mag Ihnen ganz klar vorkommen.
Sie kannten meinen Bruder John, das heißt, Sie kannten ihn, wenn Sie wußten, daß ich nicht da war; aber weder Sie noch irgendein andrer Mensch konnten zwischen ihm und mir unterscheiden, wenn wir Lust hatten, uns zu gleichen. Auch unsre Eltern konnten es nicht; unser Fall ist der einzige mir bekannte einer so großen Ähnlichkeit. Ich spreche von meinem Bruder John, aber ich bin gar nicht überzeugt, ob sein Name nicht Henry war und der meine John sein müßte. Wir wurden vorschriftsmäßig getauft, doch hinterher, schon während man uns kleine Unterscheidungsmerkmale eintätowierte, kann man uns verwechselt haben, und obwohl ich auf meinem Unterarm ein kleines H habe und er ein kleines J, ist es keineswegs sicher, ob die Buchstaben nicht hätten vertauscht werden müssen. Während unsrer Kindheit versuchten unsre Eltern, uns durch unsre Kleidung und andre einfache Erkennungszeichen auseinanderzuhalten, doch wir tauschten so häufig die Kleider aus und überlisteten den »Feind« auch sonst noch irgendwie, daß die Eltern ihre untauglichen Bemühungen aufgaben. In all den Jahren, die wir zusammen zu Hause lebten, begriff jedermann die Schwierigkeit

J

der Situation und pflegte uns alle beide »Jehnry« zu rufen. Ich habe mich oft über meines Vaters Geduld gewundert: er hätte uns ja einfach ein Erkennungsmal in unsre nichtsnutzige Stirn brennen können. Aber da wir leidlich artige Kinder waren und unsre – ärgerlichen oder peinlichen – Scherze nicht zu weit trieben, entgingen wir dem Brandeisen. Mein Vater war übrigens ein außergewöhnlich gutmütiger Mann, und ich glaube fast, daß er sich insgeheim über den Scherz der Natur amüsierte.

Bald nachdem wir nach Kalifornien gezogen waren und uns in San José niedergelassen hatten (wo wir glücklicherweise einen so gütigen Freund wie Sie kennenlernten), wurde unsre Familie, wie Sie ja wissen, durch den Tod meiner beiden Eltern innerhalb ein und derselben Woche auseinandergerissen. Als mein Vater starb, war er bankrott, und unser Heim mußte aufgelöst werden, damit die Schulden bezahlt werden konnten. Meine Schwestern kehrten zu Verwandten im Osten des Landes zurück, John und ich aber, damals zweiundzwanzig Jahre alt, erhielten dank Ihrer Güte Arbeit in San Francisco, und zwar in verschiedenen Stadtteilen. Die Verhältnisse ließen es nicht zu, daß wir zusammenwohnten, und wir sahen uns nur selten, oft nicht häufiger als einmal in der Woche. Da wir wenig gemeinsame Bekannte hatten, war unsre außergewöhnliche Ähnlichkeit kaum allgemein bekannt. Und damit komme ich zum Kern Ihrer Frage.

Eines Tages bald nach unsrer Ankunft in dieser Stadt, als ich gegen Abend die Market Street entlangschlenderte, trat ein gut gekleideter Mann in mittleren Jahren auf mich zu, und nachdem er mich sehr herzlich begrüßt hatte, sagte er: »Ich weiß natürlich, daß Sie selten ausgehen, Stevens, aber ich habe meiner Frau von Ihnen erzählt, und sie würde sich freuen, Sie einmal bei uns zu Hause zu sehen. Ich glaube, daß auch meine Töchter eine Bekanntschaft wert sind. Wie wär's, wenn Sie morgen um sechs

zum Abendessen *en famille* zu uns kämen? Hinterher könnten wir, falls Sie sich nicht mit den Damen unterhalten möchten, ein paar Partien Billard spielen.«
Die Einladung wurde mit einem so strahlenden Lächeln und so liebenswürdig vorgebracht, daß ich es nicht übers Herz brachte, sie auszuschlagen, und obwohl ich den Mann nie im Leben gesehen hatte, erwiderte ich sofort: »Sehr freundlich von Ihnen, Sir, mit dem größten Vergnügen nehme ich die Einladung an! Bitte empfehlen Sie mich Mrs. Margovan! Ich werde mich pünktlich einfinden!«
Mit einem Händedruck und ein paar netten Worten verabschiedete sich der Mann und ging weiter. Daß er mich mit meinem Bruder verwechselt hatte, war mir natürlich klar. Es war ein Irrtum, an den ich gewöhnt war und den ich nur dann berichtigte, wenn die Sache wichtig war. Aber woher wußte ich, daß der Mann Margovan hieß? Es ist bestimmt kein Name, der einem von selber auf die Zunge kommt, in der Hoffnung, daß es der richtige sei. Tatsächlich war mir der Name genauso fremd wie der Mann.
Am nächsten Morgen eilte ich zu der Firma, bei der mein Bruder angestellt war, und traf ihn, als er mit einer Anzahl Rechnungen, die er eintreiben sollte, aus dem Büro kam. Ich erzählte ihm, daß ich ihn »verpflichtet« hätte, und fügte hinzu, falls er der Einladung nicht nachkommen wolle, sei ich gerne bereit, weiterhin seine Rolle zu spielen.
»Wie seltsam«, sagte er nachdenklich, »Margovan ist der einzige Mensch hier im Büro, den ich gut kenne und gern habe. Als er heute Morgen erschien und wir uns wie üblich begrüßt hatten, sagte ich aus einem mir unverständlichen Drang heraus: ›Oh, verzeihen Sie, Mr. Margovan, ich hatte ganz vergessen, Sie um Ihre Adresse zu bitten!‹ Daraufhin erhielt ich sie, aber was ich damit anfangen sollte, war mir rätselhaft, und ich wußte es bis zu dieser Minute nicht.

Es ist nett von dir, daß du die Folgen deiner Keckheit auf dich nehmen willst, aber das Abendessen werde ich selbst verspeisen, wenn du nichts dagegen hast!«

Er aß noch oft dort zu Abend, viel öfter, als es für ihn gut war, wie ich bemerken möchte, ohne damit die Güte des Essens herabsetzen zu wollen. Aber er verliebte sich in die eine Miß Margovan und machte ihr einen Heiratsantrag, den sie herzloserweise annahm.

Mein Bruder benachrichtigte mich von der Verlobung, doch mir war es noch nicht möglich gewesen, die Bekanntschaft der jungen Dame und ihrer Familie zu machen.

Mehrere Wochen danach begegnete ich eines Tages in der Kearney Street einem stattlichen jungen Mann, der mir aber von einem heimlichen Laster gezeichnet schien. Aus irgendeinem Grund fühlte ich mich gedrängt, ihm zu folgen und ihn zu beobachten, was ich auch ohne die geringsten Bedenken tat. Er bog in die Geary Street ein und ging bis zum Union Square. Dort blickte er auf seine Uhr, und dann betrat er die Anlagen. Eine Zeitlang schlenderte er auf den Wegen umher, offenbar weil er auf jemanden wartete. Schließlich kam eine modern gekleidete und schöne junge Dame auf ihn zu, und die beiden gingen die Stockton Street hinab. Ich folgte ihnen wieder, hielt aber jetzt die äußerste Vorsicht für geboten, denn obwohl mir die junge Dame fremd war, glaubte ich, daß sie mich auf den ersten Blick erkennen würde. Sie gingen durch mehrere Straßen und bogen um mehrere Ecken. Nachdem sie beide einen hastigen Blick straßauf und straßab geworfen hatten (dem ich mich nur knapp entziehen konnte, indem ich mich in einen Torweg drückte), betraten sie ein Haus, dessen Lage ich nicht bekanntgeben möchte. Jedenfalls war seine Lage besser als sein Ruf.

Ich versichere Ihnen, daß ich keinen bestimmten Grund hatte, die beiden Fremden zu bespitzeln. Je nach dem Charakter der Person, die mich überführt, würde ich mich

dessen schämen – oder auch nicht. Ihnen erzähle ich davon, ohne zu zaudern oder mich zu schämen, da es ein wesentlicher Beitrag zu meiner durch Ihre Fragen veranlaßten Antwort ist.
Eine Woche danach führte mich John zum Haus seiner zukünftigen Schwiegereltern. Wie Sie vielleicht schon vermutet haben, erkannte ich in Miß Margovan die Heldin des schändlichen Abenteuers. Gerechterweise muß ich zugeben, daß sie eine ganz wunderschöne Heldin eines so schändlichen Abenteuers war. Aber das ist nur insofern von Wichtigkeit, weil ihre Schönheit mich derartig erstaunte, daß ich zu zweifeln begann: war sie wirklich mit der jungen Frau identisch, die ich vorige Woche gesehen hatte? Wie konnte es mir damals nur entgangen sein, daß ihr Gesicht so faszinierend schön war? Und doch – ich konnte mich nicht täuschen: ein anderes Kleid, andere Beleuchtung und die andere Umgebung mochten am Unterschied schuld sein.
John und ich verbrachten den ganzen Abend dort und ertrugen, gewappnet durch langjährige Erfahrung, die immerhin recht harmlosen Scherze, zu denen unsre Ähnlichkeit Anlaß gab. Als die junge Dame und ich ein paar Minuten allein waren, sah ich ihr offen ins Gesicht und sagte ernst:
»Auch Sie haben eine Doppelgängerin, Miß Margovan! Ich habe sie vorigen Dienstag nachmittag am Union Square gesehen.«
Einen Augenblick heftete sie ihre großen grauen Augen auf mich, aber ihr Blick war etwas weniger ruhig als der meine, und sie zog es vor, die Spitzen ihrer Schuhe zu betrachten.
»Sah sie mir sehr ähnlich?« fragte sie mit einer Gleichgültigkeit, die mir etwas übertrieben vorkam.
»So ähnlich«, antwortete ich, »daß ich von ihrer Schönheit bezaubert war und sie nicht aus den Augen verlieren

mochte. »Ich gebe zu, daß ich ihr folgte – bis sie ... Miß Margovan, verstehen Sie, worauf ich anspiele?«
Sie war jetzt blaß, aber völlig gefaßt. Wieder schlug sie die Augen zu mir auf, und diesmal mit einem Blick, der dem meinen nicht auswich.
»Was verlangen Sie von mir?« fragte sie. »Nennen Sie mir Ihre Bedingungen – ich nehme sie ohne weiteres an.«
Selbst in der kurzen Zeit, die mir zum Überlegen blieb, war es mir klar, daß bei dieser ungewöhnlichen jungen Dame gewöhnliche Methoden nichts nützen und gewöhnliche Forderungen nicht verfangen würden.
»Miß Margovan«, sagte ich, und bestimmt lag auch in meiner Stimme etwas von dem Mitgefühl, das ich im Grunde meines Herzens spürte, »ich kann nicht umhin, Sie für das Opfer eines furchtbaren Zwanges zu halten. Statt Ihnen neue Schwierigkeiten zu bereiten, möchte ich Ihnen lieber helfen, Ihre Freiheit zurückzuerlangen!«
Sie schüttelte traurig und hoffnungslos den Kopf – und schwieg.
Nicht ohne Erregung fuhr ich fort: »Ihre Schönheit verwirrt mich. Ihre Offenheit und Ihre Bedrängnis entwaffnen mich. Wenn Sie frei sind, Ihrem Gewissen entsprechend zu handeln, werden Sie sicher tun, was Sie für das Beste halten, davon bin ich überzeugt. Wenn Sie es nicht können – dann möge uns der Himmel helfen! Von mir haben Sie dann nichts zu befürchten, als daß ich mich dieser Heirat widersetzen werde – aus vertretbaren, wenn auch aus andern Gründen.«
Ich kann es Ihnen nicht ganz wörtlich wiederholen, aber das war jedenfalls der Sinn meiner Worte, so weit es mir meine heftigen und widerspruchsvollen Gefühle erlaubten, mich zu äußern.
Ich stand auf und verließ sie, ohne sie noch einmal anzublicken. Zu den andern, die gerade wieder ins Zimmer traten, sagte ich, so ruhig ich es vermochte: »Ich habe

mich von Miß Margovan verabschiedet. Es ist später, als ich dachte.«

John entschied sich dafür, mitzukommen. Auf der Straße fragte er mich, ob mir etwas Besonderes an Julias Verhalten aufgefallen sei.

»Mir schien, daß sie sich nicht wohl fühlte«, erwiderte ich. »Deshalb bin ich aufgebrochen.«

Am folgenden Abend traf ich erst spät in meiner Wohnung ein. Die Ereignisse des voraufgegangenen Abends hatten mich beunruhigt und quälten mich noch immer. Ich hatte versucht, etwas dagegen zu tun, um wieder klar denken zu können, und war spazierengegangen. Doch eine schreckliche Vorahnung von einem Unheil bedrückte mich: es war ein Vorgefühl, das ich nicht in Worte fassen konnte. Der Abend war naßkalt und neblig; meine Kleider und meine Haare waren feucht geworden, und ich zitterte vor Kälte. Als ich in Schlafrock und Hausschuhen vor einem lodernden Kaminfeuer saß, war mir noch unbehaglicher zumute. Ich zitterte nicht nur, es schauderte mich – und das ist ein großer Unterschied. Die Furcht vor einem nahenden Schicksalsschlag war so stark und bedrückend, daß ich versuchte, sie durch einen greifbaren Kummer zu verscheuchen: die Vorstellungen einer bedrohlichen Zukunft sollten durch die Erinnerung an die schmerzliche Vergangenheit übertrumpft werden. Ich rief mir den Tod meiner Eltern ins Gedächtnis zurück und bemühte mich, meine Gedanken auf die letzten traurigen Szenen an ihrem Sterbebett und an ihrem Grab zu heften. Aber das erschien mir jetzt alles so verschwommen und undeutlich, als wäre es vor Jahrzehnten einem andern Menschen widerfahren. Doch wie ein Schwerthieb ein Seil zerschneidet und durchtrennt (ein andrer Vergleich fällt mir nicht ein), so jäh wurden meine Grübeleien durch einen gellenden Schrei unterbrochen, einen Schrei äußerster Todesqual! Die Stimme war die meines Bruders, und der Schrei schien von der Straße vor meinem Fenster heraufzudringen. Ich sprang ans Fenster und riß es auf. Eine Laterne auf der andern Straßenseite warf ein fahles, gespenstisches Licht auf das nasse Pflaster und die Hausfronten. Ein Polizist mit hochgestelltem Kragen lehnte an einem Torpfosten und rauchte in aller Ruhe eine Zigarre. Sonst war niemand zu sehen. Ich schloß das Fenster und zog das Rouleau herunter, setzte mich wieder ans Feuer und versuchte, meine Gedanken auf meine Umgebung zu richten. Um mich durch eine Gewohnheit abzulenken, zog ich meine Uhr heraus und blickte darauf: es war halb zwölf. Da hörte ich wieder den furchtbaren Schrei! Er schien aus nächster Nähe zu kommen, unmittelbar neben mir. Ich war entsetzt und während einiger Sekunden wie gelähmt. Etwas später – ich kann mich nicht genau erinnern, wieviel Zeit dazwischen lag –, merkte ich, daß ich, so schnell ich nur konnte, durch eine mir unbekannte Straße hastete. Ich wußte nicht, wo ich war, noch wohin ich gehen wollte, doch plötzlich sprang ich die Stufen eines Hauses hinan, vor dem zwei oder drei Wagen standen. Im Innern des Hauses eilten Lichter hin und her, und ich hörte unterdrücktes Stimmengewirr. Es war das Haus Mr. Margovans.

Sie wissen, teurer Freund, was dort geschehen war. In einem Zimmer lag Julia Margovan, die schon vor Stunden an Gift gestorben war; in einem andern Zimmer verblutete John Stevens an einer Schußwunde: er hatte sich mit einer Pistole in die Brust geschossen. Als ich zu ihm stürzte, die Ärzte beiseitestieß und meine Hand auf seine Stirn legte, schlug er die Augen auf und starrte mit leeren Blicken, dann ließ er die Lider sinken und starb ohne ein Zeichen, mich erkannt zu haben.

Erst sechs Wochen später kam ich in Ihrem Haus wieder zu mir, wo mich Ihre gütige Frau gesund gepflegt hatte. Das alles wissen Sie, aber etwas ist Ihnen noch nicht bekannt: zwar hat es keine Beziehung zum Thema Ihrer psychologischen Studien, wenigstens nicht zu jenem Kapitel, für das Sie mit Ihrem Taktgefühl und der Ihnen eigenen Rücksicht um ein wenig Aufklärung baten – um etwas mehr, als ich bisher beigesteuert hatte.

Mehrere Jahre später ging ich in einer mondhellen Nacht den Union Square entlang. Es war schon spät, und der Square lag ganz verödet da. Gewisse Erinnerungen an die Vergangenheit flogen mir natürlich wieder durch den Kopf, als ich an die Stelle kam, wo ich damals Zeuge des verhängnisvollen Stelldicheins gewesen war. Aus einem unerklärlichen Eigensinn heraus, der uns zwingt, bei Gedanken gerade der schrecklichsten Art zu verweilen, setzte ich mich auf eine Bank, um mich ihnen zu überlassen. Ein Mann betrat die Anlagen und kam den Weg entlang auf mich zu. Die Hände hatte er auf dem Rücken verschränkt, den Kopf hielt er gesenkt, und er schien nichts um sich her wahrzunehmen. Als er sich dem Schatten näherte, in dem ich saß, erkannte ich in ihm den Mann, der sich vor Jahren hier mit Julia Margovan getroffen hatte. Aber er hatte sich furchtbar verändert: er war jetzt grau und hager und verbraucht. Ausschweifung und Lasterhaftigkeit hatten ihn gezeichnet, und krank war er bestimmt auch. Seine Kleider waren unordentlich, und das Haar hing ihm wild um die Stirn, was sowohl unheimlich wie malerisch wirkte.

Anstatt hier in Freiheit herumzulaufen, schien mir eher eine Beschränkung seiner Freiheit geboten zu sein – in einer Anstalt nämlich.

Ohne eine bestimmte Absicht stand ich auf und trat ihm in den Weg. Er hob den Kopf und sah mir ins Gesicht. Mit Worten kann ich die grausige Veränderung nicht beschreiben, die in seinen Gesichtszügen vor sich ging: es war ein Ausdruck unsäglichen Entsetzens, denn er glaubte sich einem Gespenst gegenüber. Doch er war ein mutiger Mann. »Hol dich der Teufel, John Stevens!« schrie er und

hob seinen zitterigen Arm, zielte mit der kraftlosen Faust nach meinem Gesicht und fiel in voller Länge auf den Kiesweg, während ich mich entfernte.
Jemand fand ihn dort. Er war tot. Sonst wurde nichts über ihn bekannt. Nicht einmal sein Name. Von einem Menschen zu wissen, daß er tot ist, sollte genügen.

Die geheimnisvolle Waldschlucht

I

WIE MAN IN CHINA BÄUME FÄLLT

Eine halbe Meile nördlich von Jo Dunfers Haus, am Weg, der von Huttons Ranch zum Mexican Hill führt, taucht die Landstraße in eine Schattenschlucht, die sich auf beiden Seiten wie entgegenkommend erweitert – als habe sie bei günstigerer Gelegenheit ein Geheimnis zu verraten. Ich bin nie hindurchgeritten, ohne zuerst nach rechts und nach links zu blicken und zu sehen, ob die rechte Zeit für die Enthüllung gekommen sei. Wenn ich nichts sah – und ich sah nie etwas –, dann war ich nicht weiter enttäuscht, denn ich wußte, die Aufklärung wurde mir nur vorläufig und aus einem guten Grund vorenthalten, den anzuzweifeln ich kein Recht hatte. Aber daß ich eines Tages voll und ganz in das Geheimnis eingeweiht werden würde, bezweifelte ich ebensowenig, wie ich die Existenz Jo Dunfers bezweifelte, durch dessen Land die Schlucht verlief.

Wie es hieß, hatte sich Jo Dunfer einst vorgenommen, in einem entlegenen Teil der Schlucht eine Blockhütte zu errichten, doch aus einem unbekannten Grund hatte er das Vorhaben wieder aufgegeben und statt dessen seine gegenwärtige Zwitter-Behausung, die halb Wohnung und halb Kneipe war, am Straßenrand auf dem äußersten Zipfel seines Landes erbaut – so weit weg wie möglich, als wollte er deutlich zeigen, wie sehr er seine Absicht geändert habe.

Dieser Jo Dunfer – oder, wie er in der Umgebung allgemein genannt wurde, der Whisky-Jo –, war dortherum

eine sehr wichtige Persönlichkeit. Er war offenbar an die vierzig Jahre alt, ein langer Bursche mit einem dicken Haarschopf und einem zerklüfteten Gesicht, einem knorrigen Arm und einer Hand, so hart wie ein Bund Gefängnisschlüssel. Er war stark behaart und hatte einen geduckten Gang, wie jemand, der sich gleich auf etwas stürzen und es in Stücke reißen möchte.
Neben der Eigenart, der er seinen gängigen Namen verdankte, war sein auffälligster Charakterzug eine tief verwurzelte Antipathie gegen die Chinesen. Ich erlebte ihn einmal bei einem sagenhaften Wutausbruch, als einer seiner Viehtreiber einem wandermüden Asiaten erlaubt hatte, an der Pferdetränke vor dem Schankraum von Jo Dunfers Betrieb seinen Durst zu löschen. Ich wagte es zaghaft, Jo wegen seines unchristlichen Verhaltens Vorwürfe zu machen, doch er erklärte mir nur, daß im Neuen Testament keine Rede von Chinesen sei, und stapfte weg, um sein Mißfallen an seinem Hund auszulassen, den die begnadeten Schriftgelehrten vermutlich ebenfalls übersehen hatten.
Einige Tage darauf sah ich ihn allein in der Bar sitzen und tastete mich vorsichtig an das Thema heran, und zu meiner großen Erleichterung schmolz die übliche Strenge seiner Gesichtszüge zu einem Mienenspiel, das ich als Leutseligkeit empfand.
»Ihr jungen Burschen aus dem Osten«, sagte er, »seid tausendmal zu fein für dieses Land und kapiert unsre Umtriebe nicht. Leute, die einen Chileno nicht von einem Kanaken zu unterscheiden wissen, können sich's leisten, liberale Ideen für die Einwanderung von Chinesen zu predigen, aber ein Mann, der sich um sein bißchen Fressen mit einer Bande von Bastard-Kulis herumschlagen muß, hat keine Zeit für solche Mätzchen!«
Der langbeinige Genießer, der wahrscheinlich in seinem ganzen Leben nie einen Finger krumm gemacht hatte,

schnippte den Deckel einer chinesischen Tabaksdose auf und angelte sich mit Daumen und Zeigefinger einen Priem von der Größe eines kleinen Heufuders heraus. Während er diesen Hilfstrupp als Unterstützung griffbereit hielt, legte er mit frisch gestärkter Zuversicht los.

»Die Chinesen sind ein Schwarm gieriger Heuschrecken, und sie stürzen sich auf alles Grüne in unserm gottgesegneten Land, falls Sie's wissen wollen!«

An dieser Stelle seines Vortrags steckte er die Reserve in die Bresche, und als sein Quasseltriebwerk eingeklinkt war, nahm er den Faden seiner erhebenden Rede wieder auf.

»Vor fünf Jahren hatte ich einen von der Sorte auf meiner Ranch, und das erzähle ich Ihnen jetzt, damit Sie den Kernpunkt des ganzen Problems begreifen. Damals war ich nicht gerade gut dran, trank mehr Whisky, als mir verordnet war, und kümmerte mich nicht um meine Pflicht als patriotischer amerikanischer Bürger; daher stellte ich den Heiden an, als eine Art Koch. Aber als ich dann drüben auf dem Hill fromm wurde und als es hieß, sie wollten mich für die Wahl aufstellen, da gingen mir die Augen auf. Aber was sollt' ich denn tun? Wenn ich ihm den Laufpaß gab, könnte ihn jemand anders nehmen und schlecht behandeln. Was sollte ich bloß tun? Was jeder gute Christ tut, besonders einer, der neu in der Branche ist und von der Bruderschaft des Menschen und der Vaterschaft Gottes bis zum Hals voll ist?«

Jo machte eine Pause, auf Antwort wartend und mit einer Miene, als wäre er nicht recht zufrieden – wie einer, der ein Problem mittels einer verdächtigen Methode gelöst hat. Er stand auf und kippte aus einer vollen Flasche auf der Theke ein ganzes Glas Whisky hinunter; dann fuhr er mit seiner Geschichte fort.

»Außerdem taugte er nicht viel, verstand überhaupt nichts und spielte sich auf. Das tun sie alle! Ich hab' mich

geweigert, nachzugeben, aber er machte es nach seinem Kopf, solange er da war. Doch nachdem ich siebenundsiebzigmal die andre Backe hingehalten hatte, hab' ich die Würfel gedoktert, so daß er nicht ewig durchhielt. Und ich war mächtig froh, daß ich Schneid genug dafür hatte!«
Jos Befriedigung darüber, die mir keinen besonderen Eindruck machte, wurde gebührend und protzig mit der Flasche gefeiert.
»Vor fünf Jahren hatte ich angefangen, eine Bretterbude zu bauen. Das war noch ehe das Haus hier errichtet wurde, und dafür hatt' ich einen andern Platz bestimmt. Habe Ah Wee und einen kleinen Kerl namens Gopher angewiesen, die Bäume zu fällen. Natürlich hab' ich keine große Hilfe von Ah Wee erwartet, denn er hatte ein Gesicht wie ein schöner Junitag und große schwarze Augen – vielleicht die tollsten Augen in dem ganzen Waldtal!«
Während Mr. Dunfer diesen schneidend scharfen Beweis gesunden Menschenverstands von sich gab, starrte er geistesabwesend auf ein Astloch in der Bretterwand, die den Schankraum vom Wohnzimmer trennte – als wär's eins von den Augen, deren Größe und Farbe seinen Diener unfähig zu guten Dienstleistungen gemacht hatte.
»Ihr Schwachköpfe aus dem Osten wollt ja nichts glauben, was gegen die gelben Teufel spricht«, stieß er plötzlich mit einem Anflug von Ernst aus, der nicht ganz überzeugend war. »Aber ich sage Ihnen, dieser Chink war der widerborstigste Schurke diesseits von San Francisco! Der elende mongolische Zopfträger machte sich dran, bei all den Bäumchen rings um den Stamm zu hacken, wie eine Made, die ein Radieschen anknabbert. So geduldig ich nur konnte, machte ich ihn auf seinen Fehler aufmerksam und zeigte ihm, wie man auf zwei Seiten einen Keil herausschlagen muß, damit die Bäume nachher richtig umkippen. Aber kaum hatte ich ihm den Rücken gedreht, nämlich so« (er kehrte mir den Rücken zu, um seine Worte

durch die Einnahme von etwas mehr Alkohol zu illustrieren), »da tat er's doch wieder auf seine Art. Es spielte sich jedesmal so ab: während ich ihn angesehen habe, nämlich so« (er blickte mich etwas wackelig an, offenbar mit etwas verworrenem Fokus), »da war er ganz brav, aber wenn ich wegsah, nämlich so« (er benutzte die Gelegenheit, einen langen Zug aus der Flasche zu nehmen), »dann gehorchte er nicht mehr. Wenn ich ihn dann vorwurfsvoll anblickte, nämlich *so*, dann sah er aus, als könne er kein Wässerchen trüben!«

Sicher hatte Mr. Dunfer die ehrliche Absicht gehabt, den auf mich gerichteten Blick nur vorwurfsvoll erscheinen zu lassen, aber er war merkwürdig geeignet, in jedem unbewaffneten Menschen, der sich ihm aussetzte, die schlimmsten Befürchtungen zu wecken, und da ich ohnehin alles Interesse an seiner endlos langen, dummen Geschichte verloren hatte, stand ich auf, um zu gehen. Doch ich hatte mich noch nicht halb vom Stuhl erhoben, da hatte er sich schon wieder der Theke zugewandt und mit einem kaum hörbaren »so!« die Flasche mit einem einzigen Schluck geleert.

Himmel nochmal, was für ein Schrei! Es war wie das Gebrüll eines Titanen in seiner letzten, wildesten Todesqual! Jo hatte ihn ausgestoßen und torkelte rückwärts, wie eine Kanone bei ihrem Gebrüll zurückprallt. Dann ließ er sich auf seinen Stuhl fallen, als hätte man ihm wie einem Ochsen den Schädel eingeschlagen. Seine Blicke aber schielten seitlich auf die Bretterwand und stierten entsetzt hin. Als ich in dieselbe Richtung blickte, sah ich, daß das Astloch in der Bretterwand buchstäblich ein menschliches Auge geworden war, ein rundes schwarzes Auge – ohne jeden Ausdruck in mein Auge starrend, und das war schlimmer als das teuflischste Glitzern. Wahrscheinlich habe ich mein Gesicht mit beiden Händen bedeckt, um der gräßlichen Vision (falls es eine war) zu entrinnen. Jos kleiner weißer Handlanger kam in die Bar und brach den Bann; betäubt verließ ich das Haus mit der Befürchtung, Delirium tremens könne ansteckend sein. Mein Gaul war am Wassertrog angehalftert, und ich band ihn los und stieg auf, ließ ihm freien Lauf und war zu verstört, um zu merken, wohin er mich trug.

Ich wußte nicht, was ich von alledem halten sollte, und wie jedermann, der nicht weiß, was er denken soll, dachte ich besonders viel und kam zu keinem Ergebnis. Der einzige Gedanke, der mich überhaupt befriedigte, war die Vorstellung, daß ich morgen meilenweit weg wäre und nach aller Wahrscheinlichkeit nie mehr hierher zurückkehren würde. Plötzlich wurde es kühl, und das riß mich aus meinem Grübeln. Ich blickte auf und sah, daß ich in die tiefen Schatten der Schlucht eingedrungen war. Es war ein erstickend heißer Tag gewesen, und dieser Übergang von der erbarmungslosen, sichtbaren Hitze der ausgedörrten Felder in das kühle Dämmerdunkel mit dem schweren Geruch der Zedern und dem Gesang der zwitschernden Vögel, die sich in eine dicht belaubte Zuflucht gerettet hatten, war ungemein erfrischend. Wie jedesmal, hielt ich nach »meinem« Geheimnis Ausschau, doch da ich die Schlucht nicht in mitteilsamer Stimmung antraf, stieg ich ab, führte meinen schwitzenden Gaul ins Unterholz, band ihn ordentlich an einen Stamm und setzte mich auf einen Felsbrocken, um nachzudenken.

Tapfer begann ich damit, den Lieblings-Aberglauben zu analysieren, den ich von dieser Schlucht hegte. Nachdem ich ihn in seine Bestandteile zerlegt hatte, stellte ich sie in geeigneten Trupps und Schwadronen auf, sammelte sämtliche Streitkräfte meiner Logik und griff den Feind von unwiderlegbaren Prämissen aus an – und zwar mit dem Kanonendonner unwiderstehlicher Schlußfolgerungen und einem großen Getöse von Kriegswagen und intellektuellem Gebrüll. Als dann mein schweres geistiges Geschütz

allen Widerstand überrannt hatte und nur noch fast unhörbar am Horizont reiner Spekulation grollte, sammelte sich der versprengte Feind hinter meinem Rücken, zog sich lautlos zu einer soliden, geschlossenen Front zusammen und machte mich mit Sack und Pack zum Gefangenen! Eine undeutliche Furcht ergriff von mir Besitz. Ich stand auf, um sie abzuschütteln, und auf einem alten, grasüberwachsenen Kuhpfad, der sich statt des Bächleins, das zu liefern die Natur verabsäumt hatte, hier anbot, begann ich mir einen Weg in die enge Waldschlucht zu bahnen.
Die Bäume, zwischen denen sich der Pfad dahinwand, waren gewöhnliche, wohlerzogene Gewächse: die Stämme ein wenig absonderlich, die Zweige etwas eigenartig, doch im allgemeinen bot ihr Anblick nichts Unheimliches. Ein paar lose Felsbrocken, die sich aus den Wänden des Einschnitts gelöst hatten, um auf dem Talgrund ein unabhängiges Dasein zu beginnen, blockierten hier und dort den Pfad, aber ihre steinerne Ruhe hatte nichts von der Stille des Todes an sich. Allerdings herrschte ein gruftartiges Schweigen in der Schlucht, und darüber hing ein geheimnisvolles Tuscheln – aber das war nur der Wind, der mit den Baumkronen spielte – weiter nichts.
Ich hatte nicht daran gedacht, die Erzählung des betrunkenen Jo Dunfer in Zusammenhang mit dem zu bringen, was ich jetzt suchte, und erst, als ich auf eine Lichtung stieß und über die auf dem Waldboden liegenden Stämme einiger Bäumchen stolperte, kam mir die Erleuchtung. Das hier war der Bauplatz der einst geplanten und dann wieder aufgegebenen Blockhütte! Meine Entdeckung wurde bestätigt, als ich feststellte, daß ein paar der verfaulenden Stümpfe ringsherum eingehackt waren – für einen Holzfäller eine äußerst unsachgemäße Arbeit –, andre dagegen waren querüber eingekerbt, und die Enden der entsprechenden Stämme wiesen den stumpfen Keilschnitt auf, der die Axt des Meisters verriet.

Die kleine Lichtung zwischen den Bäumen war knapp dreißig Schritt breit. Auf der einen Seite war eine kleine Erhebung, ein natürliches Hügelchen, nicht mit Sträuchern bewachsen, aber von Gras überwuchert, aus dem die Steintafel eines Grabes aufragte!
Ich kann mich nicht erinnern, daß ich bei der Entdeckung etwa überrascht gewesen wäre. Ich betrachtete das Grab mit ähnlichen Gefühlen, wie sie Kolumbus empfunden haben muß, als er die Hügel und Vorgebirge der Neuen Welt sah. Ehe ich hinzutrat, beendete ich in aller Ruhe meine Inspektion der Umgebung. Ich machte mich sogar der Heuchelei schuldig, zu dieser ungewöhnlichen Zeit mit unnötiger Sorgfalt und Bedächtigkeit meine Uhr aufzuziehen. Dann näherte ich mich dem Geheimnis.
Das Grab – ein recht kurzes – war in etwas besserem Zustand, als es mit seinem offensichtlichen Alter und der einsamen Lage im Einklang war, und ich gebe gern zu, daß ich meine Augenbrauen ein klein wenig in die Höhe zog, als ich eine Blütenstaude sah, die unverkennbar aus einem Garten stammte und ganz eindeutig vor kurzem begossen worden war. Der Stein hatte bestimmt einmal sehr lange als Türschwelle seine Pflicht erfüllt. Auf der Vorderseite war eine Inschrift eingeritzt oder vielmehr eingemeißelt. Da stand:

AH WEE. CHINESE.
Alter unbekannt. Hat für Jo Dunfer gearbeitet.
Diesen Grabstein hat er errichtet,
um das Andenken des Chinks lebendig zu erhalten.
Ebenfalls als Warnung an die Söhne des Himmels,
sich nicht aufzuspielen. Hol sie der Teufel!
Sie war ein prima Kerlchen.

Mein Erstaunen ob dieser ungewöhnlichen Inschrift kann ich nicht angemessen schildern. Die knappe, aber ausreichende Identifikation des Verstorbenen, die freche Aufrichtigkeit des Bekenntnisses, die brutale Verwünschung, die lächerliche Änderung des Geschlechts und der Umschwung des Gefühls – alles kennzeichnete diese Angaben als das Werk eines Mannes, der mindestens ebenso irre wie bekümmert war. Ich fand, daß jede weitere Enthüllung ein jämmerlicher Abstieg wäre, und mit instinktiver Berücksichtigung des dramatischen Effekts drehte ich mich auf dem Absatz um und ging weg. Und ich kehrte auch erst vier Jahre später in jene Gegend zurück.

II

EIN OCHSENFÜHRER VON GEISTIG NORMALEN OCHSEN SOLLTE SELBST GEISTIG NORMAL SEIN

»Hopp-los, Fuddy-Duddy*, alter Weichling!«
Diese einzigartige Aufforderung entschwebte den Lippen eines komischen kleinen Mannes. Er thronte hinter einem Gespann Ochsen auf einer Fuhre Feuerholz, die sie mit simuliert gewaltiger Kraftanstrengung – die ihrem Herrn und Meister offenbar keinen Eindruck machte – lässig weiterzogen. Da der Gentleman mir im gleichen Augenblick zufällig ins Gesicht starrte, während ich am Straßenrain stand, war es nicht ganz klar, ob er zu mir oder zu seinen Ochsen sprach; ich wußte auch nicht, ob sie Fuddy und Duddy hießen und Empfänger des Befehls »Hopp, los!« waren. Jedenfalls verfehlte der Zuruf bei uns seine Wirkung, und der kleine Mann wandte den Blick von meinem Gesicht ab, um Fuddy und Duddy abwechselnd mit einer langen Stange zu pieken und seelenruhig, aber mit Gefühl zu bemerken: »Hol der Henker euer Fell!«, als wäre es ihre gemeinsame Bedeckung. Als ich begriff, daß

* Weichling.

meine Bitte, mitgenommen zu werden, keinen Widerhall fand, und sah, daß ich ins Hintertreffen geriet, stellte ich einen Fuß auf den Innenrand eines Hinterrades und wurde langsam auf die Höhe der Nabe befördert, von wo ich *sans cérémonie* an Bord der Fuhre stieg, nach vorn krabbelte und mich neben den Fahrer setzte, der mich jedoch nicht beachtete, bis er seinen Tieren, wieder ohne Unterschied, noch einen Tadel verabreicht hatte, dazu den guten Rat: »Streng dich an, du verdammter Taugenichts!« Dann richtete der Herr der ganzen Kiste (oder vielmehr der gewesene Herr, denn ich konnte das närrische Gefühl nicht loswerden, daß das ganze Unternehmen meine rechtmäßige Beute sei) seine großen schwarzen Augen mit seltsamem Ausdruck auf mich, und etwas unangenehm vertraulich legte er seine Peitsche hin (die, wie ich halb erwartet hatte, weder Blüten trieb noch sich in eine Schlange verwandelte), verschränkte die Arme und fragte ernst: »Was haben Sie mit dem Whisky gemacht?«
Meine natürliche Antwort wäre gewesen, daß ich ihn getrunken hätte, doch es steckte etwas hinter seiner Frage, das auf eine besondere Bedeutung hinzuweisen schien, und an dem Männchen war etwas, das nicht zu einem seichten Witz ermunterte. Und weil ich keine andere Antwort wußte, schwieg ich einfach, hatte aber das Gefühl, als würde mir eine Schuld unterstellt, und daß mein Schweigen als Geständnis ausgelegt wurde.
Im gleichen Augenblick fiel ein kühler Schatten auf meine Wange und ließ mich aufblicken. Wir fuhren in meine Schlucht hinein! Ich kann das Gefühl nicht beschreiben, das mich befiel. Ich hatte die Schlucht nicht gesehen, seit sie mir vor vier Jahren ihr Geheimnis enthüllt hatte, und jetzt war mir zumute wie jemandem, dem ein Freund ein vor langer Zeit begangenes, drückendes Verbrechen gestand und der ihn daraufhin schmählich im Stich gelassen hatte. Die alten Erinnerungen an Jo Dunfer, seine bruch-

stückhaften Enthüllungen und die ungenügende Erklärung auf dem Grabstein kamen mir mit merkwürdiger Deutlichkeit in den Sinn. Ich fragte mich, was aus Jo geworden war, und – drehte mich heftig zu meinem »Gefangenen« um und fragte ihn dasselbe. Mit gespannter Aufmerksamkeit beobachtete er seine Ochsen, und ohne den Blick abzuwenden, erwiderte er: »Hopp-los, alte Schildkröte! Er liegt oben in der Schlucht neben Ah Wee. Woll'n Sie's sehen? Hab' Sie längst erwartet … es treibt sie immer wieder zurück auf die Stelle. Hü-ah!«

Bei diesen Mißtönen stand Fuddy-Duddy, die unfähige alte Schildkröte, sofort stockstill, und noch ehe der Ruf hoch oben in der Schlucht verhallt war, hatte das achtbeinige Ochsenpaar bereits seine Beine eingeknickt und sich ohne Rücksicht auf sein verwünschtes Fell im Staub der Straße ausgestreckt. Der seltsame kleine Mann glitt von seinem Thronsitz auf den Boden hinunter und ging das Waldtal hinauf. Er geruhte sich nicht umzuschauen, ob ich auch folge. Aber ich folgte ihm.

Es war ungefähr in der gleichen Jahreszeit und beinah um die gleiche Stunde wie bei meinem letzten Besuch. Die Eichelhäher keckerten frech, und die Bäume raunten düster, wie damals auch. In beiden Lauten spürte ich eine phantastische Ähnlichkeit mit der dreisten Prahlerei Mr. Jo Dunfers und mit seiner rätselhaften Zurückhaltung einerseits – und andrerseits mit dem Gemisch aus Überheblichkeit und Zärtlichkeit in seinem einzigen literarischen Produkt, dem Grabspruch. Alles im Waldtal schien unverändert, ausgenommen der Kuhpfad, der fast gänzlich von Unkraut überwuchert war. Als wir jedoch auf die Lichtung hinaustraten, war manches sehr verändert. Die Baumstümpfe und Stämme der Bäumchen, die nach der »China-Mode« abgehackt worden waren, unterschieden sich nicht mehr von den andern, nach der »mexikanischen Mode« gefällten. Es war, als hätten sich das Barbarentum der Alten Welt und die Zivilisation der Neuen Welt auf Grund des Schiedsgerichtsverfahrens unparteiischer Verwesung miteinander ins Einvernehmen gebracht – wie es eben bei Zivilisationen immer der Fall ist. Der Hügel war da, aber die brutalen Brombeerranken hatten die kraftlosen Grashalme überrannt und fast völlig erstickt, und das aristokratische Gartenveilchen hatte vor seinem plebejischen Bruder kapituliert, oder vielleicht war es auch nur in seinen ursprünglichen Typus zurückgefallen. Ein zweites Grab – ein langer, kräftiger Hügel – war neben dem ersten aufgeworfen worden, der im Vergleich dazu eingeschrumpft erschien, und im Schatten eines neuen Grabsteins lag der alte mit seiner wunderbaren Inschrift unter dem aufgehäuften Laub unleserlich am Boden. Was den literarischen Wert betrifft, stand der neue Grabspruch hinter dem alten zurück, ja, mit seinem präzisen und ungehobelten Humor war er sogar abstoßend:

JO DUNFER. DONE FOR!*

Ich wandte mich gleichgültig von dem neuen Grabstein ab, schob die Blätter von der Gedenktafel des toten Heiden und holte die spöttischen Worte ans Tageslicht, die, neugeboren nach ihrer langen Vernachlässigung, ein gewisses Pathos zu besitzen schienen. Auch mein Führer schien, als er sie jetzt vorlas, noch ernster geworden zu sein, und ich glaubte, daß ich hinter seiner schrulligen Art etwas wie Mannhaftigkeit, fast wie Würde bemerken konnte. Doch während ich ihn noch ansah, stahl sich wieder der ersterwähnte Ausdruck, der so verzwickt unmenschlich und so irritierend vertraut war, in seine großen, gleichzeitig abstoßenden und anziehend schönen Augen. Ich beschloß, mit dem Geheimnis aufzuräumen.

* DONE FOR! = Erledigt!
(Der Name Dunfer wird ebenso ausgesprochen.)

»Guter Freund«, sagte ich und zeigte auf das kleinere Grab, »hat Jo Dunfer den Chinesen ermordet?«
Er lehnte sich an einen Baum und blickte über die Lichtung hinweg auf den Wipfel eines anderen Baums – oder in den blauen Himmel darüber. Seine Augen behielten die Blickrichtung bei, und auch seine Haltung änderte sich nicht, als er mir langsam zur Antwort gab: »Nein, Sir. Es war ehrlicher Totschlag.«
»Er hat ihn also wirklich getötet?«
»Getötet? Das wollt' ich meinen! Das weiß ja jeder. Hat er nicht vor dem Geschworenengericht gestanden und sich dazu bekannt? Und haben sie nicht das Urteil gefällt: ›Kam zu Tode, weil sich ein gesundes christliches Gefühl in der Brust des Weißen geregt hat‹? Und hat die Kirche auf dem Hill oben den Whisky nicht abgekanzelt? Und hat ihn nicht die Volksgewalt zum Friedensrichter gewählt, um den Betbrüdern oben eins auszuwischen? – Wo kommen Sie bloß her, daß Sie das nicht wissen?«
»Aber hat Jo es getan, weil der Chinese nicht gelernt hat oder nicht lernen wollte, die Bäume wie jeder weiße Mann zu fällen?«
»Sicher! So steht's im Protokoll, und damit wird es wahr und gesetzlich. Daß *ich* es besser weiß, macht der gesetzlichen Wahrheit überhaupt nichts aus. Es war nicht mein Prozeß, und ich bin nicht aufgefordert worden, eine Rede zu halten. Tatsache ist, daß Whisky eifersüchtig auf mich war.« Und dabei warf sich der kleine Wicht wie ein Truthahn in die Brust und tat so, als rücke er eine nicht vorhandene Krawatte zurecht und betrachtete die Wirkung in seiner vors Gesicht gehaltenen Handfläche, die ihm als Spiegel diente.
»Auf *Sie* eifersüchtig?« wiederholte ich mit unmanierlicher Verwunderung.
»Das hab' ich doch gesagt! Warum nicht? Seh' ich nicht gut aus?«

Er nahm eine Haltung an, mit der er seine einstudierte Grazie verulkte, und strich die Falten aus seiner fadenscheinigen Jacke. Plötzlich senkte er die Stimme. Sie wurde leise und merkwürdig angenehm, als er fortfuhr: »Whisky hat den Chink mächtig gern gehabt, war ganz vernarrt in ihn. Wollte ihn nie aus den Augen lassen, der verflixte Protoplasma! Und als er eines Tages hier in die Lichtung kam und gesehen hat, daß der Chink und ich nicht bei der Arbeit waren – der Chink hat geschlafen, und ich hab' ihm eine Tarantel aus dem Ärmel geholt –, da hat sich Whisky meine Axt genommen und hat auf uns losgeschlagen, und wie! Ich konnte ihm gerade noch ausweichen, denn die Spinne hatte mich gebissen, aber Ah Wee hat's schlimm in die Rippen bekommen und hat sich nur so gekrümmt. Whisky wollte mir auch eins versetzen, da hat er die Spinne auf meinem Finger gesehen und hat gewußt, was für'n Dummkopf er war. Hat die Axt weggeschleudert und sich auf die Knie geworfen, dicht neben Ah Wee. Aber der hat bloß noch ein bißchen gezuckt und die Augen aufgeschlagen – hatte so Augen wie ich –, und die Hände hochgehoben und Whiskys häßlichen Kopf zu sich runtergezogen und still gehalten. Hat nicht lange gedauert, dann fing er an zu zittern und stöhnte ein bißchen und hat sich davongemacht.«
Im Verlauf der Erzählung hatte sich der Erzählende völlig verändert. Der komische oder vielmehr der spöttische Zug war wie weggewischt, und als er die seltsame Szene schilderte, konnte ich nur mit Mühe die Fassung bewahren. Und dieser perfekte Schauspieler hatte mich so beeindruckt, daß ich das Mitgefühl, das seinem Helden gebührte, auf ihn selbst übertrug. Ich trat vor, um ihm die Hand zu drücken, als plötzlich ein breites Grinsen über sein Gesicht flog und er mit hellem spöttischem Lachen fortfuhr: »Als Whisky dann seinen Döskopp hochhob, war er ein sehenswerter Anblick! All seine feinen Kleider –

damals hat er sich noch mächtig nobel angezogen –, die waren ein für allemal hin. Und das Haar zerwühlt, und das Gesicht – was ich davon sehen konnte – so weiß wie die weißeste Lilie. Hat mich angestarrt und gleich wieder weggesehen, als ob ich nicht zählte, und dann hab' ich rasende Kopfschmerzen bekommen, von meinem Finger, von dem Biß, und es wurde alles stockdunkel. Deshalb war ich nicht bei der Leichenschau.«

»Aber warum haben Sie denn hinterher noch den Mund gehalten?« fragte ich.

»Weil mein Mund nun mal so ist«, antwortete er, und weiter sagte er kein Wort darüber.

»Von da an hat Whisky immer mehr gesoffen und ist immer wütender und wütender auf die Kulis geworden, aber ich glaube nicht, daß er je besonders froh war, weil er Ah Wee beseitigt hat. Wenn wir allein waren, hat er sich nicht die Spur anmerken lassen – anders als wenn er einen Zuhörer hatte, so ein verflixtes, großkotziges Möbelstück wie Sie! Hat den Grabstein aufgestellt und die Inschrift eingemeißelt, je nachdem, in was für einer Laune er war. Hat drei Wochen dran gearbeitet, immer zwischen 'ner Sauftour. Hab' seine in einem einzigen Tag eingemeißelt.«

»Wann ist Jo gestorben?« fragte ich ziemlich geistesabwesend. Der Atem stockte mir, als ich die Antwort hörte: »Ziemlich bald, nachdem ich durch das Astloch geblinzelt habe! Ziemlich bald, nachdem Sie ihm was in den Whisky geschüttet haben, Sie verdammter Borgia!«

Als ich mich etwas von meiner Überraschung ob der erstaunlichen Beschuldigung erholt hatte, war ich drauf und dran, ihn wegen des frechen Vorwurfs zu erwürgen, doch ein Gedanke hielt mich davon ab, der mir wie eine Erleuchtung kam. Ich blickte ihn ernst an und fragte, so ruhig ich konnte: »Und wann sind Sie verrückt geworden?«

»Vor neun Jahren!« kreischte er und warf die geballten

Fäuste hoch, »vor neun Jahren, als das grobe Mistvieh die Frau umgebracht hatte, die ihn mehr geliebt hat als mich! Dabei war ich ihr von San Francisco nachgestiegen, wo er sie beim Pokern gewonnen hatte, und hab' sie beschützt, jahrelang, weil der Schuft, dem sie gehört hat, sich schämte, sie anzuerkennen und anständig zu behandeln – und hab' um ihretwillen sein verfluchtes Geheimnis gewahrt – und als Sie das verfluchte Mistvieh vergiftet hatten, da hab' ich ihm seine letzte Bitte erfüllt und ihn neben ihr begraben und ihm einen Grabstein aufgestellt. Und hab' seitdem nie mehr ihr Grab gesehen, bis eben jetzt, weil ich ihm nicht begegnen wollte.«

»Ihm begegnen? Aber Gopher, mein armer Junge, er ist doch tot!«

»Eben drum hab' ich Angst vor ihm!«

Ich folgte dem armen kleinen Wicht zu seinem Wagen und drückte ihm beim Auseinandergehen die Hand. Als ich im zunehmenden Dunkel am Wegrand stand und den kargen Umrissen des kleiner werdenden Wagens nachblickte, trug mir der Abendwind ein Geräusch zu – ein Geräusch wie von einer Anzahl kräftiger Schläge, und eine Stimme drang aus der Nacht her: »Hopp-los, du verflixtes altes Geranium!«

Ein Topf voll Sirup

Meine Geschichte beginnt mit dem Tod ihres Helden. Silas Deemer starb am 16. Juli 1863, und zwei Tage später wurden seine sterblichen Überreste begraben. Weil jeder im Städtchen, ob Mann oder Frau oder halbwüchsiges Kind, ihn persönlich gekannt hatte, war, wie es der Lokalanzeiger formulierte, die Beteiligung am Leichenbegängnis sehr gut gewesen. Einem Brauch jener Zeit und Gegend entsprechend, wurde der neben dem Grab stehende Sarg noch einmal geöffnet, und die ganze Trauergemeinde von Freunden und Nachbarn zog daran vorbei und warf einen letzten Blick auf das Gesicht des Toten. Und dann wurde Silas Deemer vor aller Augen in die Grube hinuntergelassen. Einige Augen waren etwas getrübt, aber im allgemeinen darf man wohl sagen, daß es bei der Beisetzung weder an Achtung noch an Befolgung der Bräuche gefehlt hatte. Silas war zweifellos tot, und niemand hätte auf irgendein Versäumnis des Rituals hinweisen können, das ihn berechtigt hätte, wieder aus dem Grab zurückzukehren. Doch falls menschliche Aussagen überhaupt etwas wert sind, kehrte er jedenfalls zurück.

Ich vergaß zu erwähnen, daß sich Tod und Begräbnis des Silas Deemer im Städtchen Hillbrook ereigneten, wo Silas seit einunddreißig Jahren gelebt hatte. Er war das gewesen, was man in einigen Teilen der Union (die zugegebenermaßen ein freies Land ist) als Krämer bezeichnet, das heißt, er besaß einen Kramladen mit all dem Kram, der gewöhnlich in Läden dieser Art verkauft wird. Soweit mir bekannt ist, wurde seine Ehrlichkeit nie in Frage gestellt, und alle Leute achteten ihn. Das einzige, was die strengsten Kritiker gegen ihn vorbringen konnten, war sein zu

starkes Interesse am Geschäft. Man warf es ihm nicht vor, obwohl manch ein andrer, bei dem es weniger stark ausgeprägt war, nicht so nachsichtig berurteilt wurde. Das Geschäft, an dem Silas so hing, war größtenteils sein eigenes – was wohl einen Unterschied ausgemacht hatte.
Bei Deemers Tod konnte sich niemand an einen einzigen Tag – mit Ausnahme der Sonntage – erinnern, den er nicht in seinem Laden zugebracht hatte, und zwar vom Eröffnungstage an, und das war vor einem Vierteljahrhundert gewesen. Seine Gesundheit war die ganze Zeit ausgezeichnet, und er hätte sich nie irgendeinen stichhaltigen Grund vorstellen können, der ihn von seinem Ladentisch weggelockt hätte. Man erzählte sich, daß er einmal als Zeuge in einem wichtigen Prozeß vor das Bezirksgericht vorgeladen wurde und einfach nicht erschien. Dem Rechtsanwalt, der sich zu beantragen erdreistete, Deemer solle verwarnt werden, wurde feierlichst mitgeteilt, der Gerichtshof habe den Antrag »mit Erstaunen vernommen«. Nun ist aber richterliches Erstaunen eine Reaktion, die kein Anwalt gerne hervorruft, deshalb wurde der Antrag eiligst zurückgenommen, und eine Vereinbarung mit der Gegenpartei kam zustande, Mr. Deemers Aussage betreffend, falls er erschienen wäre. Die Gegenpartei nützte ihren Vorteil gehörig aus und formulierte die vermeintliche Aussage so, daß sie den Interessen ihrer Widersacherin eindeutig schadete. Kurz gesagt, im Bezirk war man allgemein überzeugt, daß Silas Deemer der eine und alleinige Felsen der Wahrheit in ganz Hillbrook sei und daß seine räumliche Verpflanzung ein übles öffentliches Unheil oder einen schweren Schicksalsschlag heraufbeschwören würde.
Mr. Deemer und seine beiden erwachsenen Töchter bewohnten den oberen Stock des Hauses, aber jedermann wußte, daß Mr. Deemer nie anderswo als in einem Feldbett hinter seinem Laden schlief. Und dort wurde er eines Abends ganz zufällig sterbend aufgefunden, und dort ver-

schied er, noch ehe es Zeit wurde, die Fensterläden wegzunehmen. Obwohl er nicht sprechen konnte, war er anscheinend doch bei Bewußtsein, und wer ihn gut kannte, war der Meinung, daß es sich bedauerlich auf ihn auswirken würde, falls sich sein Ableben unglücklicherweise über die Ladenöffnung hinaus verzögert hätte.

Das also war Silas Deemer gewesen: sein Leben und seine Gewohnheiten waren so eisern unveränderlich, daß der dörfliche Witzling (mit Hochschulausbildung) sich veranlaßt sah, ihm den Spitznamen »der alte Ebendort«* zu geben und nach Deemers Tod im Lokalblättchen zu verkünden, Silas habe sich einen Tag freigenommen. Allerdings wurde mehr als ein Tag daraus: den Berichten zufolge hatte Mr. Deemer schon innerhalb eines Monats einleuchtend bewiesen, daß er nicht soviel Zeit habe, tot zu sein.

Einer von Hillbrooks geachtetsten Bürgern war ein Bankier namens Alvan Creede. Er wohnte im schönsten Haus des Städtchens, hielt sich eine Kutsche und war in mancherlei Hinsicht ein höchst ehrenwerter Mann. Auch die Annehmlichkeiten des Reisens waren ihm bekannt, denn er war häufig in Boston gewesen und einmal sogar, wie man glaubte, in New York, obwohl er diese glitzernde Auszeichnung bescheiden von sich wies. Die Tatsache wird hier nur als Beitrag zum vollen Verständnis von Mr. Creedes Charakter erwähnt, denn in jedem Falle würde es ihm zur Ehre gereichen: einerseits seiner Intelligenz, falls er, wenn auch nur vorübergehend, mit der Kultur der Hauptstadt in Berührung gekommen wäre, und andrerseits seiner Aufrichtigkeit, falls er nicht dort gewesen wäre.

Eines schönen Sommerabends etwa gegen zehn Uhr trat Mr. Creede durch die Pforte seines Gartens und ging den

* ebendort oder ibidem: Hinweis in wissenschaftlichen Werken auf wiederholt zitierte Fundstellen

Kiesweg entlang, der im Mondschein sehr hell schimmerte, stieg die Steintreppe zu seinem schönen Haus hinauf und hielt einen Augenblick inne, um den Schlüssel in das Türschloß zu stecken. Als er die Tür aufstieß, erblickte er seine Frau, die auf dem Weg vom Wohnzimmer zur Bibliothek den Flur überquerte. Sie begrüßte ihn freundlich, zog die Tür noch weiter auf und hielt sie offen, damit er eintreten könne. Statt dessen drehte er sich um, schaute auf die Schwelle hinunter und rief überrascht: »Ih, zum Teufel, wo ist denn der Topf geblieben?«
»Was für ein Topf, Alvan?« fragte seine Frau nicht sonderlich interessiert.
»Der Topf mit dem Ahornsirup! Ich habe ihn aus dem Laden mitgebracht. Wo, zum ...«
»Aber, aber, Alvan!« unterbrach ihn seine Frau. »Bitte fluch nicht so!«
Hillbrook ist übrigens nicht der einzige Ort in der Christenheit, wo eine Spur von Polytheismus es verbietet, den Namen des Bösen unnützlich im Munde zu führen.
Der Topf mit dem Ahornsirup, den persönlich heimzutragen das zwanglose Leben im Städtchen seinem führenden Bürger ohne weiteres gestattete, war nicht mehr da!
»Bist du ganz sicher, Alvan?«
»Aber Liebste, glaubst du etwa, ein Mann wüßte nicht, ob er einen Topf voll Sirup trägt? Ich habe den Sirup bei Deemers gekauft, als ich dort vorbeikam. Deemer hat ihn mir selbst abgefüllt und mir den Topf geliehen, und ich...«
Mr. Creede hat seinen Satz bis auf den heutigen Tag nicht beendet. Er taumelte ins Haus, schwankte ins Wohnzimmer und ließ sich, an allen Gliedern zitternd, in einen Sessel fallen. Es war ihm plötzlich in den Sinn gekommen, daß Silas Deemer seit drei Wochen tot und begraben war.
Mrs. Creede stand neben ihrem Mann und betrachtete ihn erstaunt und besorgt.
»Um Himmelswillen«, sagte sie, »was fehlt dir?«

Mr. Creedes Leiden stand offenbar in keiner Beziehung zum Willen des Himmels, denn er hielt es nicht für nötig, ihn wegen ihrer Frage hinzuzuziehen. Er antwortete nicht, sondern starrte nur vor sich hin. Eine lange, lange Stille wurde nur durch das gleichmäßige Ticken der Uhr unterbrochen, die langsamer als sonst zu gehen schien, als gewähre sie ihnen höflicherweise eine Zeitverlängerung, um ihre Gedanken zu sammeln.

»Jane, ich bin verrückt geworden – das muß es sein!« Er sprach heiser und hastig. »Du hättest es mir sagen sollen! Du mußt die Symptome schon bemerkt haben, ehe sie so auffallend in Erscheinung traten, daß ich selbst sie wahrnehme. Ich glaubte bestimmt, an Deemers Geschäft vorbeigegangen zu sein: der Laden war offen und hell beleuchtet – wenigstens glaubte ich es. Natürlich ist er jetzt geschlossen. Silas Deemer stand an seinem Pult hinter dem Ladentisch – mein Gott, Jane, ich sah ihn so deutlich, wie ich dich sehe! Mir fiel ein, daß du gesagt hattest, du brauchtest etwas Ahornsirup, deshalb trat ich ein und kaufte ihn – das ist alles. Zwei Quart Ahornsirup habe ich von Silas Deemer gekauft, der tot und begraben ist, aber trotzdem den Sirup aus einem Faß abfüllte und ihn mir in einem Topf mitgab. Er sprach auch mit mir, ziemlich ernst, wie ich mich erinnere, sogar ernster, als es seine Gewohnheit war, doch kann ich mich jetzt an kein einziges Wort erinnern, das er zu mir sagte. Aber ich habe ihn gesehen und mit ihm gesprochen – und dabei ist er tot! Ich hatte es geglaubt, Jane! Ich bin verrückt, so verrückt wie ein Mondsüchtiger, und du hast es mir nicht gesagt!«

Sein Monolog ließ der Frau etwas Zeit, ihre Gedanken – soweit sie solche hatte – zu sammeln.

»Alvan«, entgegnete sie, »du hast keinerlei Anzeichen von Verrücktheit gehabt, glaube mir! Das hier war zweifellos nur eine Sinnestäuschung – wie könnte es anders sein? Es wäre ja zu schrecklich! Nein, es handelt sich nicht um

190

Verrücktheit, sondern du hast zu lange auf der Bank gearbeitet. Du hättest heute abend nicht zur Versammlung der Direktoren gehen sollen – jeder konnte sehen, daß dir nicht wohl war! Ich wußte, daß etwas passieren würde!«

Vielleicht fand Creede, daß die Vorhersage ein bißchen hinterdrein hinkte und das Eintreffen des Ereignisses abgewartet hatte, aber er sagte nichts darüber, sondern befaßte sich mit seinem gegenwärtigen Zustand. Er war jetzt ruhig und konnte zusammenhängend denken.

»Bestimmt war es ein subjektives Phänomen«, sagte er mit etwas komischem Übergang zum Jargon der Wissenschaftler. »Aber selbst wenn man die Möglichkeit einer Geistererscheinung und selbst der Materialisierung zugibt, so ist doch das Erscheinen und die Materialisierung eines braunen, zwei Liter fassenden Tontopfes – eines rohen, schweren Töpferstücks – so einfach aus dem Nichts heraus undenkbar!«

Als er den Satz beendet hatte, sprang ein Kind ins Zimmer, seine kleine Tochter. Sie steckte schon im Nachthemd, rannte zu ihrem Vater und warf ihm stürmisch die Arme um den Hals. »Du böser Papa, du hast vergessen, mir einen Gutenachtkuß zu geben! Wir haben gehört, wie du das Gartentor aufgemacht hast, und sind aufgestanden und haben hinuntergeschaut! Und, lieber Papa, Eddy fragt, ob er den Topf haben darf, wenn er leer ist?«

Als ihm die volle Bedeutung ihrer Worte aufging, zuckte Alvan Creede sichtlich zusammen und erschauerte. Das Kind konnte nämlich kein Wort der Unterhaltung mit angehört haben.

Da der Nachlaß Silas Deemers einem Treuhänder anvertraut war, der es für das beste gehalten hatte, sich der Sache zu entledigen, blieb der Laden seit dem Tode des Inhabers geschlossen, und die Waren wurden zu einem andern Kaufmann geschafft, der sie *en bloc* erwarb. Die

Zimmer im oberen Stock des Hauses standen ebenfalls leer, denn die Witwe war mit ihren Töchtern in ein anderes Städtchen gezogen.
Am Abend nach Alvan Creedes Erlebnis (das irgendwie durchgesickert war), drängten sich Männer, Frauen und Kinder, eine ganze Schar, auf dem Bürgersteig gegenüber von Deemers Laden. Jeder Einwohner von Hillbrook wußte bereits, daß der Geist des verstorbenen Silas in dem Haus spuke; viele Leute stellten sich allerdings ungläubig. Von letzteren schleuderten die Mutigen – und zwar die Allerjüngsten – Steine gegen die Front des Hauses, also gegen den zugänglichsten Teil. Sie hüteten sich ängstlich vor den nicht durch Läden geschützten Fenstern, denn der Unglaube war noch nicht in Böswilligkeit umgeschlagen. Ein paar wagemutige Seelen überquerten die Straße und ratterten an der Türklinke, zündeten Streichhölzer an und hielten sie dicht vor die Fenster, um einen Blick in das dunkle Innere zu erhaschen. Ein paar Zuschauer lenkten die Aufmerksamkeit auf sich und ihren Humor, indem sie schrien und jammerten und den Geist zu einem Wettrennen herausforderten.
Nachdem sehr viel Zeit verstrichen war, ohne daß sich ein Geist manifestiert hätte, und als schon der größte Teil der Menge weggegangen war, bemerkten die Zurückgebliebenen auf einmal, daß ein matter gelber Lichtschimmer das Innere des Ladens erfüllte. Sofort brachen alle Demonstrationen ab; die unerschrockenen Seelen zogen sich von Tür und Fenstern auf die gegenüberliegende Straßenseite zurück und tauchten in der Menge unter, und die kleinen Jungen hörten auf, Steine zu schleudern. Niemand sprach laut; alle flüsterten aufgeregt und deuteten auf das stetig heller werdende Licht. Wieviel Zeit verstrichen war, seit man den ersten schwachen Lichtschimmer bemerkt hatte, konnte man nur vermuten, aber schließlich war das Licht hell genug, um das ganze Innere des Ladens erkennen zu

lassen, und deutlich sichtbar stand Silas Deemer an seinem Pult hinter dem Ladentisch!

Die Wirkung auf die Menge war erstaunlich. Sie begann rasch von beiden Seitenflügeln her zusammenzuschmelzen, weil die Furchtsamen die Stätte verließen. Viele rannten, so schnell ihre Beine sie nur tragen wollten; andere verzogen sich etwas würdevoller und wagten sogar gelegentlich einen Blick zurück. Zuletzt blieb nur noch eine Handvoll. Meistens waren es Männer, die stumm und aufgeregt glotzten. Der Geist im Innern des Ladens beachtete sie nicht; anscheinend war er mit seinem Hauptbuch beschäftigt.

Kurz darauf verließen drei Männer wie auf einen gemeinsamen Impuls hin die Menge und überquerten die Straße. Der eine von ihnen, ein schwerer Mann, war im Begriff, mit seiner Schulter die Tür aufzustemmen, als sie anscheinend ohne menschliches Dazutun von alleine aufging, und die drei mutigen Forscher gingen hinein. Kaum hatten sie die Schwelle überschritten, als die draußen wartenden erschrockenen Zuschauer sahen, daß die drei Männer sich ganz unerklärlich verhielten. Sie streckten die Hände vor sich her, gingen hierhin und dorthin, stießen heftig mit dem Ladentisch und mit Kisten und Fässern auf dem Fußboden zusammen und rempelten sich gegenseitig an. Ungeschickt liefen sie in alle Richtungen auseinander, und anscheinend wollten sie fliehen, konnten aber nicht den Rückweg finden. Man hörte sie rufen und Flüche ausstoßen, doch der Geist des Silas Deemer zeigte nicht das geringste Interesse an dem, was vor sich ging.

Hinterher konnte sich niemand mehr erinnern, welche Anwandlung die Menge plötzlich gepackt hatte, jedenfalls stürzten alle – Männer, Frauen, Kinder und Hunde –, gleichzeitig und in wildem Tumult zur Ladentür. Sie verstopften den Eingang, denn jeder wollte der erste sein, dann entschlossen sie sich, eine Reihe zu bilden, und

gingen Stufe um Stufe die Treppe hinauf. Dank eines rätselhaften seelischen oder körperlichen Vorgangs waren die glotzenden Zuschauer in handelnde Personen verwandelt worden: das Publikum hatte gewaltsam von der Bühne Besitz ergriffen.
Dem einzigen Zuschauer, der noch auf der andern Straßenseite stand – dem Bankier Alvan Creede – erschien das Innere des Ladens mit der hineinströmenden Menschenmenge auch weiterhin in voller Beleuchtung; all die seltsamen Vorfälle, die sich drinnen abspielten, blieben für ihn deutlich sichtbar. Aber für die Menge im Innern war alles in pechschwarze Finsternis getaucht. Es war gerade so, als wäre jeder, sobald er durch den Eingang gestoßen wurde, mit Blindheit geschlagen und durch das Unglück um seinen Verstand gebracht. Alle tasteten planlos umher, versuchten, gegen die Strömung den Weg ins Freie zu erzwingen, drängten und stießen mit den Ellbogen, schlugen blindlings drauflos, fielen hin und wurden niedergetrampelt, standen auf und trampelten selber. Sie packten einander bei den Kleidern, bei den Haaren und Bärten, sie kämpften wie Tiere, fluchten, schrien und beschimpften einander mit infamen und unanständigen Namen. Als Alvan Creede sah, wie sich auch noch der letzte der langen Reihen in den furchtbaren Tumult stürzte, erlosch plötzlich das Licht, das alles beleuchtet hatte, und auch für ihn erschien alles so in Finsternis getaucht, wie für die Menge im Haus. Da wandte er sich ab und verließ die unheimliche Stätte.
Früh am nächsten Morgen hatte sich eine neugierige Menge vor Deemers Laden eingefunden. Zum Teil waren es jene, die am Abend davor weggelaufen waren, die aber am hellichten Tag ihren Mut bewiesen; zum Teil waren es auch rechtschaffene Leute, die ihrer täglichen Arbeit nachgingen. Die Ladentür stand offen, der Laden war leer, aber auf den Wänden und dem Fußboden hingen

Kleiderfetzen und Haarbüschel. Den kriegerischen Einwohnern Hillbrooks war es gelungen, sich irgendwie zu befreien und heimzugehen, wo sie ihre Wunden behandelten und schworen, sie wären die ganze Nacht im Bett gewesen. Auf dem staubigen Pult hinter dem Ladentisch lag aufgeschlagen das Hauptbuch. Die Eintragungen in Deemers Schrift hörten am sechzehnten Juli auf, am letzten Tag seines Lebens. Es fand sich keine Eintragung über den späteren Sirup-Verkauf an Alvan Creede.

Das ist die ganze Geschichte – bis auf eins: nachdem sich die Leidenschaft der Leute gelegt und die Vernunft wieder ihren alten Einfluß geltend gemacht hatte, gestand man sich in Hillbrook, daß man dem verstorbenen Silas Deemer in Anbetracht des harmlosen und ehrenhaften Charakters seiner ersten geschäftlichen Transaktion unter den neuen Bedingungen ruhig hätte gestatten sollen, seine Arbeit am gewohnten Platz fortzuführen, ohne ihn anzupöbeln. Der Ortschronist, in dessen unveröffentlichtem Werk die obigen Tatsachen zusammengefaßt sind, hätte nicht gezaudert, sein Einverständnis zu erklären.

Staley Flemings Halluzination

Von den zwei Männern, die sich unterhielten, war der eine ein Arzt. »Ich habe Sie rufen lassen, Doktor Halderman«, sagte der andere, »obwohl ich nicht glaube, daß Sie mir helfen können. Vielleicht können Sie mir einen Spezialisten empfehlen, einen Psychiater. Ich glaube nämlich, daß ich ein bißchen durchgedreht bin.«

»Sie sehen aber recht gut aus«, meinte der Arzt.

»Urteilen Sie selbst! Ich leide an Halluzinationen. Ich liege jede Nacht wach und sehe in meinem Zimmer einen großen schwarzen Neufundländer mit weißer Vorderpfote, der mich aufmerksam beobachtet.«

»Sie sagen, Sie seien wach – aber sind Sie dessen auch ganz sicher? Halluzinationen sind oft bloße Träume.«

»Doch, ich bin völlig wach. Manchmal liege ich lange wach und sehe den Hund so ernsthaft an, wie er mich ansieht: das Licht lasse ich immer brennen. Wenn ich es nicht länger ertragen kann, richte ich mich im Bett auf – und nichts ist da!«

»Hm, hm. Wie ist denn der Ausdruck des Tiers?«

»Mir kommt er unheilvoll vor. Ich weiß natürlich, daß – ausgenommen in der Kunst – ein ruhendes Tier immer denselben Ausdruck zeigt. Aber das ist ja kein richtiges Tier! Neufundländer schauen nämlich sehr sanft drein – warum nicht auch dieser?«

»Den Hund will ich nicht behandeln – also würde Ihnen meine Diagnose tatsächlich nichts nützen.«

Der Arzt lachte über seinen eigenen Witz, behielt aber dabei seinen Patienten unauffällig im Auge. Dann sagte er: »Fleming, Ihre Beschreibung trifft genau auf den Hund des verstorbenen Atwell Barton zu.«

Fleming erhob sich halb von seinem Stuhl, setzte sich wieder und bemühte sich, gleichgültig auszusehen. »Ich erinnere mich an Barton«, sagte er. »War er nicht ... hieß es nicht von ihm ... war da nicht etwas Verdächtiges an seinem Tod?«
Jetzt blickte der Arzt seinem Patienten offen ins Gesicht und entgegnete: »Vor drei Jahren wurde die Leiche Ihres alten Feindes Atwell Barton im Wäldchen hinter Ihrem und seinem Haus gefunden. Er war erstochen worden. Es kam zu keiner Verhaftung, weil es keine Anhaltspunkte gab. Einige von uns hatten sich eine Theorie gebildet. Ich auch. Und Sie?«
»Wieso ich? Lieber Himmel, was konnte ich denn darüber wissen? Erinnern Sie sich nicht, daß ich fast unmittelbar danach – ich meine, ziemlich lange danach – nach Europa reiste? Sie können nicht von mir erwarten, daß ich mir in den paar Wochen seit meiner Rückkehr eine Theorie gebildet habe. Ich habe mich überhaupt nicht drum gekümmert. Was war denn mit seinem Hund?«
»Der Hund hatte die Leiche gefunden. Er ist auf Bartons Grab verhungert.«
Das unerbittliche Gesetz, dem das zufällige Zusammentreffen von Ereignissen unterliegt, kennen wir nicht. Auch Staley Fleming kannte es nicht, sonst wäre er vielleicht nicht aufgesprungen, als der Abendwind das ferne, lange anhaltende Geheul eines Hundes ins Zimmer trug. Ein paarmal schritt er im Zimmer auf und ab, stets von den festen Blicken des Arztes verfolgt, dann pflanzte er sich plötzlich vor ihm auf und schrie beinah: »Was hat das alles mit meinem Leiden zu tun, Doktor Halderman? Sie vergessen, weshalb ich Sie rufen ließ!«
Der Arzt stand auf, legte seinem Patienten die Hand auf den Arm und sagte sanft: »Verzeihen Sie mir! Ich kann Ihre Krankheit nicht so ohne weiteres diagnostizieren. Vielleicht morgen. Bitte gehen Sie zu Bett und riegeln Sie

die Tür nicht zu: ich werde die Nacht hier mit Ihren Büchern zubringen. Können Sie mich herbeirufen, ohne aufzustehen?«

»Ja, ich habe eine elektrische Klingel.«

»Gut! Wenn Sie durch irgend etwas gestört werden, drükken Sie auf den Knopf, ohne sich aufzurichten! Gute Nacht!«

Der Doktor machte es sich in einem Kaminsessel bequem und starrte auf die glühenden Kohlen. Er dachte angestrengt und lange nach, doch anscheinend mit nur wenig Erfolg, denn er stand häufig auf, öffnete eine ins Treppenhaus führende Tür und lauschte gespannt; dann nahm er wieder Platz. Aber schließlich schlief er ein, und als er aufwachte, war es nach Mitternacht. Er schürte das verlöschende Feuer, nahm ein Buch vom Tischchen neben sich und blickte auf den Titel. Es waren Dennekers »Meditationen«. Er öffnete es auf gut Glück und begann zu lesen:

»Alldieweil es von Gott bestimmt ist, daß alles Fleisch vom Geist bewohnt ist und daher die Kräfte des Geistes annimmt, so hat auch der Geist die Kräfte des Fleisches, selbst wenn er das Fleisch verlassen hat und als ein Ding für sich besteht, wie es manche Gewalttat beweist, die von Geistern und Lemuren verübt wurde. Und es gibt jene, die sagen, daß der Mensch damit nicht allein dasteht, sondern daß auch die Tiere dergleichen üblen Verlockungen unterliegen und ...«

Seine Lektüre wurde durch ein Erzittern des Hauses unterbrochen, wie vom Fall eines schweren Gegenstandes. Der Arzt warf das Buch hin, stürzte aus dem Zimmer und eilte die Treppe zu Flemings Schlafzimmer hinauf. Er wollte die Tür öffnen, aber trotz seiner Anweisung war sie verriegelt. Er stemmte seine Schulter mit solcher Gewalt dagegen, daß die Tür nachgab. Auf dem Fußboden neben dem zerwühlten Bett lag Fleming in seinem Nachtzeug und verhauchte sein Leben.

Der Arzt hob den Kopf des Sterbenden hoch und bemerkte eine Wunde an der Kehle. »Ich hätte daran denken sollen«, sagte er sich, denn er glaubte an einen Selbstmord.
Als der Mann tot war, enthüllte eine gründliche Untersuchung unverkennbare Spuren von den Fangzähnen eines Tiers, die tief in die Halsvene eingedrungen waren.
Aber ein Tier – war nicht da.

Eine zurückerlangte Identität

I

EINE TRUPPENSCHAU ALS EINE ART WILLKOMMENSGRUSS

Ein Mann stand in einer Sommernacht auf einem niedrigen Hügel, der einen weiten Blick über Wälder und Felder bot. An dem tief im Westen hängenden Vollmond erkannte er, was er sonst vielleicht nicht gewußt hätte: daß es bis zur Stunde der Morgendämmerung nicht mehr lange dauern konnte. Ein leichter Nebel lag über dem Boden und verschleierte teilweise die tiefer liegenden Stellen der Gegend, aber die größeren Bäume ragten daraus hervor und zeichneten sich in scharfen Umrissen gegen den klaren Himmel ab. Zwei oder drei Farmhäuser waren auch im Dunst erkennbar, aber Licht brannte natürlich in keinem von ihnen. Tatsächlich war nirgends eine Spur oder eine Andeutung von Leben zu beobachten, ausgenommen das ferne Gebell eines Hundes, das jedoch mit seiner eintönigen Wiederholung eher geeignet war, die Einsamkeit des Bildes hervorzuheben, statt sie zu verscheuchen.

Der Mann schaute sich neugierig nach allen Seiten um, wie jemand, der in einer bekannten Umgebung weder über seinen genauen Standort noch über die Rolle Bescheid weiß, die er zu spielen hat. So werden wir vielleicht einst dastehen, wenn wir, von den Toten auferstanden, die Posaune des Jüngsten Gerichts erwarten.

Etwa hundert Meter von hier verlief eine gerade, im Mondschein schimmernde Landstraße. Mit den Blicken verfolgte der Mann langsam das sichtbare Straßenstück, um, wie es ein Landmesser oder ein Seemann ausdrücken würde, seine Position zu bestimmen. In einer Entfernung von etwa einer Viertelmeile weiter südlich sah er im Nebel, verschwommen und grau, eine Reitergruppe, die gen Norden zog. Hinter ihnen kamen Infanteristen, die in Kolonne marschierten; die über ihre Schulter geworfenen Gewehre blitzten undeutlich auf. Sie rückten langsam und schweigend voran. Noch eine Reitergruppe tauchte auf, noch ein Infanterieregiment und noch eins, und noch eins, alle in unaufhaltsamer Bewegung auf den Standort des Mannes zu, daran vorbei und weiter. Eine Geschützbatterie folgte, deren Kanoniere mit verschränkten Armen auf Protzen und Munitionskästen saßen. Und immer noch drang der endlose Zug aus dem Dunkel im Süden hervor und tauchte im Norden ins Dunkel ein, ohne den geringsten Laut einer Stimme, eines Hufschlags oder eines Rades.

Der Mann konnte es nicht ganz verstehen: er hielt sich für taub, sagte es auch laut und hörte seine eigene Stimme, obwohl sie ihm unvertraut vorkam und ihn fast erschreckte, denn in bezug auf Klangfarbe und -fülle entsprach sie nicht dem, was sein Ohr erwartet hatte. Aber taub war er nicht, und das genügte einstweilen.

Dann erinnerte er sich, daß es Naturerscheinungen gibt, denen jemand den Namen »akustische Schatten« gegeben hatte. Wenn man in einem akustischen Schatten steht, dann kann man aus einer gewissen Richtung überhaupt nichts vernehmen. Bei der Schlacht von Gaines's Mill, einem der heftigsten Kämpfe des Bürgerkrieges, als Hunderte von Geschützen donnerten, hörten Beobachter auf der anderthalb Meilen entfernten, gegenüberliegenden Seite des Chickahominy-Tales nichts von dem, was sie deutlich sahen. Die Bombardierung von Port Royal, die man hundertfünfzig Meilen weiter südlich in St. Augustine hörte und spürte, war zwei Meilen weiter nördlich und trotz Windstille unhörbar. Ein paar Tage vor der Über-

gabe bei Appomattox, als ein Gefecht zwischen den Truppen Sheridans und Picketts toste, nahm Kommandeur Pickett eine Meile hinter seiner Front überhaupt nichts davon wahr.
Diese Ereignisse waren dem Mann, von dem hier erzählt wird, zwar nicht bekannt, aber weniger bedeutende gleicher Art waren seiner Beobachtung nicht entgangen. Er war äußerst beunruhigt, aber aus einem andern Grund als wegen des unheimlichen Schweigemarschs im Mondschein.
»Großer Gott!« sagte er vor sich hin, und wieder war es, als hätte jemand anders seine Gedanken ausgesprochen, »wenn das die Truppen sind, für die ich sie halte, dann haben wir die Schlacht verloren, und sie rücken auf Nashville vor!«
Dann dachte er an sich selbst – eine Besorgnis überfiel ihn, ein ausgeprägtes Gefühl persönlicher Gefahr – das, was man bei andern Menschen Angst nennen würde. Er trat rasch in den Schatten eines Baums. Und immer noch zogen die stummen Bataillone langsam im Nebel vorüber.
Eine plötzlich aufkommende kühle Brise streifte seinen Nacken und lenkte seine Aufmerksamkeit auf die Richtung, woher sie kam, und als er sich nach Osten umdrehte, sah er über dem Horizont einen schwachen grauen Lichtschimmer – das erste Anzeichen des wiederkehrenden Tageslichts.
Das verstärkte noch seine Besorgnis.
»Ich muß hier fort«, dachte er, »sonst werde ich entdeckt und gefangengenommen.« Er trat aus dem Schatten heraus und ging schnell dem Morgengrauen entgegen. Von einer Zederngruppe aus, die bessere Deckung gewährte, blickte er zurück. Die ganze Kolonne war außer Sicht geraten. Das gerade, weiße Straßenstück lag leer und verlassen im Mondschein.
War er vorher verblüfft, so war er jetzt über die Maßen

erstaunt. Ein so schneller Vorbeimarsch einer so langsamen Truppe? Er konnte es nicht verstehen. Eine Minute nach der andern verstrich, ohne daß er es bemerkte: sein Zeitgefühl war ihm abhanden gekommen. Mit größtem Ernst forschte er nach einer Lösung des Rätsels, aber vergeblich. Als er seine Grübelei endlich aufgab, wurde der Rand der Sonne über dem Horizont sichtbar, doch auch unter den veränderten Bedingungen hatte er keine andere Erleuchtung als die durch das Licht selbst: seine Einsicht war genau wie vorher in dunklen Zweifeln befangen.

Auf allen Seiten dehnten sich bebaute Felder, die keinerlei Spuren von Krieg und Verwüstung aufwiesen. Feine blaue Rauchfahnen aus den Schornsteinen der Farmhäuser sprachen von Vorbereitungen für einen Tag friedlicher Arbeit. Der Wachhund, der sich nach seiner urewigen Hymne an den Mond beruhigt hatte, half jetzt einem Neger, der ein Maultiergespann vor den Pflug schirrte und sein Tagwerk zufrieden mit Dur- und Molltönen begleitete. Der Held unsrer Erzählung starrte benommen auf das ländliche Bild, als habe er dergleichen noch nie im Leben gesehen. Dann griff er sich mit der Hand an den Kopf, fuhr mit der Hand übers Haar und betrachtete danach aufmerksam seine Handfläche – ein recht sonderbares Benehmen. Aber anscheinend beruhigte es ihn, denn nun wanderte er zuversichtlich der Landstraße entgegen.

II

WENN MAN SEIN LEBEN VERLOREN HAT, ZIEHT MAN EINEN ARZT ZU RATE

Doktor Stilling Malson aus Murfreesboro hatte einen Patienten besucht, der sechs oder sieben Meilen weiter weg an der Landstraße nach Nashville wohnte, und war die ganze Nacht bei ihm geblieben. Bei Tagesanbruch machte er sich zu Pferde auf den Heimweg, wie es bei den Ärzten seiner Zeit und Umgebung der Brauch war. Er war in die Nähe des Schlachtfeldes von Stone's River gelangt, als ein Mann vom Straßenrand her auf ihn zutrat und militärisch grüßte, indem er mit der rechten Hand an den Hutrand tippte. Er trug jedoch weder eine militärische Kopfbedekkung noch eine Uniform und hatte auch kein soldatisches Auftreten. Der Arzt nickte höflich; es flog ihm durch den Sinn, daß der Fremde vielleicht aus Respekt vor der historischen Gedenkstätte so ungewöhnlich grüßte. Da er ihn offensichtlich zu sprechen wünschte, zügelte er sein Pferd und wartete.

»Sir«, sagte der Fremde, »Sie sind zwar Zivilist, aber vielleicht doch ein Feind?«

»Ich bin Arzt«, erwiderte der andre zurückhaltend.

»Danke«, sagte der Fremde. »Ich bin Leutnant und im Stab des Generals Hazen.« Er hielt einen Augenblick inne, blickte den Arzt forschend an und fuhr fort: »Von der Unions-Armee!«

Der Arzt nickte nur.

»Könnten Sie mir bitte sagen«, fuhr der andre fort, »was hier vorgegangen ist? Wo stehen die Armeen? Wer hat die Schlacht gewonnen?«

Der Arzt musterte den Fragenden neugierig aus halbgeschlossenen Augen. Nach einer bis an die Grenzen der Höflichkeit ausgedehnten, fachkundigen Musterung entgegnete er: »Verzeihen Sie, aber wer eine Auskunft erbittet, sollte auch selbst bereit sein, eine zu erteilen. Sind Sie verwundet?« schloß er lächelnd.

»Nicht ernsthaft, wie mir scheint.«

Der Fremde lüftete seinen Zivilistenhut, hob die Hand, fuhr sich damit durchs Haar und betrachtete aufmerksam die Handfläche.

»Ich wurde von einer Kugel getroffen und war bewußtlos. Es muß ein leichter Streifschuß gewesen sein, denn ich finde kein Blut und habe auch keine Schmerzen. Ich will Sie nicht um eine Behandlung bemühen, aber könnten Sie mir freundlichst den Weg zu meinem Truppenteil zeigen? Oder zu irgendeiner Einheit der Unionsarmee, falls Sie es wissen?«

Abermals antwortete der Arzt nicht sofort: er erinnerte sich an vieles, was er in der Fachliteratur über den Verlust des Persönlichkeitsbewußtseins gelesen hatte, auch über dessen Wiederherstellung unter dem Einfluß einer bekannten Umgebung. Schließlich blickte er dem Fremden lächelnd in die Augen und sagte: »Aber Herr Leutnant, Sie tragen ja nicht die Uniform Ihres Ranges und Ihres Truppenteils!«

Daraufhin blickte der Fremde an seiner Zivilkleidung herab, hob die Augen und sagte zaudernd:

»Stimmt! Ich – ich kann es mir nicht erklären.«

Während ihn der Mann der Wissenschaft noch immer scharf, aber nicht ohne Mitgefühl betrachtete, fragte er geradezu:

»Wie alt sind Sie?«

»Dreiundzwanzig – falls das etwas damit zu tun hat.«

»So sehen Sie nicht aus – ich hätte Sie kaum für so jung geschätzt.«

Der Fremde wurde ungeduldig. »Das brauchen wir nicht zu erörtern«, sagte er. »Ich will nur etwas über meinen Truppenteil erfahren. Vor kaum zwei Stunden sah ich auf dieser Straße eine Kolonne nach Norden marschieren. Sie müssen Ihnen begegnet sein. Bitte haben Sie die Güte, mir zu sagen, welche Farbe ihre Uniformen hatten – ich konnte es nicht erkennen – und dann will ich Sie nicht länger belästigen.«

»Sind Sie ganz sicher, daß Sie sie gesehen haben?«

»Sicher? Mein Gott, Sir, ich hätte jeden einzelnen zählen können.«

»Nein, wirklich?« rief der Arzt und war sich seiner eigenen Ähnlichkeit mit dem geschwätzigen Barbier aus »Tausendundeiner Nacht« bewußt. »Das ist sehr interessant! Mir sind keine Truppen begegnet.«

Der Fremde blickte ihn kalt an, als hätte auch er die Ähnlichkeit mit dem Barbier entdeckt. »Es ist ganz klar«, entgegnete er, »daß Sie mir nicht helfen wollen! Gehen Sie doch zum Teufel!«

Er drehte sich um und ging auf gut Glück durch die taunassen Felder von dannen. Der Quälgeist blickte ihm von seinem erhöhten Platz im Sattel noch lange und beinah bußfertig nach, bis er hinter einer Baumgruppe verschwunden war.

III

ES KANN GEFÄHRLICH SEIN, IN EINE PFÜTZE ZU BLICKEN

Nachdem der Fremde die Landstraße verlassen hatte, verlangsamte er seine Schritte und ging jetzt ziemlich unsicher und mit einem ausgesprochenen Müdigkeitsgefühl weiter. Letzteres konnte er nicht recht verstehen, obwohl die endlose Geschwätzigkeit des Landarztes wohl Erklärung genug gewesen wäre. Er setzte sich auf einen Feldstein, legte die eine Hand aufs Knie und blickte zufällig auf sie nieder. Der Handrücken war abgezehrt und eingeschrumpft. Daraufhin fuhr er mit beiden Händen ins

Gesicht. Es war voller Falten und Furchen, mit den Fingerspitzen konnte er ihnen nachspüren. Wie seltsam! Ein bloßer Streifschuß und eine kurze Bewußtlosigkeit konnten einen Mann doch nicht zu einem physischen Wrack machen?

»Ich muß lange Zeit im Lazarett gelegen haben«, sagte er laut. »Natürlich, wie dumm bin ich doch! Die Schlacht war im Dezember, und jetzt ist es Sommer!« Er lachte. »Kein Wunder, daß der Mann mich für einen entsprungenen Irren gehalten hat! Aber da hat er sich getäuscht. Ich bin bloß ein entlaufener Patient.«

Dann erregte ein nicht sehr weit entferntes Stückchen Land, das von einer Steinmauer umgeben war, seine Aufmerksamkeit. Ohne eine bestimmte Absicht zu verfolgen, stand er auf und ging hin. In der Mitte erhob sich ein viereckiges, wuchtiges Denkmal aus behauenen Feldsteinen. Es war altersgrau und an den Kanten mit Moos und Flechten bedeckt. Zwischen den schweren Steinblöcken hatte sich Gras angesiedelt und sie mit seinen Wurzeln auseinandergesprengt. Als Antwort auf das herausfordernd ehrgeizige Bauwerk hatte die Zeit ihre zerstörende Hand daraufgelegt, und bald würde es sein wie Ninive und Tyrus. Auf einer Inschrift an der einen Seite erhaschte der Blick des Fremden einen bekannten Namen. Vor Aufregung zitternd, reckte er sich über das Mäuerchen und las:

ZUM ANDENKEN
an die Brigade Hazen
und ihre bei Stone River Gefallenen
31. 12. 1862

Schwach und elend sank der Fremde von der Steinmauer zurück. Kaum eine Armlänge von ihm entfernt war eine kleine Kuhle; vom letzten Regen hatte sich klares Wasser in ihr angesammelt. Der Fremde kroch hin, um sich zu erfrischen, stützte den Oberkörper auf seine zitternden

Arme, reckte den Kopf vor und sah sein Gesicht wie in einem Spiegel. Er stieß einen furchtbaren Schrei aus. Die Arme knickten zusammen, er fiel mit dem Gesicht in die Pfütze und gab das Leben auf, das ein anderes Leben umfaßt hatte.

Ein kleiner Stromer

Wenn Sie den kleinen Jo gesehen hätten, wie er im Regen an der Straßenecke stand, hätten Sie ihn wohl schwerlich bewundert. Anscheinend war es nur ein gewöhnlicher Herbstregen, aber Jo war kaum alt genug, um zu den Gerechten oder den Ungerechten gezählt zu werden, deshalb fiel er nicht unter das Gesetz, demzufolge des Himmels Gaben unparteiisch verteilt werden.

Jedenfalls schien der Regen, der auf ihn niederprasselte, merkwürdig schwarz und klebrig zu sein.

Doch dergleichen konnte nicht einmal in Blackburg vorkommen, wo sich bestimmte Dinge ereigneten, die reichlich von der Norm abwichen.

Vor zehn oder zwölf Jahren hatte es zum Beispiel kleine Frösche geregnet, wie es glaubwürdig von einer zeitgenössischen Chronik bestätigt wird. Ein paar Jahre danach hatte sich roter Schnee auf Blackburg niedergesenkt. Auch darüber kann kein Zweifel bestehen, denn die Winter in Blackburg sind kalt und schneereich, und in diesem Fall war der Schnee blutrot und zerschmolz zu Wasser von derselben Farbe – falls es Wasser war, und nicht etwa Blut! Das Naturereignis hatte weit herum Aufsehen erregt, und die Wissenschaftler hatten soviel Erklärungen dafür bereit, wie es Wissenschaftler gab, die es nicht begriffen.

Aber die Einwohner von Blackburg – Leute, die viele Jahre genau dort gewohnt hatten, wo der rote Schnee hingefallen war, und von denen man annehmen darf, daß sie viel darüber wußten –, selbst die schüttelten den Kopf und sagten, darauf würde noch etwas folgen.

Und es folgte tatsächlich etwas darauf, denn der nächste

Sommer blieb allen unvergeßlich im Gedächtnis haften, weil sich eine geheimnisvolle Krankheit ausbreitete – epidemisch oder endemisch oder Gott weiß was, obwohl es die Ärzte nicht wußten –, und die Hälfte der Einwohnerschaft wurde hinweggerafft. Von der andern Hälfte stahlen sich die meisten davon und hatten keine Lust, wiederzukommen, aber schließlich kamen sie, und jetzt verdoppeln und vermehren sie sich wie vorher, und doch ist Blackburg seither nicht mehr wie früher.

Ganz anders und trotzdem außerhalb der Norm war der Vorfall mit Hetty Parlows Geist. Hetty Parlows Mädchenname war Brownon gewesen, und in Blackburg bedeutete das mehr, als man so leichthin denkt.

Die Brownons waren seit undenklichen Zeiten – seit den allerfrühesten Tagen der ersten Kolonisten –, die führende Familie des Städtchens gewesen. Es war die reichste und feinste Familie, und Blackburg hätte den letzten Tropfen seines Plebejer-Bluts vergossen, um den vornehmen Namen der Brownons zu verteidigen. Da nur wenige Mitglieder der Familie dauernd außerhalb Blackburgs gelebt hatten – obwohl die meisten von ihnen auswärtige Schulen besuchten und fast jeder von ihnen weite Reisen unternommen hatte –, waren sie recht zahlreich vertreten. Die Männer waren in den meisten öffentlichen Ämtern, und die Frauen taten sich in allen Werken der Barmherzigkeit hervor. Von letzteren war Hetty die beliebteste, weil sie ein liebenswertes Wesen und einen edlen Charakter besaß und von großer Schönheit war. In Boston verheiratete sie sich mit einem jungen Taugenichts namens Parlow und brachte ihn wie eine gute Brownon sofort nach Blackburg, wo sie einen Mann und Stadtrat aus ihm machte. Sie bekam ein Kind, das sie Joseph nannten und das sie zärtlich liebten, wie es damals bei den Eltern der ganzen Gegend Mode war. Dann starben sie beide an der schon erwähnten geheimnisvollen Krankheit, und im zarten Alter von einem Jahr sah sich der kleine Joseph als Waisenknabe etabliert.

Es war ein Unglück für Joseph, daß die Krankheit, die ihn seiner Eltern beraubt hatte, sich nicht damit zufrieden gab, sondern weiter wütete und fast das ganze Brownon-Kontingent und seine durch Heirat zugewandten Orte ausrottete. Und jene Brownons, die flohen, kehrten nicht zurück. Die Tradition war zerrissen, die Besitzungen der Brownons gingen in fremde Hände über, und die einzigen Brownons, die blieben, lagen auf dem Oak-Hill-Friedhof unter dem Rasen, wo sich allerdings eine ganze Kolonie von ihnen eingestellt hatte, die mächtig genug war, sich den Übergriffen des anstoßenden Klüngels zu widersetzen und die besten Stücke des Bodens besetzt zu halten. Doch nun zum Geist!

Etwa drei Jahre nach dem Tode Hetty Parlows fuhr eines Nachts eine Gruppe junger Leute aus Blackburg in einem Wagen am Oak-Hill-Friedhof vorbei – falls Sie schon mal dort waren, werden Sie sich erinnern, daß die nach Greenton führende Landstraße sich südlich vom Friedhof hinzieht. In Greenton war nämlich Maifest gewesen, und damit ist das Datum eindeutig festgelegt. Insgesamt waren es etwa ein Dutzend junger Leute, eine sehr ausgelassene Gesellschaft, wenn man bedenkt, was für eine Schwermut seit den letzten düsteren Erlebnissen noch immer auf dem Städtchen lastete. Doch als sie am Friedhof entlangfuhren, schrie der junge Kutscher plötzlich auf und zügelte überrascht sein Gespann. Bestimmt hatte er auch allen Grund, überrascht zu sein, denn weiter vorn, fast an der Landstraße, aber innerhalb des Friedhofs, stand der Geist von Hetty Parlow! Daß sie es war, konnte nicht bezweifelt werden, denn jeder Bursche und jedes Mädchen der kleinen Gesellschaft hatte sie persönlich gekannt. Damit wäre auch die Identität der Erscheinung eindeutig festgelegt, und all die üblichen Anzeichen bewiesen ihre Geisternatur:

KB
2/14/90

das Leichentuch, das lange, offene Haar, der verträumte Blick – eben alles. Die beunruhigende Erscheinung hob die Arme himmelwärts, gen Westen, als wollte sie den Abendstern anflehen, der gewiß von verlockender Schönheit war, obwohl offensichtlich außer Reichweite. Während sie alle stumm dasaßen (so hieß es hinterher), hörte jedes Mitglied der vergnügten Gesellschaft – sie hatten sich nur an Kaffee und Limonade vergnügt und hörten es daher sehr deutlich –, daß der Geist den Namen »Jo-li! Jo-li!« rief.

Eine Sekunde darauf war die Erscheinung verschwunden. Natürlich braucht man das alles nicht zu glauben.

Doch wie später festgestellt wurde, wanderte der kleine Jo in genau jenem Augenblick nicht weit vom Städtchen Winnemucca durch die Steppe im Staate Nevada, also auf der entgegengesetzten Seite unsres Kontinents. Ein paar gute Menschen, die mit seinem hohen Vater entfernt verwandt waren und in Winnemucca lebten, hatten sich den Kleinen geholt, ihn adoptiert und liebevoll für ihn gesorgt. Aber an jenem Abend war das arme Kind nicht heimgekehrt und hatte sich in der Steppe verlaufen.

Die Geschichte seiner weiteren Erlebnisse ist in Dunkel gehüllt und weist Lücken auf, die nur durch Vermutungen aufgefüllt wurden. Jedenfalls ist es bekannt, daß er von einer Familie von Piute-Indianern gefunden wurde, die den kleinen Wicht eine Zeitlang bei sich behielten und ihn dann verkauften – ja, regelrecht gegen Geld auf einem Bahnhof weit weg von Winnemucca an eine Frau verkauften, die in einem nach Osten fahrenden Zug saß. Die Frau behauptete später, sie hätte alle möglichen Nachforschungen angestellt, aber vergeblich, und weil sie keine Kinder hatte und verwitwet war, adoptierte sie den Kleinen. An diesem Punkt seiner Laufbahn hatte sich Jo schon ein ziemliches Stück vom Zustand des Verwaistseins entfernt: eine ganze Reihe von Eltern, die sich zwischen ihn und jenen bedauernswerten Zustand geschoben hatten, verhießen ihm eine lange währende Immunität gegen dessen Nachteile.

Seine neueste Mutter, Mrs. Darnell, lebte in Cleveland in Ohio. Doch ihr adoptiertes Söhnchen blieb nicht lange bei ihr. Er wurde eines Nachmittags von einem Polizisten, einem Neuling im Revier, beobachtet, wie er Mrs. Darnells Haus verließ und unbeirrt davontappelte, Auf Befragen antwortete er, er »mache heimzu!« Irgendwie muß er dann mit der Bahn weitergefahren sein, denn drei Tage darauf wurde er in der Stadt Whiteville gesichtet, von wo es, wie Sie ja wissen, noch ein langer Weg bis Blackburg ist. Seine Kleider waren in halbwegs ordentlichem Zustand, aber er war schmutzig wie die Sünde. Weil er nichts über sich aussagen konnte, wurde er als Stromer verhaftet und ins Heim für verwahrloste Kinder gesteckt, wo man ihn wusch.

Eines Tages riß Jo dort aus, lief einfach in den Wald, und das Heim für verwahrloste Kinder sah ihn nie wieder.

Dann begegnen wir ihm – oder sind vielmehr wieder bei ihm angelangt – an der Straßenecke in Blackburg, wo er verlassen im kalten Herbstregen steht, und jetzt ist die Erklärung angebracht, daß die auf ihn niederprasselnden Regentropfen *nicht* schwärzlich und klebrig waren: es gelang ihnen nur nicht, sein Gesicht und seine Hände weniger schwärzlich und klebrig zu machen. Jo war nämlich – wie von Künstlerhand – ganz herrlich und fürchterlich verschmiert. Und weil der verlassene kleine Stromer auch keine Schuhe hatte, waren seine nackten Füße rot und geschwollen, und wenn er ging, hinkte er nach rechts und nach links. Was seine Kleider betrifft – da würden Sie wohl kaum genügend Kenntnisse besitzen, um jedes Kleidungstück, das er trug, mit einem Namen zu belegen oder zu sagen, dank welcher Magie es noch auf ihm festhaftete. Daß sein ganzer Körper eiskalt war, steht außer jedem

Zweifel – er wußte es selbst. An jenem Abend hätte jeder gefroren, der dort gestanden hätte, aber aus ebendiesem Grund war sonst niemand da. Wie es zugegangen war, daß Jo jetzt dort stand, konnte er nicht erzählen, selbst dann nicht, wenn seinem kleinen Köpfchen ein Wortschatz von über hundert Worten zur Verfügung gestanden hätte. An der Art und Weise, wie er um sich schaute, hätte man erraten können, daß er nicht die leiseste Ahnung hatte, wo er war (und warum).

Aber angesichts der Zeit und Generation, in der er lebte, war er gar kein so großer Dummkopf. Weil er fror und hungrig war und noch immer seine Beinchen krumm machen und weiterlaufen konnte, beschloß er, in eins von den Häusern zu gehen, die in weiten Abständen voneinander an der Straße standen und so hell und warm aussahen. Doch als er versuchte, seinen vernünftigen Entschluß auszuführen, stürzte ein grober Hund heraus und bestritt ihm das Recht dazu. Der Kleine war furchtbar erschrokken und glaubte (sicher mit gutem Grund), daß Grobheit im Garten auch Grobheit im Innern des Hauses bedeutete. Humpelnd ließ er alle Häuser hinter sich und zog – nasse graue Felder zu seiner Rechten, nasse graue Felder zu seiner Linken, die Augen vom Regen fast geblendet, Nebel und Düster der nahenden Nacht vor sich – auf der nach Greenton führenden Straße seiner Wege. Das heißt, nach Greenton gelangt man, wenn es einem glückt, den Oak-Hill-Friedhof zu passieren. Und das mißglückte in jedem Jahr einer beträchtlichen Zahl von Blackburgern. Auch Jo.

Am nächsten Morgen fand man ihn dort, sehr naß, sehr kalt, aber nicht länger hungrig. Anscheinend war er durchs Friedhofstor eingetreten – vielleicht hoffte er, daß es zu einem Haus ohne Hund führte –, und war im Dunkeln herumgeirrt und sicher über manches Grab gestolpert, bis er alles leid war und aufgab. Der kleine Leichnam lag auf der Seite, die eine schmutzige Wange war in die eine schmutzige Hand geschmiegt, und die andre Hand steckte, Wärme suchend, zwischen seinen Lumpen. Die andre Wange hatte der Regen endlich sauber und rein gewaschen, wie vorbereitet für einen Kuß von Gottes großen Engeln. Es wurde festgestellt (obwohl man sich noch nichts dabei dachte, da die Leiche noch nicht identifiziert worden war), daß der kleine Junge auf dem Grab der Hetty Parlow lag. Allerdings hatte sich das Grab nicht geöffnet, um ihn aufzunehmen. Das ist ein Begleitumstand, den man, ohne respektlos zu sein, gerne anders arrangiert gesehen hätte.

Die nächtlichen Vorgänge in Deadman's Schlucht

EINE UNGLAUBWÜRDIGE GESCHICHTE

Die Nacht war ungewöhnlich kalt und so klar wie der Mittelpunkt eines Diamanten. Klare Nächte haben es an sich, beißend kalt zu sein. In der Dunkelheit kann man frieren, ohne es zu merken, aber wenn man alles sieht, leidet man eher. Diese Nacht war hell genug und beißend wie Schlangenbiß. Der Mond zog geheimnisvoll über die riesigen Koniferen, die den South Mountain krönen, und holte ein kaltes Glitzern aus dem verharschten Schnee. Am schwarzen, westlichen Himmel zeichneten sich die geisterhaften Umrisse des Küstengebirges ab, hinter dem sich, unsichtbar, der Pazifik ausdehnte. Der Schnee hatte sich an freien Stellen auf dem Grunde der Schlucht zu langen Schneewehen aufgehäuft, die zu wogen schienen, und zu kleinen Hügelchen, die sich anscheinend hoben und Gischt versprühten. Der Gischt war doppelt reflektierter Sonnenglanz: einmal vom Mond und einmal vom Schnee zurückgeworfen.

In diesem Schnee waren viele Hütten des verlassenen Goldgräberlagers wie ausgetilgt (ein Seemann hätte gesagt, sie wären abgesoffen). In unregelmäßigen Abständen hatte sich der Schnee über die hohen Holzstreben erhoben, die ehemals einen *flume* genannten Kanal getragen hatten. Flume kommt natürlich vom lateinischen *flumen:* einer der Vorteile, den die Berge dem Goldwäscher nicht vorenthalten können, ist das Privileg, Latein zu sprechen. So sagt er von seinem verstorbenen Nachbarn, er sei die »flume« hinaufgegangen. Gar keine schlechte Art, um zu sagen: Sein Leben ist zum Quell des Lebens zurückgekehrt.

Während der Schnee sich mit seinem Rüstzeug gegen die Angriffe des Sturms wehrte, hatte er keinen Schlupfwinkel übersehen. Vom Sturm verfolgter Schnee gleicht in vielem einer Armee auf dem Rückzug. Auf offenem Gelände schwärmt er mit breiten Formationen aus; wo er Fuß fassen kann, verschanzt er sich; wo er in Deckung gehen kann, tut er es. Man kann ganze Schützenketten von Schnee beobachten, die sich hinter die Überreste einer morschen Mauer ducken. Die aus der Bergwand herausgehauene, gewundene alte Straße lag voller Schnee. Schwadron über Schwadron hatte auf diesem Weg zu fliehen versucht, bis die Verfolgung plötzlich aufhörte. Eine Gegend, die öder und trübseliger ist als die Deadman's Schlucht in einer Winternacht, kann man sich einfach nicht vorstellen.
Und doch beliebte es Mr. Hiram Beeson, dort zu hausen, und zwar als der einzige Einwohner.
Seine kleine Blockhütte hoch oben an der Flanke des North Mountain entsandte aus ihrem einzigen Fenster einen langen, feinen Lichtstrahl und war einem schwarzen Käfer nicht unähnlich, der mit einer blanken, neuen Nadel auf den Hang gespießt war. Im Innern saß Mr. Beeson vor einem prasselnden Feuer und starrte in dessen Glutherz, als habe er dergleichen noch nie im Leben gesehen. Er war nicht gerade hübsch: sein Haar war grau, seine Kleidung war zerlumpt und liederlich, sein Gesicht war bleich und hager, und seine Augen waren zu grell. Hätte man sein Alter erraten wollen, hätte man siebenundvierzig angenommen und sich dann verbessert und vierundsiebzig gesagt. Er war aber achtundzwanzig. Er war abgezehrt, vielleicht so abgezehrt, wie er es in der Nachbarschaft eines darbenden Leichenbestatters in Bentley's Flat und eines neuen und unternehmungslustigen Leichenbeschauers in San Francisco zu sein wagte.
Als Mr. Beeson so dasaß, die zerlumpten Ellbogen auf die

zerlumpten Knie gestützt, die hageren Wangen in seinen hageren Händen vergraben und anscheinend ohne die geringste Absicht, sich schlafen zu legen, sah er aus, als könne er bei der leisesten Bewegung auseinanderfallen. Immerhin hatte er innerhalb der letzten Stunde nicht weniger als dreimal geblinzelt.

Plötzlich wurde heftig an die Tür geklopft. Daß jemand zu dieser nächtlichen Stunde und bei diesem Wetter anklopfte, hätte jeden Sterblichen überrascht, der seit zwei Jahren in der Schlucht wohnte, ohne je ein menschliches Antlitz gesehen zu haben, und der selbstverständlich wußte, daß die Gegend unbegehbar war; aber Mr. Beeson wandte nicht einmal den Blick von der Kohlenglut ab. Und sogar als die Tür aufgestoßen wurde, sank er nur achselzuckend ein wenig mehr in sich zusammen – wie jemand, der etwas erwartet, das er lieber nicht sehen möchte. Man kann diese Bewegung bei Frauen beobachten, wenn in einer Totenkapelle der Sarg hinter ihnen den Gang hinaufgetragen wird.

Doch als ein großer alter Mann in einem wollenen Mantel eintrat, der ein Taschentuch um den Kopf gebunden und fast das ganze Gesicht hinter einem dicken Wollschal versteckt hatte, eine grüne Schutzbrille trug und eine Gesichtshaut hatte, die, wo etwas von ihr hervorschaute, schlohweiß war – als dieser Mann leise eintrat und eine schwere, behandschuhte Hand auf Mr. Beesons Schulter legte, da vergaß sich letzterer doch soweit, daß er mit dem Anschein nicht geringer Verwunderung aufblickte. Wen auch immer er erwartet hatte, mit diesem Mann hatte er offenbar nicht gerechnet. Immerhin rief der Anblick des unerwarteten Gastes bei Mr. Beeson Gefühle in folgendem Ablauf hervor: Erstaunen – Genugtuung – und unergründliche Bereitwilligkeit. Er erhob sich von seinem Stuhl, schob die knorrige Hand des andern von seiner Schulter und schüttelte sie mit einer ganz rätselhaften Innigkeit,

denn der alte Mann hatte so gar nichts Anziehendes, aber sehr viel Abstoßendes an sich. Allerdings ist das Anziehende ein zu allgemein verbreiteter Besitz, so daß es auch auf das Abstoßende etwas abgefärbt hat. Am anziehendsten ist ein Gesicht, das wir instinktiv mit einem Tuch zudecken. Wenn es noch anziehender und sogar faszinierend wird, werfen wir sieben Fuß Erde darauf.
»Sir«, sagte Mr. Beeson und ließ die Hand des alten Mannes los, die schlaff und klapperig gegen dessen Hüfte schlug, »es ist eine ganz abscheuliche Nacht. Bitte nehmen Sie Platz! Ich freue mich, Sie zu sehen!«
Mr. Beeson sprach mit einer Eleganz, die man in Anbetracht der äußeren Umstände kaum von ihm erwartet hätte. Der Gegensatz zwischen seinem Äußeren und seinen Manieren war erstaunlich genug, war aber eins der alltäglichsten sozialen Phänomene in einem Goldgräberlager. Der alte Mann trat einen Schritt auf das Feuer zu, das sich verkleinert in seiner grünen Brille widerspiegelte.
Mr. Beeson wiederholte: »Bin verdammt froh, Sie zu sehen, Sir!«
Mr. Beesons elegante Manieren waren nicht übertrieben fein: er hatte dem lokalen Geschmack verschiedene Zugeständnisse gemacht. Er wartete einen Augenblick, dann glitten seine Blicke vom vermummten Kopf des Gastes hinunter auf die Reihe verschimmelter Knöpfe am Wollmantel und weiter zu den grünlichen Stiefeln aus ungegerbter Kuhhaut, von denen der Schnee zu schmelzen und in kleinen Rinnsalen über den Fußboden zu laufen begann. Nach dieser Bestandsaufnahme seines Gastes schien er befriedigt zu sein. Wer wäre es nicht gewesen? Dann fuhr er fort: »Die Gastfreundschaft, die ich Ihnen anbieten kann, entspricht leider meinen gegenwärtigen Verhältnissen, doch ich würde mich sehr geehrt fühlen, wollten Sie damit vorlieb nehmen, statt in Bentley's Flat Besseres vorzuziehen.«

Mit dem besonderen Takt gastfreundlicher Bescheidenheit redete Mr. Beeson einher, als wäre ein Aufenthalt in seiner warmen Hütte und in einer solchen Nacht eine unerträgliche Zumutung, verglichen mit einem Marsch von vierzehn Meilen im tiefen Schnee, der einem mit hart gefrorenen Rändern bis an die Kehle reicht. Statt einer Antwort knöpfte der Gast seinen Mantel auf. Der Gastgeber legte Holz und Kohle nach, fegte den Kaminplatz mit einem Wolfsschwanz sauber und fügte hinzu: »*Ich* aber finde, Sie sollten lieber türmen!«
Der alte Mann setzte sich auf einen Schemel am Feuer und streckte seine schweren Sohlen der Glut entgegen, ohne den Hut vom Kopf zu nehmen. Bei den Goldgräbern wird der Hut selten abgenommen, solange man noch die Stiefel anhat. Ohne eine weitere Bemerkung nahm nun auch Mr. Beeson auf einem Stuhl Platz, der einmal ein Faß gewesen war und, da er noch etwas von seinem ursprünglichen Charakter bewahrt hatte, dazu entworfen schien, dereinst die Asche seines Besitzers aufzunehmen, sollte es ihm belieben, zu Staub zu zerfallen. Ein Weilchen herrschte Schweigen, dann drang irgendwo aus den Riesenbäumen das bellende Jaulen eines Kojoten her, und gleichzeitig ratterte die Tür im Türrahmen. Zwischen den beiden Geräuschen bestand kein andrer Zusammenhang, als daß der Kojote eine Abneigung gegen den Sturm hatte, der an Stärke zugenommen hatte. Doch schien eine gewisse übernatürliche Verschwörung zwischen beiden zu bestehen, und Mr. Beeson erschauerte in unbestimmtem Grauen. Er faßte sich aber bald und wandte sich wieder an seinen Gast: »Hier gehen seltsame Dinge vor. Ich will Ihnen alles erzählen, und wenn Sie dann beschließen, lieber zu gehen, hoffe ich, Sie das schlimmste Stück Wegs begleiten zu können, nämlich bis dorthin, wo Baldy Peterson seinerzeit Ben Hike erschossen hat – sicher kennen Sie die Stelle?«

Der alte Mann nickte sehr nachdrücklich, wie um anzudeuten, daß ihm die Stelle nur allzugut bekannt sei.
»Vor zwei Jahren«, begann Mr. Beeson, »habe ich mit zwei Kameraden in dieser Hütte gewohnt, aber als der große Wettlauf zum Flat einsetzte, zogen auch wir mit den letzten los. Innerhalb von zehn Stunden war die ganze Schlucht menschenleer. Noch am gleichen Abend merkte ich jedoch, daß ich eine wertvolle Pistole (die hier!) vergessen hatte, und kehrte wieder um und verbrachte die Nacht hier ganz allein – und seither jede Nacht! Ich sollte noch erklären, daß ein paar Nächte, bevor wir aufbrachen, unser chinesischer Diener gestorben war, ausgerechnet als der Boden so hart gefroren war, daß wir unmöglich auf die übliche Art ein Grab für ihn ausheben konnten. Deshalb hatten wir am Tage unsres Aufbruchs ein Loch in die Dielen gehackt und ihn, so gut es eben ging, unter dem Fußboden begraben. Doch ehe ich ihn unten verscharrte, war ich so taktlos, ihm seinen Zopf abzuschneiden und an den Balken dort über seinem Grab zu nageln. Sie können ihn auch jetzt sehen, oder vielleicht lieber, nachdem Sie sich genügend aufgewärmt haben, um ihn in Ruhe zu betrachten. Ich sagte wohl schon – oder noch nicht? – daß unser Chinese eines natürlichen Todes gestorben war. Damit hatte ich selbstredend nichts zu tun; kein unwiderstehlicher Drang, kein makabres Interesse ließen mich wieder herkommen, sondern einfach die Tatsache, daß ich eine Pistole vergessen hatte. Das ist Ihnen doch klar, nicht wahr, Sir?«
Der Besucher nickte ernst. Er schien kein Freund von viel Worten zu sein, falls er überhaupt sprechen konnte. Mr. Beeson fuhr fort: »Nach chinesischem Glauben kann ein Mensch ohne Zopf ebensowenig in den Himmel kommen, wie ein Papierdrache ohne Schwanz sich in die Luft erheben kann. Um meine langatmige Geschichte kurz zu machen (ich hielt es aber für meine Pflicht, sie Ihnen

mitzuteilen): in jener Nacht, als ich allein hier war und an alles andre, nur nicht an ihn dachte, kam der Chinese, um sich seinen Zopf zu holen.
Er hat ihn nicht bekommen.«
An dieser Stelle seines Berichts verfiel Mr. Beeson in ein unergiebiges Schweigen. Vielleicht hatte ihn das ungewohnte Sprechen ermüdet, vielleicht hatte er auch eine Erinnerung heraufbeschworen, die seine ungeteilte Konzentration verlangte. Der Wind heulte jetzt aus allen Himmelsrichtungen, und die Koniferen am Berghang stöhnten merkwürdig bedeutsam. Der Erzähler fuhr fort: »Sie finden, daß an der Sache nicht viel dran ist? Ich gestehe, daß auch ich nichts daran finde. Aber er kommt ständig herauf!«
Wieder entstand ein längeres Schweigen. Alle beide starrten ins Feuer, ohne sich zu rühren. Dann platzte Mr. Beeson fast ungestüm heraus und heftete dabei den Blick auf das unbewegliche Gesicht seines Zuhörers: »Ich soll ihn zurückgeben? Sir, in dieser Angelegenheit möchte ich niemanden um Rat fragen. Sie verzeihen mir sicher« – hier wurde er erstaunlich redegewandt –, »aber ich habe mich getraut, den Zopf anzunageln, und habe die etwas beschwerliche Verpflichtung übernommen, ihn zu bewachen. Es ist daher ganz unmöglich, auf Ihren teilnehmenden Vorschlag einzugehen! Halten Sie mich denn für einen Modoc-Indianer?«
Mit überraschender Wildheit schleuderte er seinem Gast die Frage ins Gesicht. Es war gerade so, als habe er ihm mit einem stählernen Handschuh aufs Ohr geschlagen. Es klang wie ein Protest, aber es war eine Herausforderung. Für einen Feigling oder für einen Indianer vom Stamme der Modoc gehalten zu werden ist dasselbe. Manchmal muß auch das Wort »Chinese« dafür herhalten. Hältst du mich etwa für einen Chinesen? ist eine Frage, die einem plötzlich Verstorbenen ins Ohr gebrüllt wird.

Mr. Beesons Wutanfall verpuffte wirkungslos, und während der kurzen Pause hörten sie den Wind im Schornstein poltern: es klang wie das Aufschlagen von Erdklumpen auf einen Sarg. Schließlich fuhr Mr. Beeson fort: »Aber wie Sie sehr richtig sagten, die Sache ist ermüdend! Ich spüre es, daß mein Leben in den beiden letzten Jahren ein Irrtum war – ein Irrtum, der sich jetzt berichtigt. Sie sehen ja, wie. Das Grab? Nein, es ist niemand da, der es ausheben könnte. Der Boden ist hart gefroren. Immerhin – falls Sie wollen? Dann könnten Sie bei Bentley's erzählen – doch nein, das ist nicht wichtig. Er ließ sich sehr schwer durchschneiden. Sie flechten Seide in ihre Zöpfe. Ochchch ...« Mr. Beeson redete mit geschlossenen Lidern, und sein Geist begann zu wandern. Sein letztes Wort war nur noch ein Schnarcher. Kurz darauf holte er tief Atem, schlug mühsam die Augen auf, machte eine einzige Bemerkung und sank in einen tiefen Schlaf. Die Bemerkung, die er gemacht hatte, war: »Sie klauen meinen Goldstaub!«

Dann erhob sich der alte Fremdling, der bis dahin kein einziges Wort gesprochen hatte, und legte entschlossen seine Oberkleidung ab. In seinem Flanell-Unterzeug sah er so dürr aus wie die Signorina Festorazzi, eine Irin, fast zwei Meter groß, die nur sechsundfünfzig Pfund wog und sich vor den Einwohnern von San Francisco im Hemd zur Schau stellte. Nachdem er, der Sitte des Landes entsprechend, eine Pistole in Reichweite gelegt hatte, kroch er in eine Schlafkoje. Er hatte sich die Pistole von einem Bord heruntergeholt: es war Mr. Beesons Pistole, wegen der er vor zwei Jahren in die Schlucht zurückgekehrt war.

Nach ein paar Minuten erwachte Mr. Beeson, und als er sah, daß sich sein Gast zur Ruhe gelegt hatte, verzog er sich ebenfalls in seine Koje. Doch vorher zupfte er noch einmal kräftig an dem langen, geflochtenen Heidenzopf, um sich zu überzeugen, daß er fest und sicher angenagelt war. Die beiden Kojen – nichts weiter als Bretter mit nicht allzu sauberen Wolldecken – lagen einander an den beiden entgegengesetzten Seiten des Zimmers gegenüber, und halbwegs dazwischen befand sich die kleine, viereckige Falltür, die der Zugang zum Grabe des Chinesen gewesen war. Sie war nämlich mit einer Doppelreihe langer Nägel abgesichert worden. Mr. Beeson hatte es nicht verschmäht, sich diesseitiger Vorsichtsnaßnahmen im Kampf gegen das Jenseitige, Übernatürliche zu bedienen.

Das Feuer war jetzt zusammengesunken, und die Flämmchen brannten bläulich und launisch; gelegentlich zuckten sie auf und warfen gespenstische Schatten auf die Wände – Schatten, die sich geheimnisvoll bewegten und manchmal vereinten und dann wieder auseinanderzuckten. Der Schatten des herunterbaumelnden Zopfes unterm Dach am andern Ende des Zimmers hielt sich übelgelaunt abseits und glich einem Ausrufungszeichen. Das Ächzen der hohen Koniferen wurde zu einem erhabenen Triumphgesang. Die Stille in den Pausen dazwischen war fürchterlich.

Während einer dieser Pausen begann sich die Falltür im Boden zu heben. Langsam und gleichmäßig hob sie sich, und langsam und gleichmäßig hob der alte Mann in seiner Koje den vermummten Kopf, um die Falltür zu beobachten. Mit einem Krachen, das die ganze Hütte erschüttern ließ, schlug sie gänzlich zurück, so daß die häßlichen Spitzen der langen Nägel drohend aufwärts zeigten.

Mr. Beeson erwachte und preßte die Finger in die Augen, ohne sich aufzurichten. Er zitterte, und seine Zähne schlugen klappernd gegeneinander. Sein Gast lag jetzt, auf einen Ellbogen gestützt, da und beobachtete die Vorgänge mit seiner Brille, deren Gläser wie Laternen funkelten.

Plötzlich fuhr ein Windstoß heulend den Kamin hinunter und blies Asche und Rauch in alle Richtungen, so daß die letzte Helligkeit erlosch. Als das Feuer dann wieder heller brannte, sah man auf der Kante eines Schemels neben dem

Kamin einen dunkelhäutigen kleinen Mann von wohlgefälligem Aussehen, der mit tadellosem Geschmack gekleidet war und dem alten Mann mit gewinnendem und freundlichem Lächeln zunickte. »Offenbar aus San Francisco«, dachte Mr. Beeson, der sich etwas von seinem Schreck erholt hatte und zu einer Lösung der nächtlichen Vorgänge vortastete.
Doch jetzt erschien noch ein Schauspieler auf der Bühne. Aus dem viereckigen schwarzen Loch in der Mitte des Fußbodens tauchte der Kopf des verstorbenen Chinesen auf: seine glasigen Augen mit den schrägen Schlitzen hatte er aufwärts gerichtet und heftete sie mit einem Ausdruck unsagbarer Sehnsucht auf den baumelnden Zopf. Mr. Beeson ächzte und schlug wieder die Hände vors Gesicht. Ein schwacher Geruch wie von Opium verbreitete sich. Das Phantom war nur mit einer kurzen blauen Tunika bekleidet, die zwar abgesteppt und aus Seide war, aber der Moder des Grabes hatte sie besudelt. Langsam und wie von einer schwachen Spiralfeder bewegt, schob es sich höher. Als seine Knie auf gleicher Höhe wie der Fußboden waren, machte es plötzlich, wie eine geräuschlos hüpfende Flamme, einen Satz in die Höhe und packte mit beiden Händen den Zopf, zog seinen Körper daran hoch und biß mit seinen widerlich gelben Zähnen in das Ende des Zopfes. Wie verzweifelt klammerte es sich daran fest und bemühte sich unter grauenhaften Grimassen und indem es von einer Seite auf die andre schaukelte und schwankte, sein Eigentum vom Balken loszuzerren, aber ohne dabei auch nur einen Laut von sich zu geben. Es glich einer Leiche, die mittels galvanischer Ströme künstlich in Zukkungen versetzt wurde. Der Gegensatz zwischen seiner unmenschlichen Geschäftigkeit und der völligen Lautlosigkeit war mehr als grauenhaft.
Mr. Beeson kauerte auf seinem Lager. Der dunkelhäutige kleine Herr, der bis dahin die Beine übereinandergeschla-

gen hatte, trommelte jetzt mit der Stiefelspitze ungeduldig auf den Boden und blickte auf seine schwere goldene Uhr. Der alte Mann setzte sich hoch und griff gelassen nach der Pistole.

Päng!

Wie ein vom Galgen abgeschnittener Gehenkter plumpste der Chinese in das schwarze Loch. Zwischen den Zähnen hatte er seinen Zopf! Die Falltür klappte zu und schloß sich knallend. Der schwarzhäutige kleine Herr aus San Francisco hüpfte leichtfüßig vom Schemel, erhaschte mit seinem Hut etwas aus der Luft, wie ein Knabe einen Schmetterling fängt, und verschwand im Kamin, wie von einem Luftzug emporgesogen.

Von irgendwoher im Dunkeln draußen schwebte ein schwacher, ferner Schrei zur offenen Tür herein: er klang wie die langgezogene, wimmernde Klage eines Kindes, das in der Einöde erdrosselt wurde, oder einer armen Seele, die sich der Widersacher geholt hat. Vielleicht war es ein Kojote.

* * *

In den ersten Frühlingstagen des folgenden Jahres fand eine Gruppe von Goldgräbern, die auf dem Weg zu neuen Bodenfunden durch die Schlucht kamen und sich in den verlassenen Baracken umsahen, in einer Blockhütte die Leiche Mr. Beesons. Er lag lang ausgestreckt in seiner Koje; eine Kugel hatte ihn ins Herz getroffen. Offenbar war der Schuß von der gegenüberliegenden Seite des Raums abgefeuert worden, denn in einem Eichenbalken unter der Decke wies ein Astknorren eine flache blaue Vertiefung auf. Dort war die Kugel anscheinend abgeprallt, und der Prellschuß hatte die Brust des Opfers getroffen. An einem Nagel in ebendiesem Balken hing der Rest eines Seils aus geflochtenem Roßhaar (wie es schien), das die Kugel auf ihrer Bahn durchgeschlagen hatte, ehe sie vom Astknorren abprallte. Sonst fiel den Männern nichts besonders Interessantes auf, abgesehen von einem Haufen modriger und nicht zusammengehörender Männerkleidung. Mehrere dieser Sachen wurden später von glaubwürdigen Zeugen identifiziert: einige in der Deadman's Schlucht Verstorbene seien vor Jahren in diesen Kleidungsstücken beerdigt worden. Doch leuchtet es nicht recht ein, wie das möglich gewesen wäre, falls nicht der Tod persönlich die Sachen als Verkleidung benutzt hatte – und das ist sehr unglaubwürdig.

Hinter der Wand

Vor vielen Jahren, als ich von Hongkong nach New York fuhr, hielt ich mich eine Woche in San Francisco auf. Es war schon lange her, seit ich zuletzt dort gewesen war, denn inzwischen waren meine Geschäfte im Orient über alle Erwartung gut gediehen. Ich war reich und konnte es mir leisten, meine Heimat zu besuchen und die Freundschaft mit denjenigen meiner Jugendgefährten zu erneuern, die noch am Leben waren und meiner mit der alten Zuneigung gedachten. Vor allem erhoffte ich das von Mohun Dampier, einem ehemaligen Schulkameraden, mit dem ich gelegentlich korrespondiert hatte, doch war unser Briefwechsel, wie das bei Männern zu gehen pflegt, inzwischen längst eingeschlafen. Man kann nämlich beobachten, daß die Abneigung, einen persönlichen Brief zu schreiben, mit dem Quadrat der Entfernung wächst, die zwischen den beiden Briefpartnern liegt. Es ist ein Naturgesetz.

Ich hatte Dampier als einen gut aussehenden, kräftigen jungen Mann in Erinnerung, der Geschmack an der Wissenschaft fand, jedoch eine Abneigung gegen Arbeit hatte und von ausgesprochener Gleichgültigkeit gegenüber vielen Dingen war, auf welche die Menschheit im allgemeinen großen Wert legt, einschließlich irdischer Reichtümer.

Diese hatte er allerdings geerbt, und zwar genügend, um jedem Mangel enthoben zu sein. Seine Familie, eine der ältesten und vornehmsten des Landes, war, glaube ich, sehr stolz darauf, daß keiner ihrer Angehörigen sich je als Geschäftsmann oder Politiker betätigt oder irgendwelche Auszeichnungen angestrebt hatte. Mohun war ein wenig sentimental und hatte eine eigentümlich abergläubische Ader, die ihn dazu verleitete, alle möglichen okkulten

Probleme zu studieren, obwohl ihn sein gesunder Menschenverstand vor Phantastereien und gefährlichen Irrlehren bewahrte. Er unternahm wagemutige Streifzüge ins Reich des Unwirklichen, ohne auf sein Bürgerrecht in dem erst teilweise vermessenen und kartographierten Land zu verzichten, das wir so gern »Gewißheit« nennen. Ich suchte ihn an einem stürmischen Abend auf. Es war im kalifornischen Winter, und der Regen prasselte unaufhörlich auf die menschenleeren Straßen nieder, oder jähe Windstöße schleuderten ihn mit unglaublicher Wut gegen die Häuser. Nicht ohne einige Mühe fand mein Kutscher das richtige Haus: es lag weit draußen, zum Meer hin, in einem spärlich bebauten Vorort. Es machte einen ziemlich häßlichen Eindruck und erhob sich inmitten eines Geländes, dem es, soweit ich das im Dämmerlicht erkennen konnte, sowohl an Blumen wie an Rasenflächen fehlte. Drei oder vier Bäume, die sich unter dem qualvollen Ansturm des Windes ächzend niederduckten, erweckten den Anschein, als wollten sie ihrer trüben Umgebung entfliehen, um vielleicht draußen auf dem Meer eine bessere zu finden. Das Haus, ein zweistöckiger Ziegelbau, hatte an der einen Ecke einen Turm, der das Haus um ein Stockwerk überragte. Nur ein einziges Turmfenster war von einem Licht erhellt. Das Ganze hatte etwas an sich, das mich unwillkürlich erschauern ließ, wozu vielleicht auch der Regen beitrug, der mir den Rücken hinunterrann, als ich schutzsuchend zur Haustür lief.
Als Antwort auf meine Zeilen, daß ich ihn gern besuchen wolle, hatte Dampier geschrieben: »Läute nicht – mach die Tür auf und komm nach oben!« Das tat ich also. Das Treppenhaus war von einer einzelnen Gasflamme auf dem zweiten Treppenabsatz matt beleuchet. Den oberen Flur erreichte ich zum Glück ohne Mißgeschick und trat durch eine offene Tür in die quadratische Turmstube, in der das Licht brannte. Dampier kam mir in einem Schlafrock und

Pantoffeln entgegen, um mich zu empfangen, und begrüßte mich ganz so, wie ich es erwartet hatte, und wenn ich einen Gedanken gehegt hätte, daß dergleichen wohl an der Haustür passender gewesen wäre, so verschwand schon beim ersten Blick auf ihn jeder Zweifel an seiner Gastfreundschaft.

Er war nicht mehr der alte. Obwohl er die Lebensmitte kaum überschritten hatte, war er grau geworden und hatte sich einen ausgesprochenen Buckel zugelegt. Sein Körper war mager und knochig, das Gesicht hatte tiefe Furchen, und die Haut war leichenblaß und ohne eine Spur Farbe. Die unnatürlich großen Augen glommen in einem beinah unheimlichen Feuer.

Er rückte mir einen Stuhl zurecht, bot mir eine Zigarre an und beteuerte ernst und offenbar aufrichtig, wie sehr er sich freue, mich wiederzusehen. Eine nichtssagende Unterhaltung folgte, doch die ganze Zeit bedrückte mich eine tiefe Schwermut, weil er sich so sehr verändert hatte. Er mußte es bemerkt haben, denn plötzlich sagte er mit sehr fröhlichem Lächeln: »Du bist enttäuscht von mir – *non sum qualis eram*!«

Ich wußte kaum, was ich darauf erwidern sollte, brachte dann aber hervor: »Nein, wirklich, dein Latein ist sich so ziemlich gleichgeblieben.«

Wieder strahlte er. »O nein«, sagte er, »da es eine tote Sprache ist, nimmt sie an Verwendbarkeit zu. Aber gedulde dich bitte noch ein wenig: vielleicht spricht man dort, wohin ich mich begebe, eine bessere Sprache. Möchtest du in ihr eine Botschaft hören?«

Sein Lächeln erlosch, während er sprach, und als er geendet hatte, blickte er mir mit einem Ernst in die Augen, der mich beunruhigte. Doch ich wollte mich nicht von seiner Stimmung beeinflussen lassen noch ihm zeigen, wie sehr mich seine Todeserwartung aufwühlte.

»Ich glaube«, sagte ich, »daß es noch lange dauern wird,

bis die menschliche Sprache aufhört, uns als Verständigungsmittel zu dienen, und dann werden wir sie und ihre Möglichkeiten nicht mehr benötigen.«

Er erwiderte nichts, und auch ich verstummte, denn das Gespräch hatte eine entmutigende Wendung genommen, doch wußte ich nicht, wie ich es erfreulicher gestalten sollte. Doch als plötzlich der Sturm innehielt und die Totenstille im Gegensatz zu dem voraufgegangenen Tumult fast erschreckend wirkte, hörte ich ein leises Klopfen, das von der Wand hinter meinem Stuhl herzukommen schien. Das Geräusch mochte von einer menschlichen Hand herrühren, doch nicht so, fand ich, als klopfe jemand, Einlaß begehrend, an eine Tür, sondern eher wie ein verabredetes Zeichen, mit dem jemand seine Anwesenheit im Nebenzimmer mitteilen wollte. Die meisten von uns haben, glaube ich, mehr Erfahrung mit derartigen Verständigungsmitteln, als sie gern zugeben. Ich blickte Dampier an. Falls mein Blick möglicherweise etwas amüsiert ausgefallen war, hatte er es bestimmt nicht bemerkt. Er schien meine Anwesenheit vergessen zu haben und starrte mit einem Ausdruck auf die Wand hinter mir, den ich nicht beschreiben kann, obwohl mir die Erinnerung daran noch heute so lebhaft wie damals vor Augen steht. Die Situation war peinlich, und ich stand auf, um mich zu verabschieden. Daraufhin schien er wieder zu sich zu kommen.

»Bitte, bleib sitzen«, sagte er. »Es ist nichts. Niemand ist da!«

Doch das Klopfen wurde wiederholt, und zwar mit derselben sanften Inständigkeit wie vorher.

»Verzeih«, sagte ich, »es ist spät geworden. Darf ich morgen wiederkommen?«

Er lächelte – ein wenig geistesabwesend, fand ich. »Es ist sehr taktvoll von dir«, erwiderte er, »jedoch ganz überflüssig. Das hier ist das einzige Zimmer im Turm, und niemand ist da. Wenigstens ...« Er beendete den Satz nicht, sondern erhob sich und riß ein Fenster auf, die einzige Öffnung in der Wand, aus der das Geräusch zu kommen schien. »Schau her!«

Weil ich nicht genau wußte, was ich sonst hätte tun sollen, folgte ich ihm ans Fenster und blickte hinaus. Eine nahe Straßenlaterne leuchtete hell genug durch den wieder in Strömen niederprasselnden Regen, um mich gründlich zu überzeugen, daß niemand da war. Es war tatsächlich nichts weiter da als die kahle, senkrechte Mauer des Turms.

Dampier schloß das Fenster, winkte mir, wieder Platz zu nehmen, und setzte sich auch.

Der Zwischenfall an sich war nicht besonders geheimnisvoll, ein Dutzend beliebige Erklärungen mochte es dafür geben (obwohl mir keine einzige einfiel), doch machte es einen seltsamen Eindruck auf mich, um so mehr vielleicht, als mein Freund sich bemühte, mich zu beruhigen, was dem Vorfall eine gewisse Bedeutung und Wichtigkeit zu verleihen schien. Er hatte mir bewiesen, daß niemand da war, aber gerade das war ja so interessant – und doch gab er keine Erklärung dafür ab. Sein Schweigen ärgerte und kränkte mich.

»Mein lieber Freund«, sagte ich (etwas spöttisch, wie ich fürchte), »mir liegt nichts daran, dein Recht in Frage zu stellen, so viele Phantome zu beherbergen, wie es deinem Geschmack entspricht und sich mit deiner Ansicht über Geselligkeit vereinen läßt – das geht mich nichts an. Doch da ich bloß ein simpler Geschäftsmann bin, der sich hauptsächlich mit den Dingen dieser Welt abgibt, finde ich, daß Phantome für meine Ruhe und mein Behagen überflüssig sind. Ich kehre jetzt in mein Hotel zurück, wo die Gäste noch im Fleisch wandeln.«

Es waren nicht sehr höfliche Worte, aber das machte ihm keinen Eindruck. »Bleib doch bitte!« sagte er. »Ich bin dir dankbar für deine Anwesenheit. Was du heute abend gehört hast, glaubte ich bereits zweimal gehört zu haben. Jetzt *weiß* ich, daß es keine Sinnestäuschung war. Das ist mir sehr wertvoll, mehr, als du ahnst. Steck dir eine neue Zigarre an und faß dich in Geduld, während ich dir die Geschichte erzähle!«

Der Regen fiel gleichmäßiger als vorher, mit einem leisen, monotonen Rauschen, das nur nach längeren Abständen unterbrochen wurde, wenn die Zweige gegeneinanderschlugen, weil der Wind sich erhob und sich wieder legte. Die Nacht war schon weit vorgeschritten, aber Mitgefühl und Neugier ließen mich dem Monolog meines Freundes willig zuhören, und ich unterbrach ihn nicht ein einziges Mal, vom Anfang bis zum Ende.

»Vor zehn Jahren«, erzählte er, »besaß ich am entgegengesetzten Ende der Stadt auf einem Hügel, der heute Rincon Hill heißt, eine Parterrewohnung in einer Reihe von Häusern, die alle genau gleich aussahen. Früher war es der beste Stadtteil San Franciscos gewesen, doch durch Vernachlässigung war alles in Verfall geraten, teils weil der schlichte Baustil dem verwöhnteren Geschmack unsrer wohlhabenden Bürger nicht mehr entsprach, und teils, weil gewisse städtische Verbesserungen ihm gründlich geschadet hatten. Die Häuserreihe, in der ich wohnte, trat ein wenig von der Straße zurück. Jedes Haus hatte einen Miniaturgarten, der durch niedrige Eisenzäune gegen die Nachbarn abgegrenzt und mit mathematischer Genauigkeit durch einen Kiesweg mit Buchsbaum-Einfassung von der Gartenpforte bis zur Haustür in zwei Hälften geteilt war.

Eines Morgens, als ich meine Wohnung verließ, bemerkte ich ein junges Mädchen, das den anstoßenden Garten linker Hand betrat. Es war ein warmer Junitag, und sie trug ein leichtes weißes Kleid. Von ihren Schultern hing ein breitrandiger Strohhut herab, der, wie es der damaligen Mode entsprach, reich mit Blumen verziert und wunderhübsch mit Bändern geschmückt war. Meine Aufmerksamkeit haftete nicht lange an der erlesenen Schlichtheit ihres Kleides, denn niemand, der ihr Gesicht gesehen hatte, konnte danach noch an etwas Irdisches denken. Sei nicht besorgt – ich werde es nicht durch eine Schilderung entweihen! Es war unübertrefflich schön! Alles, was ich bis dahin an Lieblichkeit gesehen oder erträumt hatte, lag in dem unvergleichlichen, von der Hand des göttlichen Künstlers erschaffenen lebenden Bild. So erschüttert war ich, daß ich, ohne den kleinsten Gedanken an das Unpassende meines Tuns, unwillkürlich den Hut zog – wie ein frommer Katholik sein Haupt vor dem Bildnis der Jungfrau Maria entblößt. Das Mädchen schien nicht ungehalten; sie richtete nur ihre herrlichen dunklen Augen mit einem Blick auf mich, daß mir der Atem stockte, und ohne meinen Gruß noch auf andere Weie zu bestätigen, ging sie ins Haus. Einen Augenblick stand ich unbeweglich still, mit dem Hut in der Hand, und war mir meiner Taktlosigkeit peinlich bewußt; andrerseits war ich doch so von dem Gefühl beherrscht, das diese Vision unvergleichlicher Schönheit mir einflößte, daß meine Reue weniger bußfertig war, als sie es hätte sein sollen. Dann ging ich weg und ließ mein Herz zurück. Wäre alles im alltäglichen Geleise abgelaufen, dann wäre ich bis gegen Abend ausgeblieben, doch am Nachmittag war ich schon wieder in dem kleinen Garten und heuchelte Interesse für die paar dummen Blümchen, die ich vorher nie bemerkt hatte. Ich hoffte vergeblich – sie erschien nicht!

Auf eine unruhige Nacht folgte ein Tag voller Erwartungen und Enttäuschungen, doch am folgenden Tag traf ich sie, als ich planlos in der Nachbarschaft umherschlenderte. Natürlich wiederholte ich meine Torheit nicht, den Hut vor ihr zu ziehen; ich wagte auch nicht, mein Interesse an ihr durch einen zu langen Blick zu verraten, aber

mein Herz pochte hörbar. Ich zitterte und spürte, wie ich rot wurde, als sie ihre großen schwarzen Augen mit einem Blick eindeutigen Erkennens auf mich richtete, dem jedoch nichts von Dreistigkeit oder Koketterie anhaftete.
Ich will dich nicht mit Einzelheiten langweilen. Ich traf das Mädchen von da an noch sehr oft, doch niemals sprach ich sie an oder suchte ich ihre Aufmerksamkeit zu erregen. Ich unternahm auch nichts, um ihre Bekanntschaft zu machen. Vielleicht ist dir meine Zurückhaltung, die eine so gewaltige Selbstverleugnung erforderte, nicht ganz begreiflich. Daß ich mich Hals über Kopf verliebt hatte, war mir klar, aber wer kann seine Denkgewohnheiten überwinden oder sein Wesen ändern?
Ich war »Aristokrat« – eine Bezeichnung, die einem von dummen Leuten gern angehängt wird und die sich andre dumme Leute gern anhängen lassen. Das Mädchen aber gehörte trotz ihrer Schönheit, ihrer Anmut und ihrer Reize nicht meiner Gesellschaftsklasse an. Ich hatte ihren Namen herausgebracht – ihn zu erwähnen, ist überflüssig –, und auch etwas über ihre Familie. Sie war Waise und abhängig von ihrer Tante, einer ältlichen, dicken Frau, in deren Logierhaus sie lebte. Mein Einkommen war klein, und zum Heiraten hatte ich kein Talent, denn es ist wohl eine besondere Gabe. Eine Verbindung mit ihrer Familie hätte mich zu deren Lebensstil verdammt, mich von meinen Büchern und Studien getrennt und mich in gesellschaftlicher Hinsicht in die große Masse zurückgestoßen. Es ist leicht, derartige Erwägungen zu verurteilen, und ich habe mir auch keine Verteidigung zurechtgelegt. Mag der Stab über mich gebrochen werden, aber wenn es gerecht zuginge, müßten auch alle Generationen meiner Vorfahren neben mir auf der Anklagebank sitzen, damit ich den mächtigen Einfluß der Vererbung als Milderungsgrund vorbringen kann. Jeder Blutstropfen meiner Vorfahren in mir lehnte sich gegen eine solche Mésalliance

auf. Kurz gesagt, alles sträubte sich dagegen: meine Neigungen und Gewohnheiten, mein Instinkt und das, was mir meine Liebe noch an Vernunft übrig gelassen hatte. Außerdem war ich unverbesserlich sentimental und fand in einer unpersönlichen, geistigen Verbindung einen subtilen Charme, den eine nähere Bekanntschaft herabgewürdigt und bestimmt vernichtet hätte. Keine Frau ist wirklich so, wie dieses liebliche Geschöpf zu sein scheint, sagte ich mir. Die Liebe ist ein wundervoller Traum: warum sollte ich mich selbst roh ins Erwachen reißen?

Der Weg, den mir all diese Gedanken und Gefühle vorschrieben, war eindeutig. Ehre, Stolz, Klugheit und die Treue zu meinen Idealen geboten mir, wegzugehen – doch dafür war ich zu schwach. Das Äußerste, was ich mit der größten Willensanstrengung erreichen konnte, war, dem Mädchen nicht mehr zu begegnen – und das tat ich. Ich vermied sogar die Zufallsbegegnungen im Garten, indem ich meine Wohnung nur dann verließ, wenn ich wußte, daß sie in ihre Klavierstunde gegangen war und erst nach Anbruch der Dunkelheit zurückkehren würde. Doch die ganze Zeit war ich wie ein Mensch in einem Trance-Zustand: ich gab mich den faszinierendsten Vorstellungen hin und brachte mein ganzes Denken mit meinen Träumen in Einklang. Ach, lieber Freund, du als Mann der Tat läßt dich so offensichtlich von der Vernunft leiten, deshalb kannst du dir nicht vorstellen, in was für Illusionen ich schwelgte!

Eines Abends brachte mich der Teufel auf einen Einfall, und nun benahm ich mich wie ein unglaublicher Dummkopf. Durch ein paar harmlose und anscheinend gleichgültige Fragen erfuhr ich von meiner klatschsüchtigen Hauswirtin, daß das Schlafzimmer des jungen Mädchens nur durch eine Zwischenmauer von meinem eigenen Zimmer getrennt war. Eine unüberlegte und unfeine Anwandlung verleitete mich, leise an die Wand zu klopfen. Natürlich kam keine Antwort, aber ich war nicht in der Verfassung, mich abweisen zu lassen. Ich war wie von Sinnen und wiederholte noch einmal die Torheit, die für sie eine Beleidigung war, doch wieder ohne Erfolg. Jetzt erst gebot mir der Anstand, es zu unterlassen.

Nach einer Stunde, als ich ganz vertieft in meine verwünschten Studien dasaß, hörte ich – oder bildete es mir jedenfalls ein –, daß mein Klopfzeichen beantwortet wurde. Ich warf meine Bücher hin, sprang zur Wand und klopfte so ruhig, wie mein aufgeregt pochendes Herz es zuließ, dreimal leise auf die Wand. Diesmal war die Antwort deutlich und unverkennbar: einmal, zweimal, dreimal – eine genaue Wiederholung meines Zeichens! Das war alles, was ich ihr entlocken konnte, aber es war genug, ja zuviel.

Am nächsten Abend und noch viele Abende hinterher ging der Unfug weiter, und immer hatte ich ›das letzte Wort‹. Während der ganzen Zeit war ich wahnsinnig glücklich, doch mein verbohrter Charakter ließ mich auf meinem Entschluß beharren, sie nicht zu sehen. Dann bekam ich, wie zu erwarten war, keine Antworten mehr. ›Sie ärgert sich und hält mich für schüchtern‹, dachte ich bei mir, ›weil ich keine eindeutigeren Annäherungsversuche mache.‹ Ich beschloß, sie zu besuchen, ihre Bekanntschaft zu machen und – was dann? Ich wußte es nicht, weiß auch jetzt noch nicht, was dabei herausgekommen wäre. Ich weiß nur, daß ich tagelang versuchte, ihr zu begegnen, aber stets vergeblich. Sie war für mich nicht nur unhörbar, sondern auch unsichtbar geworden. Immer wieder kämmte ich die Straßen ab, in denen wir uns gesehen hatten, aber sie kam nicht. Von meinem Fenster aus beobachtete ich den Garten vor ihrem Haus, doch sie ging weder hinein noch hinaus. Tiefste Niedergeschlagenheit überfiel mich, weil ich glaubte, daß sie weggezogen sei, doch unternahm ich nichts, um meine Ungewißheit durch

Erkundigungen bei der Hauswirtin zu beheben, gegen die ich eine unbesiegbare Abneigung empfand, weil sie einmal etwas weniger respektvoll von dem jungen Mädchen gesprochen hatte, als ich angemessen fand.

Dann kam eine verhängnisvolle Nacht. Vor lauter Aufregung, Unentschlossenheit und Verzagtheit erschöpft, hatte ich mich frühzeitig zurückgezogen und war in eine Art Schlummer gesunken, wie er mir trotz allem noch möglich war. Mitten in der Nacht zwang mich etwas, die Augen zu öffnen – eine böse Macht, die darauf aus war, mich für immer um meinen Frieden zu bringen. Halbwach richtete ich mich auf und horchte gespannt – worauf, das wußte ich nicht. Dann glaubte ich, von der Wand her ein leises Klopfen zu hören – nur eine Andeutung des bekannten Zeichens. Nach ein paar Minuten wurde es wiederholt – einmal, zweimal, dreimal –, und nicht lauter als vorher, aber für ein Ohr bestimmt, das gespannt und aufmerksam lauschte, um die Botschaft zu empfangen. Ich war drauf und dran, ihr zu antworten – da mischte sich wieder der böse Feind mit seinem gemeinen Vorschlag ein, ich solle mich rächen. Sie hatte mich so lange und so grausam ignoriert – jetzt würde ich sie ignorieren. Was für eine unglaubliche Albernheit – Gott möge sie mir verzeihen! Die ganze Nacht lag ich wach, bestärkte mich mit beschämenden Rechtfertigungen in meinem Starrsinn – und lauschte.

Als ich spät am nächsten Morgen das Haus verließ, stieß ich in der Tür mit meiner Hauswirtin zusammen. ›Guten Morgen, Mr. Dampier!‹ rief sie. ›Haben Sie schon das Neueste gehört?‹

Ich erwiderte, daß ich nichts gehört hätte, und gab ihr durch meinen Tonfall zu verstehen, daß ich nicht auf Neuigkeiten versessen sei. Aber das entging ihrer Aufmerksamkeit.

›Wegen der kranken jungen Dame von nebenan‹, plap-

perte sie weiter. ›Was? Das haben Sie nicht gewußt? Dabei war sie doch schon seit Wochen krank. Und jetzt ...‹
Ich überfiel sie förmlich. ›Und jetzt?‹ schrie ich. ›Was denn jetzt?‹
›Jetzt ist sie gestorben.‹
Das ist noch nicht alles. Die Kranke war, wie ich hinterher erfuhr, nach einer im Delirium verbrachten Woche mitten in der Nacht aus einer langen Bewußtlosigkeit erwacht und hatte mit ihren letzten Worten gebeten, ihr Bett an die gegenüberliegende Wand des Zimmers zu rücken. Die mit ihrer Pflege Betreuten hatten die Bitte für einen seltsamen Einfall ihrer Fieberphantasien gehalten, hatten sie ihr aber erfüllt. Und dort hatte die arme, scheidende Seele mit einer letzten Willensanstrengung versucht, eine abgerissene Verbindung wiederherzustellen – den goldenen Faden eines Gefühls zwischen ihrer Unschuld und der scheußlichen Niedertracht, die von einer blinden, rohen Ichsucht herrührte.
Wie konnte ich meine Schuld sühnen? Kann man Messen lesen lassen für das Heil von Seelen, die in solchen Nächten unterwegs sind – ›vom Winde blindlings umgetrieben‹ –, die in Sturm und Nacht unter Zeichen und Omen zu uns kommen, vom Gewesenen raunen und Zukünftiges vorhersagen?
Das ist der dritte Besuch. Beim erstenmal war ich zu skeptisch und tat nichts weiter, als mir den Vorfall durch natürliche Ursachen zu erklären. Beim zweitenmal antwortete ich auf das Klopfen, nachdem es mehrmals wiederholt worden war, aber ohne Erfolg. Die heutige Wiederholung vollendet die schicksalhafte Dreizahl, wie sie von Parapelius Necromantius erläutert wurde. Mehr kann ich dir darüber nicht berichten.«
Als Dampier seine Erzählung beendet hatte, fiel mir nichts Geeignetes ein, das ich hierzu hätte bemerken können, und ihm gar Fragen zu stellen wäre eine grobe

Dreistigkeit gewesen. Ich erhob mich und wünschte ihm auf eine Art, die ihn von meinem Mitgefühl überzeugte, eine gute Nacht. Mit stummem Händedruck dankte er mir dafür. Allein mit seinem Kummer und mit seinem schlechten Gewissen, ging er noch in derselben Nacht ins Große Unbekannte hinüber.

Schiffbruch mit Fernwirkung

Im Sommer 1874 hielt ich mich in Liverpool auf, wohin mich geschäftliche Angelegenheiten für die New Yorker Firma Bronson & Jarrett geführt hatten. Ich bin William Jarrett. Mein Partner war Zenas Bronson. Die Firma hatte im vergangenen Jahr bankrott gemacht, und Bronson, der den Sturz aus dem Überfluß in die Armut nicht ertragen konnte, war gestorben.
Nachdem ich meine Geschäfte erledigt hatte und die sich daraus ergebende Müdigkeit und Erschöpfung spürte, war ich der Ansicht, daß eine längere Seereise sowohl angenehm wie wohltuend sein könne. Statt also für die Rückfahrt einen der vielen eleganten Passagierdampfer zu wählen, buchte ich einen Platz auf dem Segelschiff *Morrow*, das eine große und wertvolle Sendung der von mir gekauften Waren an Bord genommen hatte. Die *Morrow* war ein englischer Frachter und natürlich nur beschränkt auf Passagiere eingestellt: zu ihnen gehörten außer mir nur noch ein junges Mädchen und ihre Dienerin, eine Negerin in mittleren Jahren. Eine solche Begleitung für eine junge Engländerin kam mir eigentümlich vor, aber später erklärte sie mir, daß ein Mann und eine Frau aus South Carolina, die beide an ein und demselben Tage im Elternhaus der jungen Dame in Devonshire gestorben waren, die Negerin zurückgelassen hatten – ein Umstand, der an und für sich schon hinreichend ungewöhnlich war, um sich meinem Gedächtnis deutlich einzuprägen, auch wenn es sich nicht hinterher im Gespräch mit der jungen Dame herausgestellt hätte, daß der Name jenes verstorbenen Mannes William Jarrett gewesen sei, also derselbe wie mein eigener Name. Es war mir bekannt, daß sich ein

Zweig meiner Familie in South Carolina niedergelassen hatte, doch ich wußte nichts über sie und ihr Schicksal.
Die *Morrow* legte am fünfzehnten Juni von der Mersey-Mündung ab, und mehrere Wochen hindurch hatten wir günstigen Wind und einen wolkenlosen Himmel. Der Kapitän – ein ausgezeichneter Seemann, aber sonst nichts –, beehrte uns, außer bei Tisch, sehr selten mit seiner Gesellschaft, und die junge Dame, eine Miß Janette Harford, und ich wurden sehr gut miteinander bekannt. Wir waren im Grunde fast immer zusammen, und da ich zur Selbstbeobachtung neige, begann ich, das neue Gefühl zu analysieren, das sie bei mir auslöste – eine geheimnisvolle, subtile und doch starke Anziehungskraft, die mich ständig in ihre Nähe trieb, aber es war ein hoffnungsloser Versuch. Immerhin war ich überzeugt, daß es sich nicht um Liebe handelte. Da ich sicher war, daß sie ebenso aufrichtig war wie ich, wagte ich es eines Abends (am dritten Juli, wie ich mich erinnere), als wir beide an Deck saßen, sie scherzend zu fragen, ob sie mir helfen könne, ein psychologisches Rätsel zu lösen.
Einen Augenblick schwieg sie, das Gesicht abgewandt, und ich fürchtete schon, ich sei äußerst taktlos und unmanierlich gewesen. Dann blickte sie mir ernst in die Augen, und nun hatte ich eine so seltsame Vision, wie sie kaum jemals im menschlichen Bewußtsein entstanden sein kann. Mir schien, als sähe sie mich nicht *mit* diesen Augen an, sondern *durch* sie hindurch, ja als stünde sie unendlich weit dahinter und als dränge sich eine Schar anderer Leute um sie, Männer, Frauen und Kinder, auf deren Gesichtern ich ein eigentümlich bekanntes, flüchtiges Mienenspiel gewahrte; und auch sie bemühten sich mit sanfter Gewalt, mich durch dieselben Augäpfel anzublicken. Das Schiff, das Meer und der Himmel – alles war verschwunden. Ich sah nichts als die Gestalten dieses erstaunlichen und phantastischen Schauspiels. Dann war ich plötzlich

von Dunkelheit umfangen, aber bald (wie es geschieht, wenn man sich an trüberes Licht gewöhnt hat) trat langsam die mir bekannte Umgebung, Deck, Masten und Tauwerk, daraus hervor. Miß Harford lehnte, offenbar schlafend, in ihrem Liegestuhl; das Buch, in dem sie gelesen hatte, lag aufgeschlagen auf ihrem Schoß. Ich blickte – was mich dazu veranlaßte, ist mir völlig rätselhaft – auf den Anfang der aufgeschlagenen Seite. Es handelte sich um ein Exemplar des seltenen und merkwürdigen Werks »Dennekers Meditationen«, und der Zeigefinger der jungen Dame ruhte auf folgender Stelle:

»Etlichen ist es gegeben, eine Zeitlang ihres Körpers enthoben und außerhalb von ihm zu sein, denn wie bei zwei Bächlein, die aufeinanderstoßen, das schwächere vom größeren mitgerissen wird, so soll es auch bei gewissen Naturen geschehen, wenn ihre Pfade sich kreuzen und ihre Seelen sich vereinen, während die Körper ahnungslos ihre vorbestimmten Wege gehen.«

Miß Harford erhob sich, zusammenschauernd; die Sonne war unter den Horizont gesunken, aber kalt war es nicht. Es regte sich kein Hauch, keine Wolken standen am Himmel, und doch war kein Stern zu sehen. Auf Deck ertönten hastige Schritte: der von unten heraufgerufene Kapitän trat neben den Ersten Offizier, der aufs Barometer starrte. Ich hörte, wie er »Großer Gott!« ausrief.

Eine Stunde später wurde mir der Körper Janette Harfords, die ich vor lauter Finsternis und Gischt nicht sehen konnte, vom grausamen Strudel des sinkenden Schiffs aus den Armen gerissen, während ich im Tauwerk des treibenden Masts, an den ich mich gebunden hatte, die Besinnung verlor.

Beim Schein einer Lampe erwachte ich. Ich lag in einer Koje in der vertrauten Umgebung einer Schiffskabine. Auf dem Sofa mir gegenüber saß ein Mann, schon halb für die Nacht ausgekleidet, und las in einem Buch. Ich erkannte das Gesicht meines Freundes Gordon Doyle, den ich am Tage meiner Abreise in Liverpool getroffen hatte, als er sich auf dem Dampfer *City of Prague* einschiffen wollte und mich inständig aufforderte, ihn zu begleiten. Nach einer Weile rief ich ihn bei seinem Namen. Er sagte bloß »Hm?« und blätterte eine Seite in seinem Buch um, ohne den Blick zu heben.

»Doyle!« wiederholte ich. »Doyle! Ist sie gerettet worden?«

Er geruhte mich anzuschauen und amüsiert zu lächeln. Offenbar glaubte er, ich spräche im Halbschlaf.

»›Sie‹? Von welcher ›sie‹ sprechen Sie?«

»Von Janette Harford!« Seine Heiterkeit schlug in Bestürzung um. Er starrte mich an und sagte nichts.

»Mit der Zeit werden Sie's mir wohl sagen«, meinte ich. Kurz darauf fragte ich ihn: »Was ist das für ein Schiff?«

Wieder starrte Doyle mich an. »Der Dampfer *City of Prague*, auf der Fahrt von Liverpool nach New York, seit drei Wochen mit gebrochener Schiffswelle unterwegs. Wichtigster Passagier: Mr. Gordon Doyle; verrücktester Passagier: Mr. William Jarrett. Die beiden berühmten Reisenden waren gemeinsam an Bord gegangen, werden sich aber demnächst trennen, da es die feste Absicht des ersten ist, letzteren über Bord zu werfen.«

Ich richtete mich kerzengerade auf. »Wollen Sie etwa behaupten, daß ich seit drei Wochen Passagier auf diesem Dampfer bin?« fragte ich.

»Ja, so ungefähr stimmt es. Heute ist der dritte Juli.«

»Bin ich krank gewesen?«

»Die ganze Zeit so munter wie eine Forelle, und immer pünktlich zu allen Mahlzeiten.«

»Mein Gott, Doyle, Sie sprechen in Rätseln! Bitte lassen Sie den Spaß beiseite! Bin ich denn nicht beim Schiffbruch der *Morrow* gerettet worden?«

Doyle wurde blaß, kam zu mir herüber und fühlte mir den

Puls. Dann fragte er sehr ruhig: »Was wissen Sie über Janette Harford«?

»Zuerst sagen Sie mir lieber, was *Sie* über Janette wissen!«

Mr. Doyle blickte mich ein paar Minuten lang an, als überlegte er, was zu tun sein, dann setzte er sich wieder aufs Sofa und sagte:

»Warum auch nicht? Ich bin mit Janette verlobt und werde sie heiraten. Vor einem Jahr habe ich sie in London kennengelernt. Ihre Familie, eine der wohlhabendsten in Devonshire, wurde deswegen so rauhbeinig, daß wir durchgebrannt sind, das heißt, wir sind noch unterwegs, denn am Tage, als Sie und ich zum Pier gingen, um uns an Bord unsres Dampfers einzuschiffen, sind wir ihr und ihrer treuen Dienerin, einer Farbigen, begegnet, als sie beide zur *Morrow* fuhren. Sie wollte nicht dasselbe Schiff wie ich nehmen, und deshalb hielten wir es für das beste, daß sie ein Segelschiff nahm, um kein Aufsehen zu erregen und nach Möglichkeit eine Entdeckung zu vermeiden. Und jetzt bin ich in der größten Sorge, weil uns dieser verflixte Maschinenschaden so lange aufhält, daß die *Morrow* vielleicht vor uns in New York eintrifft und das arme Mädchen nicht weiß, wo sie bleiben soll.«

Ich verhielt mich ganz still in meiner Koje – so still, daß ich kaum atmete; doch Doyle konnte sich noch nicht von dem Thema trennen, und nach einer kurzen Pause fuhr er fort:

»Sie ist übrigens nur eine Adoptivtochter der Harfords. Ihre Mutter stürzte in der Nähe des Harfordschen Hauses bei einer Jagd vom Pferd und starb, und ihr Vater nahm sich aus Kummer an demselben Tag das Leben. Niemand erhob Anspruch auf das Kind, und die Harfords haben es dann nach einiger Zeit adoptiert. Sie ist im Glauben aufgewachsen, sie sei ihre Tochter.«

»Doyle, was lesen Sie da für ein Buch?«

»Ach, das sind ›Dennekers Meditationen‹. Ein wunderli-

ches Buch! Janette hat es mir gegeben. Sie hatte zufällig zwei Exemplare. Möchten Sie es anschauen?«
Er warf mir das Buch herüber, und als es hinfiel, öffnete es sich. Auf einer der aufgeschlagenen Seiten war eine Stelle angestrichen worden: »Etlichen ist es gegeben, eine Zeitlang ihres Körpers enthoben und außerhalb von ihm zu sein, denn wie bei zwei Bächlein, die aufeinanderstoßen, das schwächere vom größeren mitgerissen wird, so soll es auch bei gewissen Naturen geschehen, wenn ihre Pfade sich kreuzen und ihre Seelen sich vereinen, während die Körper ahnungslos ihre vorbestimmten Wege gehen.«
»Sie fand – sie findet – an eigentümlichen Büchern Gefallen«, stammelte ich mit mühsamer Beherrschung hervor.
»Stimmt! Und nun haben Sie vielleicht die Güte, mir zu erklären, woher Sie ihren Namen und den des Schiffs wissen, mit dem sie fährt!«
»Sie haben im Schlaf von ihr gesprochen«, antwortete ich.
Eine Woche später wurden wir in den New Yorker Hafen geschleppt. Doch von der *Morrow* hat man nie wieder etwas gehört.

Die Mittelzehe des rechten Fußes

I

Daß es im alten Manton-Haus spukt, das ist allgemein bekannt. In der gesamten ländlichen Umgebung und auch in dem nur eine Meile entfernten Städtchen Marshall gibt es keinen vorurteilsfreien Menschen, der daran zweifelt. Zweifeln tun nur die voreingenommenen Leute, die man als Querköpfe bezeichnet, sobald die Nachricht von ihnen bis in die intellektuelle Sphäre von Marshalls Lokalblatt *Advance* vorgedrungen ist. Zwei Beweise gibt es, daß in dem Haus Gespenster umgehen: nämlich die Aussagen unparteiischer Augenzeugen und dann das Haus selbst. Erstere mag man aus verschiedenen Gründen, die von den Superklugen geltend gemacht werden, ablehnen oder für unzulässig erklären; aber Tatsachen, die jeder selbst beobachten kann, sind schließlich Tatsachen und beweiskräftig. Zunächst einmal: das Manton-Haus ist seit über zehn Jahren von keinem Sterblichen mehr bewohnt worden und zerfällt mitsamt seinen Nebengebäuden von Jahr zu Jahr mehr – ein Umstand, den zu übersehen die Urteilsfähigeren kaum riskieren werden. Es erhebt sich etwas abseits an der einsamsten Stelle der Landstraße zwischen Marshall und Harriston in einer Lichtung, die ehemals Farmland war und noch immer Überreste einer morschen Umzäunung aufweist. Der steinige und unfruchtbare Boden, der halb unter Brombeerranken erstickt ist, hat seine Bekanntschaft mit dem Pflug längst vergessen. Das Haus selbst ist, obwohl verwittert, in leidlich gutem Zustand, benötigt aber dringend die Fürsorge eines Glasers, denn die jüngere männliche Bevölkerung der dortigen Gegend hat auf ihre Art ihren Unmut an einer Wohnung ohne

Bewohner ausgelassen. Es ist zweistöckig und beinah quadratisch; in der Front befindet sich eine einzige Haustür, die auf beiden Seiten von je einem bis oben mit Brettern vernagelten Fenster flankiert wird. Die entsprechenden Fenster im Obergeschoß sind ungeschützt und bieten Licht und Regen freien Zugang. Gras und Unkraut machen sich überall breit, und ein paar schattenspendende Bäume, vom Wind etwas mitgenommen, streben alle in eine Richtung – im gemeinsamen Bemühen, auf und davonzulaufen. Es ist so, wie der Witzbold des Städtchens in der Humorspalte des *Advance* erklärt: »Die Propositio, daß es im Manton-Haus spukt, ist die einzige logisch mögliche Schlußfolgerung der Prämissen*.« Die Tatsache, daß Mr. Manton es eines Nachts vor zehn Jahren in diesem Haus für zweckdienlich hielt, sich zu erheben, seiner Frau und zwei kleinen Kindern die Kehle durchzuschneiden und sich sofort in ein anderes Land zu begeben, hat zweifellos mit dazu beigetragen, die Öffentlichkeit zu überzeugen, wie geeignet das Gebäude für übernatürliche Phänomene ist.

Diesem Haus näherten sich eines Sommerabends vier Männer in einem Wagen. Drei von ihnen stiegen sofort aus; der eine, der kutschiert hatte, band das Gespann an dem letzten Pfosten fest, der von dem alten Zaun noch übriggeblieben war. Der vierte blieb im Wagen sitzen. »Kommen Sie!« sagte einer seiner drei Gefährten und trat auf ihn zu, während die beiden andern sich schon in Richtung auf das Gebäude entfernten. »Hier sind wir am Ziel!«

Der also angeredete Mann rührte sich nicht. »Bei Gott, das ist eine Falle!« entgegnete er barsch, »und es sieht mir ganz so aus, als wären Sie mit im Komplott!«

»Mag sein«, erwiderte der andere und blickte ihm offen ins

* Wortspiel: premises = Prämissen und Gebäude

Gesicht. In seinem Tonfall schwang etwas wie Verachtung mit. »Erinnern Sie sich aber bitte, daß die Wahl des Ortes mit Ihrem vollen Einverständnis der Gegenseite überlassen blieb. Wenn Sie sich natürlich vor Gespenstern fürchten ...«

»Ich fürchte nichts und niemanden!« unterbrach ihn der andre und sprang fluchend vom Wagen. Beide gesellten sich zu den andern an der Haustür, die der eine schon mit einiger Mühe geöffnet hatte, denn Schloß und Angeln waren verrostet. Alle traten ein. Drinnen war es dunkel, aber der Mann, der die Tür geöffnet hatte, zog eine Kerze und Streichhölzer hervor und machte Licht.

Als sie im Flur standen, öffnete er eine Tür rechter Hand, die in ein großes, quadratisches Zimmer führte, das die Kerze nur schwach erhellen konnte. Auf dem Fußboden lag der Staub so dick wie ein Teppich, was ihre Schritte ein wenig dämpfte. Spinnweben in den Zimmerecken und an der Decke hingen wie Fetzen morscher Spitzen herunter und wehten in der aufgestörten Luft leise hin und her. Man konnte aus keinem der beiden nebeneinanderliegenden Fenster hinaussehen, weil die groben, von außen vorgenagelten Bretter nur ein paar Zoll Abstand von den Scheiben hatten. Weder ein Kamin noch Möbel waren vorhanden. Die vier Männer und der Staub und die Spinnweben waren die einzigen nicht zum Haus gehörenden Dinge.

Im gelben Kerzenschimmer sahen sie merkwürdig genug aus. Der eine, der so widerwillig ausgestiegen war, wirkte besonders ungewöhnlich, ja man hätte seine Erscheinung auffallend nennen können. Er war in mittleren Jahren und stämmig gebaut, mit einem mächtigen Brustkasten und breiten Schultern. Wenn man seinen Körper ansah, hätte man Riesenkräfte bei ihm vermutet, und daß er sie wie ein Riese zu benutzen verstand, verriet sein Gesichtsausdruck. Er war glatt rasiert, und sein ergrauendes Haar war sehr kurz geschnitten. Seine niedrige Stirn war von tiefen Falten durchfurcht, die über der Nase senkrecht eingekerbt waren. Die dicken schwarzen Brauen waren fast zusammengewachsen – nur ihr Aufwärtsschwung über der Nasenwurzel hatte es verhindert. Sie wölbten sich über den eingesunkenen Augen, die bei der schwachen Beleuchtung von unbestimmbarer Farbe schienen und jedenfalls zu klein waren und etwas Abstoßendes an sich hatten. Dieser Eindruck wurde durch den brutalen Mund und die breiten Kinnbacken nicht verbessert. Die Nase war als solche erträglich – von Nasen erwartet man nicht viel. Alles, was unheimlich im Gesicht des Mannes war, wurde noch verstärkt durch die unnatürliche Blässe, die ihn fast blutleer erscheinen ließ.

Das Äußere der andern drei Männer war ziemlich alltäglich. Es waren Leute, die man einmal trifft und gleich wieder vergißt. Alle drei waren jünger als der soeben beschriebene Mann; zwischen ihm und dem ältesten der drei andern, der sich etwas abseits hielt, bestanden offenbar keine freundlichen Gefühle. Sie vermieden es, sich anzusehen.

»Gentlemen«, sagte der mit dem Schlüssel, der auch die Kerze hielt, »mir scheint, daß wir anfangen können. Mr. Rosser, sind Sie bereit?«

Der etwas abseits stehende Mann verneigte sich und lächelte.

»Und Sie, Mr. Grossmith?«

Der stämmige Mann verbeugte sich mit finsterer Miene.

»Dann wollen Sie bitte Ihre Überkleidung ablegen!«

Hüte, Jacken, Westen und Halstuch waren rasch abgelegt und wurden durch die offene Tür auf den Flur geworfen. Jetzt nickte der Mann mit der Kerze, und der vierte Mann – derjenige, der vorhin Mr. Grossmith zum Aussteigen aufgefordert hatte –, holte aus seiner Manteltasche zwei lange, mörderisch aussehende Jagdmesser, die er aus ihrer Lederscheide zog. »Sie sind genau gleich«, sagte er und reichte jedem der beiden Kontrahenten je ein Messer, denn mittlerweile hatte wohl auch der stumpfsinnigste Beobachter den Anlaß der Zusammenkunft erfaßt: es war ein Duell auf Leben und Tod.

Jeder der beiden Duellanten nahm ein Messer, untersuchte es kritisch im Licht der Kerze und prüfte über dem angewinkelten Knie die Stärke von Klinge und Griff. Dann wurde jeder vom Sekundanten der Gegenpartei untersucht.

»Wenn es Ihnen recht ist, Mr. Grossmith«, sagte der Mann mit der Kerze, »dann stellen Sie sich bitte dort drüben in der Ecke auf!« Er bezeichnete die Ecke, die am weitesten von der Tür entfernt lag. Grossmith zog sich dorthin zurück, nachdem sein Sekundant sich von ihm mit einem Händedruck, aber ohne jede Herzlichkeit verabschiedet hatte. Mr. Rosser stellte sich in der Ecke auf, die der Tür am nächsten lag, und nach einer getuschelten Beratung verließ ihn sein Sekundant und schloß sich den beiden andern, neben der Tür stehenden an. Im gleichen Augenblick wurde die Kerze plötzlich gelöscht und ließ alles in tiefster Dunkelheit zurück. Vielleicht war nur ein Luftzug von der Tür her die Ursache gewesen, aber die Wirkung war jedenfalls erschreckend.

»Gentlemen«, sagte eine Stimme, die unter den veränderten Umständen merkwürdig fremd klang und die Sinne eigentümlich berührte, »Gentlemen, rühren Sie sich nicht von der Stelle, bis Sie das Zufallen der Haustür hören!« Darauf waren trampelnde Schritte und das Schließen der Zimmertür zu vernehmen, und zuletzt fiel die Haustür so laut krachend ins Schloß, daß das ganze Gebäude erzitterte.

Einige Minuten danach begegnete ein Bauernjunge, der sich verspätet hatte, einem leichten Wagen, der mit rasender Geschwindigkeit auf das Städtchen Marshall zuhielt.

Er berichtete, daß hinter den beiden Gestalten auf dem Kutschbock eine dritte gestanden und die Hände auf die geduckten Schultern der beiden Sitzenden gelegt hatte, die sich anscheinend vergebens dem eisernen Griff zu entziehen versuchten. Diese Gestalt war ganz in Weiß gekleidet und sie war bestimmt auf den Wagen gesprungen, als er am Spukhaus vorbeifuhr. Da sich der Junge in der dortigen Gegend einer beträchtlichen Erfahrung mit übernatürlichen Kräften rühmen konnte, hatte sein Wort mit Recht das Gewicht eines Experten. Die Geschichte erschien sogar (im Zusammenhang mit den Ereignissen des folgenden Tages) im *Advance*, versehen mit ein paar dichterischen Ausschmückungen, und am Schluß mit der Aufforderung an die oben erwähnten beiden Herren, die Spalten der Zeitung für ihre Version des nächtlichen Abenteuers zu nutzen. Doch von diesem Privileg wurde nie Gebrauch gemacht.

II

Die Ereignisse, die zu dem »Duell im Dunkeln« geführt hatten, waren banal genug. Eines Abends saßen drei junge Männer, Einwohner des Städtchens Marshall, in einer friedlichen Ecke der Hotelterrasse; sie rauchten und plauderten über Dinge, die für gebildete junge Männer eines Städtchens der Südstaaten von Interesse waren. Sie hießen King, Sancher und Rosser. In einiger Entfernung, noch in Hörweite, aber ohne sich am Gespräch zu beteiligen, saß ein vierter Mann. Er war den dreien nicht bekannt. Sie wußten nur, daß er am Nachmittag mit der Postkutsche gekommen war und sich nach seiner Ankunft mit dem Namen Grossmith ins Gästebuch des Hotels eingetragen hatte. Es war aufgefallen, daß er mit keinem Menschen gesprochen hatte, außer mit dem Empfangschef. Seine eigene Gesellschaft schien ihm durchaus zu genügen, oder er schien, wie es die Klatschspalte im *Advance* ausdrückte, »mit üblen Elementen in Kontakt zu stehen«. Doch um dem Fremden Gerechtigkeit widerfahren zu lassen, muß festgehalten werden, daß der Briefkastenonkel zu gesellig veranlagt war, um einen gänzlich anderen Charakter zu beurteilen – und überdies hatte er gerade eine Abfuhr erlitten, als er sich um ein Interview bemühte.

»Ich verabscheue jede Mißbildung an einer Frau«, sagte King, »einerlei, ob sie angeboren oder erworben ist. Ich bin der Ansicht, daß jeder körperliche Makel ein entsprechendes geistiges oder seelisches Gegenstück hat!«

»Dem darf ich also entnehmen«, entgegnete Rosser ernst, »daß es für eine Dame, die nicht den moralischen Vorteil einer Nase besitzt, ein sehr mühsames Unterfangen wäre, wollte sie Mrs. King werden?«

»So können Sie es auch ausdrücken«, erwiderte Mr. King. »Aber im Ernst, ich habe einmal ein ganz reizendes Mädchen sitzenlassen, als ich rein zufällig erfuhr, daß ihre eine Zehe amputiert worden war. Nennen Sie mein Verhalten grausam, wenn Sie wollen, aber bedenken Sie: hätte ich das junge Mädchen geheiratet, wäre ich mein Leben lang unglücklich gewesen und hätte auch sie unglücklich gemacht.«

»Das Mädchen dagegen«, warf Sancher leise lächelnd ein, »heiratete einen Mann mit großzügigeren Ansichten und endete mit einer durchgeschnittenen Kehle.«

»Aha, Sie wissen, auf wen ich angespielt habe! Ja, Sie hat den Manton geheiratet, doch ob er nun gerade großzügig war, weiß ich nicht. Sicher hat er ihr die Kehle nur deshalb durchgeschnitten, weil er entdeckte, daß ihr die für eine Frau so reizende Zierde wie die mittlere Zehe des rechten Fußes fehlte!«

»Seht euch bloß mal den Burschen da drüben an!« sagte Rosser leise und blickte auf den Fremden.

Der Fremde hatte das Gespräch der drei jungen Männer offenbar aufmerksam verfolgt.
»Bodenlose Unverschämtheit!« murrte King, »was tun wir?«
»Ganz einfach!« rief Rosser und stand auf. »Sir«, wandte er sich an den Fremden, »ich halte es für richtiger, wenn Sie Ihren Stuhl ans Ende der Terrasse stellen. Die Anwesenheit von Gentlemen ist offenbar eine ungewohnte Situation für Sie!«
Der Mann sprang auf, wurde kreideweiß und trat mit geballten Fäusten und wütendem Gesicht auf Rosser zu. Jetzt standen sie alle. Sancher trat zwischen die beiden Kampfhähne.
»Sie sind voreilig und ungerecht«, sagte er zu Rosser. »Der Fremde hat nichts getan, was solche beleidigenden Worte rechtfertigen könnte.«
Aber Rosser wollte kein Wort zurücknehmen. Nach der Sitte des Landes und der damaligen Zeit war nur eine einzige Lösung des Streites möglich.
»Ich verlange Genugtuung, wie sie einem Gentleman zukommt«, sagte der Fremde, der etwas ruhiger geworden war. »Ich habe hierzulande keine Bekannten. Vielleicht wären Sie, Sir« – er verbeugte sich vor Sancher –, »so liebenswürdig, mein Sekundant zu sein?«
Sancher nahm die Verpflichtung an – allerdings etwas widerstrebend, denn das Aussehen und das Verhalten des Fremden mißfielen ihm. King hatte während der Besprechung seine Blicke kaum vom Gesicht des Fremden abgewandt und kein Wort gesprochen. Mit einem Kopfnicken willigte er ein, für Rosser als Sekundant aufzutreten, und nachdem sich die Kontrahenten verzogen hatten, wurde auf den folgenden Abend ein Treffen festgesetzt. Die näheren Einzelheiten wurden bereits mitgeteilt: es sollte ein Duell mit Messern in einem dunklen Raum sein, was damals im Südwesten häufiger vorkam, als es je wieder

E/ 19/90

der Fall sein wird. Wir werden noch sehen, unter einer wie dünnen Tünche von »Ritterlichkeit« sich die Brutalität eines Sittenkodex versteckte, der solche Begegnungen ermöglichte.

III

In der hochsommerlichen Mittagssonne war das alte Manton-Haus seinem Ruf als Spukhaus beinahe untreu geworden. Es schien ganz diesseitig und von dieser Welt zu sein. Die Sonne setzte sich offenbar über seinen schlechten Ruf hinweg und streichelte es warm und zärtlich. Das Gras, das die Fläche vor der Front bedeckte, wuchs nicht geil, sondern in natürlichem Lebensüberschwang, und die Unkräuter gediehen wie gärtnerische Zuchtprodukte. Die vernachlässigten Bäume bemühten sich nicht mehr, auf und davon zu laufen: sie waren erfüllt von tausenderlei entzückenden Lichtern und beugten sich respektvoll unter der Bürde von Sonne und Vogelsang. Selbst die ihrer Scheiben beraubten Fenster des Obergeschosses sahen dank all dem Licht zufrieden und friedlich aus. Über den staubigen Feldern tanzte die Hitze und war voll fröhlichen Lebens, was mit schwermütigem Ernst – dem Attribut des Übernatürlichen – unvereinbar ist.

Ein solcher Anblick bot sich also dem Sheriff Adams und seinen beiden Begleitern, die aus Marshall gekommen waren, um es in Augenschein zu nehmen. Von ihnen war der eine der Hilfssheriff Mr. King; der andre, ein Mr. Brewer, war ein Bruder der verstorbenen Mrs. Manton. Dank einem vernünftigen Gesetz untersteht ein Besitz – in unserm Falle die Manton-Farm und alle dazugehörigen Nebengebäude –, der auf längere Zeit von seinem Eigentümer verlassen wurde und dessen Aufenthalt nicht festgestellt werden kann, dem Sheriff als dem gesetzlichen Treuhänder. Sein heutiger Besuch entsprang der routinemäßigen Befolgung eines Gerichtsbefehls, weil Mr. Bre-

wer einen Prozeß eingeleitet hatte, um als Erbe seiner verstorbenen Schwester das Objekt in Besitz zu nehmen. Es war aber reiner Zufall, daß der Besuch am Tage nach jenem Abend stattfand, an dem der Hilfssheriff Mr. King das Haus zu einem ganz andern Zweck aufgeschlossen hatte. Diesmal war King nicht aus eigenem Antrieb hier; er hatte Anweisung, seinen Vorgesetzten zu begleiten, und einstweilen hielt er es für geraten, dem Befehl mit vorgetäuschter Bereitwilligkeit nachzukommen.
Der Sheriff öffnete ahnungslos die Haustür, die zu seiner Verwunderung nicht abgesperrt war, und sah erstaunt auf dem Fußboden im Flur einen wirren Haufen männlicher Kleidungsstücke liegen. Er inspizierte sie und stellte fest, daß es zwei Hüte und dieselbe Anzahl von Jacken, Westen und Halstüchern waren, alle in beachtlich gutem Zustand, wenn auch etwas vom Staub angeschmutzt, in dem sie lagen. Mr. Brewer war ebenfalls überrascht, nur Mr. Kings Gefühle blieben geheim.
Mit neuem und doppeltem Interesse an seiner Aufgabe drückte der Sheriff jetzt die Klinke der Tür rechter Hand herunter und stieß die Tür auf. Die drei Männer traten ein. Anscheinend war das Zimmer leer – aber nein, als sich ihre Augen an das trübere Licht gewöhnt hatten, sahen sie in der entferntesten Ecke eine menschliche Gestalt: ein Mann kauerte dort! Etwas in seiner Haltung ließ die Eindringlinge stehenbleiben, als sie kaum die Schwelle überschritten hatten. Immer deutlicher traten die Umrisse des Mannes hervor: er hatte sich auf ein Knie geduckt und den Rücken gegen die Wand gepreßt, die Schultern bis zu den Ohren hochgezogen und die Hände mit den Außenflächen vors Gesicht gelegt. Die Finger waren gespreizt und wie Krallen gekrümmt. Das bleiche Gesicht mit dem hintenüber gebogenen Hals, der halb offene Mund und die unglaublich weit aufgerissenen Augen wiesen einen Ausdruck unvorstellbaren Entsetzens auf. Er war

tot. Doch außer einem Jagdmesser, das offensichtlich seiner Hand entfallen war, befand sich nichts anderes im Zimmer.
Im dicken Staub, der den Fußboden bedeckte, waren in der Nähe der Tür und der angrenzenden Wand ein paar wirre Fußspuren. Auch längs der nächsten Wand und vor den mit Brettern zugenagelten Fenstern hatte der Mann, als er in die Ecke gegangen war, eine deutliche Spur hinterlassen. Dieser Spur folgten die Männer instinktiv, als sie sich der Leiche näherten. Der Sheriff packte den einen aufgeworfenen Arm des Toten: er war so starr wie Holz, und unter dem Zugriff des Sheriffs schwankte der ganze Körper, ohne daß sich die Stellung der einzelnen Körperteile zueinander veränderte. Brewer war blaß vor Aufregung und starrte aufmerksam in das verzerrte Gesicht.
Plötzlich rief er: »Barmherziger Gott! Das ist ja Manton!«
»Ganz richtig«, sagte King und bemühte sich, ruhig zu sprechen. »Damals trug er zwar einen Vollbart und langes Haar, aber er ist es.«
Er hätte hinzufügen können: Ich erkannte ihn schon, als er Rosser herausforderte. Ich habe Rosser und Sancher gesagt, wer er war, bevor wir ihm diesen grausigen Streich spielten. Als Rosser dicht hinter uns aus dem dunklen Zimmer stürzte, vergaß er vor lauter Aufregung seine Sachen und mußte im Hemd zu uns auf den Wagen springen –, und während des ganzen beschämenden Unternehmens wußten wir, mit wem wir es zu tun hatten: mit einem Mörder und Feigling.
Aber Mr. King hütete sich, dergleichen zu sagen. Er, der mehr über die Vorgeschichte wußte, versuchte in das Geheimnis von Mantons Tod einzudringen. Daß Manton offenbar kein einziges Mal die Ecke verlassen hatte, in die er geschickt worden war, daß seine Haltung weder auf einen Angriff noch auf Verteidigung hindeutete, daß er

seine Waffe fallengelassen hatte, daß er offenbar aus echtem Grauen vor irgendeinem Anblick gestorben war – das alles waren Tatsachen, die sich Mr. Kings aufgewühltes Gemüt nicht erklären konnte.

Völlig verunsichert tastete er nach einem Schlüssel zu diesem geheimnisvollen Labyrinth – da fiel sein Blick, den er unwillkürlich gesenkt hatte, wie jemand, der über wichtige Dinge nachdenkt, auf etwas, das ihm dort, bei Tage und in Anwesenheit seiner lebendigen Gefährten, mit schierem Entsetzen erfüllte. Im Staub der Jahre, der den Fußboden bedeckte, führten von der Tür, durch die sie eingetreten waren, quer durchs Zimmer und bis zu Mantons kauerndem Leichnam drei Fußspuren, die parallel zueinander verliefen: leichte, aber deutliche Spuren nackter Füße, die beiden äußeren Spuren die von kleinen Kindern, die mittlere Spur die einer Frau! An der Stelle, wo sie endeten, kehrten sie nicht wieder um: alle drei Spuren deuteten in dieselbe Richtung. Brewer, dem sie gleichzeitig aufgefallen waren, beugte sich hingerissen vor und wurde leichenblaß.

»Seht euch das an!« schrie er und zeigte mit beiden Händen auf den letzten Abdruck des rechten Frauenfußes, wo die Frau offenbar stehengeblieben war. »Die Mittelzehe fehlt! Es war Gertrude!«

Gertrude war Mr. Brewers verstorbene Schwester – die ermordete Mrs. Manton.

John Mortonsons Begräbnis

John Mortonson war tot. Er hatte seinen Text in der »Menschlichen Tragödie« gesprochen und war von der Bühne abgetreten.
Der Leichnam ruhte in einem schönen Mahagonisarg mit einer eingelassenen Glasscheibe. Alle Anordnungen für sein Begräbnis waren so wohlüberlegt getroffen, daß der Verstorbene, hätte er es gewußt, sie zweifellos gebilligt haben würde. Das Gesicht, wie es sich unter der Glasscheibe präsentierte, war nicht unangenehm anzuschauen: es zeigte ein leichtes Lächeln, und da es ein schmerzloses Sterben gewesen war, hatte es sich nicht so sehr verzerrt, daß die Leichenbestatter es nicht hätten reparieren können.
Am Nachmittag um zwei Uhr sollten sich die Freunde einfinden, um einem Mann ihre letzte Ehrerbietung darzubringen, ihm, der keine Freunde und keine Ehrerbietung mehr benötigte. Die überlebenden Familienmitglieder traten in Abständen von jeweils ein paar Minuten an den Sarg und weinten ob der gelassenen Gesichtszüge unter dem Glas. Das half ihnen zwar nichts, und es half auch John Mortonson nichts mehr, aber in der Gegenwart des Todes verstummten Vernunft und Philosophie.
Als es auf zwei Uhr zuging, begannen sich nun also die Freunde einzustellen, und nachdem sie den leidtragenden Angehörigen solchen Trost gespendet hatten, wie ihn der Anlaß erforderte, nahmen sie feierlich Platz, doppelt vom Bewußtsein ihrer eigenen Wichtigkeit für die Trauerfeier erfüllt.
Dann erschien der Pfarrer, und seine leuchtende Gegenwart stellte die weniger strahlenden Lichter in den Schat-

KB
2/15/90

ten. Seinem Auftritt folgte derjenige der Witwe: ihr Klagen füllten das Zimmer. Sie trat auf den Sarg zu, und nachdem sie ihr Gesicht einen Augenblick gegen das kalte Glas gelehnt hatte, wurde sie sanft zu einem Platz neben ihrer Tochter geleitet. Kummervoll und leise begann der Gottesmann seine Lobpreisung des Toten, und seine betrübte Stimme mischte sich mit dem Schluchzen, das zu wecken und zu nähren ihre Absicht war: Sie hob und senkte sich und schien wie das Geräusch einer trostlosen Brandung zu kommen und zu gehen. Der düstere Tag wurde noch trüber, während er sprach, ein Wolkenvorhang breitete sich über den Himmel aus, und ein paar Regentropfen schlugen hörbar nieder. Es war, als weinte die ganze Natur um John Mortonson.

Als der Pfarrer seine Lobpreisung mit einem Gebet beendet hatte, wurde ein Choral gesungen, und die Sargträger nahmen ihren Platz neben der Bahre ein. Als die letzten Töne des Chorals verklangen, stürzte die Witwe noch einmal zum Sarg, warf sich darüber und schluchzte hysterisch. Doch allmählich wurde sie etwas gefaßter und hörte auf den guten Zuspruch. Als der Pfarrer sie wegführen wollte, suchten ihre Blicke noch einmal das Gesicht des Toten unter der Glasscheibe. Sie warf die Arme hoch, und mit einem Schrei sank sie bewußtlos hintenüber.

Die Leidtragenden stürzten zum Sarg, die Freunde folgten, und als die Uhr auf dem Kaminsims feierlich dreimal schlug, starrten sie alle auf das Gesicht des verstorbenen John Mortonson.

Angewidert und einer Ohnmacht nahe wandten sie sich ab. Einer von ihnen, der dem grauenhaften Anblick erschrocken zu entfliehen versuchte, stieß so ungeschickt gegen den Sarg, daß er einen der zierlichen Stützböcke wegriß. Der Sarg fiel zu Boden, und bei dem Aufprall zersplitterte die Glasscheibe.

Aus der Öffnung kroch John Mortonsons Katze. Träge

hüpfte sie auf den Fußboden, setzte sich und fuhr sich mit der Vorderpfote ruhig über die rote Schnauze. Dann schritt sie würdevoll aus dem Zimmer.

Anmerkung des Autors: Der Entwurf zu dieser Erzählung fand sich unter den Papieren des verstorbenen Leigh Bierce. Anmerkung des Übersetzers: Leigh Bierce war der zweite von Bierces beiden Söhnen. Der erste, ältere Sohn, Day Bierce, war als Sechzehnjähriger bei einer Schießerei wegen eines Mädchens ums Leben gekommen. Leigh begann zu schreiben, wohnte bei seinem Vater und starb an einer Lungenentzündung. Sein Tod hatte Bierce schwer getroffen.

Das Reich des Unwirklichen

I

Die Landstraße zwischen Auburn und Newcastle nimmt – zuerst auf dem einen Flußufer, dann auf dem andern –, den ganzen Boden der Schlucht ein: teilweise wurde sie aus den steilen Bergwänden herausgehauen, und teilweise wurde sie aus Felsblöcken gebaut, die von Grubenarbeitern aus dem Flußbett heraufgeschafft wurden. Die Berge sind hier bewaldet, und die Schlucht verläuft in Windungen. In einer dunklen Nacht ist es unbedingt nötig, vorsichtig zu fahren, sonst stürzt man ins Wasser. Die Nacht, an die ich denken muß, war dunkel, und der Fluß war durch das letzte Unwetter zum Wildwasser angeschwollen. Ich war von Newcastle heraufgefahren und befand mich ungefähr eine Meile vor Auburn im dunkelsten und schmalsten Abschnitt der Schlucht. Aufmerksam blickte ich über mein Pferd hinweg auf den Fahrweg. Plötzlich sah ich fast unter der Nase meines Tiers einen Mann und zügelte es mit einem so scharfen Ruck, daß es beinah auf die Keulen zu sitzen kam.

»Verzeihen Sie bitte, Sir«, sagte ich, »ich hatte Sie nicht gesehen.«

»Das konnte man auch kaum von Ihnen erwarten«, erwiderte der Mann höflich und trat an die Seite meines Gefährts, »und das Rauschen des Wassers war schuld daran, daß ich Sie nicht gehört habe.«

Ich erkannte die Stimme sofort, obwohl fünf Jahre verstrichen waren, seit ich sie zuletzt gehört hatte. Ich war nicht übermäßig erfreut, sie jetzt zu hören.

»Sind Sie nicht Doktor Dorrimore?« fragte ich.

»Ja, und Sie sind Mr. Manrich, mein guter Freund! Ich bin

mehr als froh, Sie zu treffen«, und leise lachend setzte er hinzu: »Vor allem, weil ich denselben Weg wie Sie habe und natürlich auf eine Einladung hoffe, mitzufahren!«
»Von Herzen gern!«
Das entsprach nicht ganz der Wahrheit.
Doktor Dorrimore bedankte sich, als er sich neben mich setzte, und wie vorher fuhr ich achtsam weiter. Vielleicht bilde ich es mir nur ein, doch jetzt kommt es mir so vor, als hätten wir den Rest der Strecke in einem naßkalten Nebel zurückgelegt, und daß der Weg länger denn je war, und außerdem, daß mir das Städtchen bei unsrer Ankunft trostlos, unfreundlich und öde erschien. Es muß noch früh am Abend gewesen sein, aber ich erinnere mich nicht, Licht in auch nur einem der Häuser oder ein lebendiges Wesen auf der Straße gesehen zu haben. Dorrimore erklärte mir recht ausführlich, welcher Zufall ihn hergeführt hatte und wo er in all den Jahren gewesen war, seit ich ihn zuletzt gesehen hatte. Ich erinnere mich, daß er mir etwas erzählte, aber was es eigentlich war, weiß ich nicht mehr. Er war im fernen Ausland gewesen und jetzt zurückgekehrt – das ist alles, was mein Gedächtnis behalten hat, – und das hatte ich schon vorher gewußt. Was mich selbst betrifft, kann ich mich nicht entsinnen, auch nur ein Wort gesagt zu haben, obwohl ich es bestimmt getan habe. Eins aber ist mir noch deutlich in Erinnerung: daß ich die Anwesenheit des Mannes an meiner Seite seltsam widerwärtig und beunruhigend empfand, und zwar in einem Maße, daß ich das Gefühl hatte, einer übersinnlichen Gefahr von seltsam bedrohlicher Art entronnen zu sein, als ich endlich vor dem beleuchteten Putnam-Hotel anhielt. Das Gefühl der Erleichterung wurde dann etwas durch die Entdeckung gedämpft, daß Doktor Dorrimore im gleichen Hotel wie ich wohnte.

II

Um meine Gefühle Doktor Dorrimore gegenüber wenigstens zum Teil zu erklären, möchte ich kurz erzählen, unter welchen Umständen ich ihn ein paar Jahre vorher getroffen hatte. Eines Abends saßen etwa ein halbes Dutzend Herren, zu denen auch ich gehörte, in der Bibliothek des Bohemian Clubs in San Francisco. Die Unterhaltung drehte sich um Tricks und Kunststücke von Zauberkünstlern, die einer von ihnen gerade damals in einem dortigen Theater vorführte.

»Diese Burschen sind im wahrsten Sinne des Wortes Tricksters«, sagte einer aus der Gruppe. »Wirklich lohnenswerte Kunststücke, durch die man sich gern anführen ließe, kennen sie nicht! Der bescheidenste indische Straßenzauberer könnte ihnen Dinge vorzaubern, über denen sie fast den Verstand verlieren würden!«

»Was denn zum Beispiel«, fragte einer, der sich gerade eine Zigarre anzündete.

»Zum Beispiel all ihre üblichen und bekannten Kunststücke: große Gegenstände in die Luft zu werfen, die nicht wieder herunterfallen, oder auf einer kahlen, von den Zuschauern selbst ausgesuchten Stelle Pflanzen keimen und sichtbar wachsen und blühen zu lassen, oder einen Mann in einen Korb stecken und von allen Seiten mit einem Degen hineinstechen, so daß er schreit und blutet, und dann den Korb öffnen – und nichts ist drin, nichts und niemand; oder das eine Ende einer seidenen Strickleiter in die Luft werfen und daran hinaufklettern und verschwinden.«

»Unsinn!« rief ich – leider etwas unhöflich. »Hoffentlich glauben Sie nicht an derartige Dinge?«

»Natürlich nicht – weil ich zu oft dabei zugeschaut habe.«

»Aber ich glaube daran«, sagte ein Journalist, der sich in dieser Stadt eines beträchtlichen Rufs als glänzender Reporter erfreute. »Ich habe sie so häufig geschildert, daß nichts als persönliche Beobachtung meine Ansicht erschüttern könnte. Ich stehe schließlich mit meinem eigenen Wort dafür, meine Herren!«

Niemand stimmte in sein Lachen ein – aller Augen waren auf jemand hinter meinem Sessel gerichtet. Ich drehte mich um und sah einen Mann im Abendanzug, der gerade eintrat. Er hatte eine ungewöhnlich dunkle, eine beinah schwärzliche Haut, ein schmales Gesicht mit einem schwarzen Lippenbärtchen, eine Fülle derber schwarzer Haare, die etwas durcheinandergeraten schienen, eine gebogene Nase und Augen, die so seelenleer glitzerten wie die einer Kobra. Einer aus unsrer Gruppe erhob sich und stellte ihn als Doktor Dorrimore aus Kalkutta vor. Während jeder von uns der Reihe nach vorgestellt wurde, dankte er jedesmal mit einer tiefen, orientalischen Verbeugung, aber ohne den orientalischen Ernst. Sein Lächeln kam mir zynisch und ein bißchen verächtlich vor. Über sein ganzes Verhalten kann ich nur sagen, daß es unangenehm und doch anziehend war.

Durch seine Anwesenheit geriet die Unterhaltung in andere Bahnen. Er sprach kaum – ich kann mich an nichts erinnern, was er äußerte. Ich fand seine Stimme ungewöhnlich tief und wohllautend, und doch berührte sie mich ebenso abstoßend wie seine Augen und sein Lächeln. Nach ein paar Minuten stand ich auf, um zu gehen. Er stand ebenfalls auf und zog seinen Mantel an.

»Mr. Manrich«, sagte er, »ich habe denselben Weg wie Sie!«

»Zum Kuckuck haben Sie das«, dachte ich bei mir. »Woher wollen Sie wissen, wohin ich gehe?« – Laut aber sagte ich: »Ihre Begleitung wird mir ein Vergnügen sein!«

Gemeinsam verließen wir den Klub. Droschken waren nicht zu sehen, und die Straßenbahnen waren schlafen gegangen. Der Vollmond stand am Himmel, und die kühle Nachtluft war ein Genuß. Wir gingen die California Street bergauf. Ich schlug absichtlich jene Richtung ein, weil ich annahm, er würde eine andre, zu den Hotels führende Straße wählen und abbiegen.

»Sie glauben also nicht an das, was man über die Hindugaukler erzählt?« fragte er unvermittelt.

»Woher wissen Sie das?« entgegnete ich.

Ohne zu antworten, legte er mir seine Hand leicht auf den Arm und zeigte mit der andern dicht vor uns auf die Steinplatten des Bürgersteigs. Dort lag – fast vor unsern Füßen – die Leiche eines Mannes, und sein aufwärts gewandtes Gesicht schimmerte bleich im Mondschein. Ein am Griff mit funkelnden Edelsteinen geschmückter Degen steckte senkrecht in seiner Brust. Auf den Steinplatten hatte sich eine Blutlache angesammelt.

Ich war erschrocken und entsetzt – nicht nur über das, was ich sah, sondern wegen der äußeren Umstände. Während wir die Straße bergauf gegangen waren, hatten meine Augen, davon war ich fest überzeugt, wiederholt die ganze Strecke des Bürgersteigs überflogen – von einer Querstraße zur nächsten. Wieso war mir das grauenhafte Ding, das jetzt so deutlich im grellen Mondschein vor uns lag, nicht aufgefallen?

Als meine verwirrten Sinne sich etwas beruhigt hatten, sah ich, daß der Leichnam einen Abendanzug trug; der weit aufgerissene Mantel ließ den Frack, den weißen Binder und die breite, vom Degen durchbohrte Hemdbrust sehen. Und – was für eine gräßliche Entdeckung! – das Gesicht war – abgesehen von der Blässe – das Gesicht meines Begleiters! Bis auf die kleinste Einzelheit in Kleidung und Aussehen war es Doktor Dorrimore persönlich!

Bestürzt und entsetzt drehte ich mich zu dem lebenden Mann um: aber er war nirgends zu sehen, und in verdoppeltem Grauen wollte ich die Straße hinabeilen, die wir soeben bergaufgegangen waren. Kaum hatte ich ein paar Schritte gemacht, da brachte mich eine fest zupackende

KB

Hand auf meiner Schulter zum Stehen. Vor Entsetzen hätte ich fast laut aufgeschrien: neben mir stand, den Degen noch in der Brust – der Ermordete! Mit seiner freien Hand zog er den Degen heraus und warf ihn weg, wobei die Edelsteine am Griff und der fleckenlose Stahl der Klinge im Mondschein glitzerten. Die Waffe fiel klirrend auf den Bürgersteig uns zu Füßen – und war verschwunden! Der Mann, dessen Gesicht jetzt wieder von dunkler Hautfarbe war, ließ meine Schulter los und bedachte mich mit demselben zynischen Ausdruck, den ich gleich zu Anfang unsrer Begegnung an ihm bemerkt hatte. Einen solchen Blick hat kein Toter! Ich kam wieder etwas zu mir, blickte bergauf und sah den Bürgersteig weiß und eben daliegen, von einer Querstraße zur nächsten durch nichts unterbrochen.

»Was soll der Unfug bedeuten, Sie Teufelskerl?« fuhr ich ihn wütend an, obwohl ich wie zerschlagen war und an allen Gliedern zitterte.

»Manche Leute belieben es Gaukelspiel zu nennen«, entgegnete er mit hellem, hartem Lachen.

Er ging die Dupont Street hinab, und ich sah ihn erst wieder, als wir uns in der Schlucht vor Auburn begegneten.

III

Am Tage nach meiner zweiten Begegnung mit Doktor Dorrimore sah ich ihn nicht. Eine leichte Unpäßlichkeit habe ihn gezwungen, das Zimmer zu hüten, erklärte mir der Portier im Putnam-Hotel. Am Nachmittag überraschte und beglückte mich die Ankunft von Miß Margaret Corray und ihrer Mutter, die aus Oakland eingetroffen waren.

Ich erzähle hier keine Liebesgeschichte. Ich bin kein Unterhaltungsschriftsteller – und Liebe, wie ich sie verstehe, kann nicht in einer Sparte der Literatur beschrieben werden, die im Namen junger Mädchenblüte eine entwürdigende Tyrannei auf die Schöne Literatur ausübt. Unter der schädlichen Herkunft dieser jungen Mädchen oder vielmehr unter der Herrschaft von falschen Dienern der Kritik, die sich selbst zu Hütern ihres Seelenheils ernannt haben,

»verhüllt die Liebe ihre heil'gen Flammen
und unversehens bricht die Sittlichkeit zusammen«,

die Liebe aber verhungert beim gesiebten Mehl und destillierten Wasser einer prüden Kost.
Ich begnüge mich also mit der Feststellung, daß Miß Corray und ich verlobt waren. Sie und ihre Mutter stiegen in dem Hotel ab, in dem auch ich Gast war, und zwei Wochen lang sah ich sie täglich. Daß ich glücklich war, brauche ich kaum zu erwähnen; das einzige Hindernis im ungetrübten Genuß der goldenen Tage war die Anwesenheit Doktor Dorrimores, mit dem ich die Damen leider hatte bekanntmachen müssen.
Es war offensichtlich, daß er bei ihnen einen Stein im Brett hatte. Aber was konnte ich dagegen tun? Ich wußte nichts Entehrendes gegen ihn vorzubringen, überhaupt nichts. Seine Manieren waren die eines kultivierten und gepflegten Gentlemans, und die Frauen beurteilen einen Mann gern nach seinen Manieren. Als ich bemerkte, daß Miß Corray ein paarmal mit ihm spazierenging, war ich wütend, und einmal war ich so unklug, Einspruch zu erheben. Als ich nach Gründen befragt wurde, wußte ich keine anzugeben: ich glaubte in ihrem Mienenspiel eine Spur Verachtung für meine eifersüchtige Laune zu erkennen. Mit der Zeit wurde ich mürrisch und bewußt widerlich, und vor lauter Ärger beschloß ich, am nächsten Tag nach San Francisco zurückzukehren. Doch das wollte ich nicht verraten.

IV

In Auburn gab es einen alten, nicht mehr benutzten Friedhof. Er lag fast im Herzen der Stadt, doch bei Nacht war es ein so schauriger Aufenthalt, wie ihn sich nur ein Mensch in der düstersten Stimmung wünschen konnte. Die Gitter um die Grabstellen waren umgekippt und zerfallen, oder sie fehlten gänzlich. Viele Grabhügel waren eingesunken, auf andern wuchsen stämmige Kiefern, deren Wurzeln unsagbare Schandtaten begingen. Die Grabsteine waren umgefallen und zerbrochen, und Brombeerranken bedeckten den Boden. Die Umzäunung war größtenteils verschwunden, Kühe und Schweine strolchten nach Belieben herum. Der Friedhof war für die Lebenden eine Schande, eine Beleidigung für die Toten und eine Lästerung Gottes.

Am Abend des Tages, an dem ich mich in meiner Wut entschlossen hatte, im Zorn von allem zu scheiden, was mir lieb und teuer war, befand ich mich in jenem mir wesensverwandten Fleckchen Erde. Das Licht des halben Mondes fiel hier und dort wie Geisterspuk durch das Laubwerk und enthüllte viel Häßliches. In den schwarzen Schatten schienen Gefahren zu lauern, um zu geeigneter Zeit ihre dunklere Bedeutung zu offenbaren. Als ich auf einem ehemals mit Kies bestreuten Pfad entlangging, sah ich aus den Schatten die Gestalt Doktor Dorrimores auftauchen. Ich selbst stand mit geballten Fäusten und zusammengebissenen Zähnen im Schatten und versuchte, nicht die Beherrschung zu verlieren und mich nicht auf ihn zu stürzen, um ihn zu erwürgen. Gleich darauf trat eine zweite Gestalt auf ihn zu und hängte sich bei ihm ein. Es war Margaret Corray!

Ich kann nicht genau erzählen, was dann geschah. Ich weiß, daß ich vorstürzte und entschlossen war, ihn umzubringen. Dann weiß ich nur noch, daß man mich im Mor-

gengrauen auffand – zerschunden und blutig und mit Würgemalen am Hals. Ich wurde ins Putnam-Hotel geschafft, wo ich tagelang im Fieberwahn lag. Das alles weiß ich, weil es mir erzählt wurde – und aus eigenem Wissen ist mir bekannt, daß ich den Empfangschef zu mir bat, sobald ich mich mit zunehmendem Bewußtsein wohler fühlte.
»Sind Mrs. Corray und ihre Tochter noch hier?« fragte ich ihn.
»Welchen Namen nannten Sie?«
»Corray!«
»Kein Gast dieses Namens ist bei uns gewesen.«
»Bitte ziehen Sie mich nicht auf!« sagte ich ärgerlich. »Sie sehen doch, daß es mir wieder gut geht. Sagen Sie mir die Wahrheit!«
»Ich gebe Ihnen mein Wort«, sagte er mit offenkundiger Aufrichtigkeit, »daß wir keine Gäste mit diesem Namen gehabt haben.«
Ich war verblüfft. Ein paar Sekunden lag ich schweigend da. Dann fragte ich: »Wo ist Doktor Dorrimore?«
»Er ist am Morgen nach Ihrer Schlägerei abgereist. Seither haben wir nichts mehr von ihm gehört. Er hat Ihnen übel mitgespielt!«

V

Soweit die Tatsachen. Margaret Corray ist jetzt meine Frau. In Auburn ist sie nie gewesen, und während der Wochen, deren Verlauf ich so zu schildern versuchte, wie er in meinem Kopf Gestalt annahm, lebte sie in ihrem Haus in Oakland und wunderte sich, wo ihr Verlobter steckte und weshalb er ihr nicht schrieb.
In der *Baltimore Sun* las ich letzthin folgenden Artikel:
»Professor Valentine Dorrimore, der Hypnotiseur, sah sich gestern abend vor einer großen Zuhörerschaft. Der Vortragende, der den größten Teil seines Lebens in Indien zugebracht hat, gab einige wunderbare Proben seiner

Kunst zum besten und hypnotisierte jeden, der sich ihm für das Experiment zur Verfügung stellte, indem er ihn einfach fixierte. Zweimal gelang es ihm sogar, sämtliche Anwesenden zu hypnotisieren (mit Ausnahme der Reporter) und ihnen die erstaunlichsten Illusionen zu vermitteln. Der wertvollste Punkt seines Programms war die Aufdeckung der Methoden, mit denen die Hindu-Gaukler bei ihren berühmten Vorführungen arbeiten, wie sie uns aus Berichten von Touristen bekannt wurden. Der Professor behauptet, daß diese Zauberkünstler sich eine derartige Geschicklichkeit in ihrer Kunst erworben haben – er hat sie zu ihren Füßen erlernt –, daß sie ihre Wunder einfach dadurch verrichten, indem sie ihre Zuschauer in einen Zustand der Hypnose versetzen und ihnen einreden, was sie sehen und hören. Seine Behauptung, daß man eine empfängliche Versuchsperson auf Wochen und Monate, ja sogar Jahre im Reich des Unwirklichen belassen kann, wo sie unter Einwirkung der vom Hypnotiseur suggerierten Sinnestäuschungen und Illusionen verbleibt, finde ich einigermaßen beunruhigend.«

John Bartines Uhr

BERICHT EINES ARZTES

»Die genaue Zeit wollen Sie wissen? Großer Gott, warum bestehen Sie so darauf, lieber Freund? Man könnte glauben – aber einerlei; jedenfalls ist's gleich Schlafenszeit – genügt Ihnen das nicht? Aber bitte, wenn Sie Ihre Uhr stellen müssen, nehmen Sie meine und sehen Sie selbst, wieviel Uhr es ist!«

Und damit knipste er seine Uhr – eine mächtig schwere, altmodische Uhr – von ihrer Kette und reichte sie mir. Dann drehte er sich um, ging quer durchs Zimmer zu einem Bücherregal und studierte dort die Bücherrücken. Seine Erregung und seine offensichtliche Bedrängnis überraschten mich – sie kamen mir so unbegründet vor. Nachdem ich meine Uhr nach der seinen gestellt hatte, ging ich zu ihm hinüber und sagte »Danke!«

Während er seine Uhr entgegennahm und sie wiederum am Sicherheitsring befestigte, beobachtete ich, daß seine Hände zitterten. Mit einem Takt, auf den ich sehr stolz war, schlenderte ich gleichgültig zur Anrichte hin und schenkte mir etwas Brandy mit Wasser ein. Dann entschuldigte ich mich wegen meiner Gedankenlosigkeit, bat ihn, sich auch zu bedienen, und ging zu meinem Platz am Kamin, es ihm überlassend, sich zu bedienen, wie das bei uns üblich war. Er tat es und setzte sich sodann – ruhig wie immer – zu mir ans Feuer.

Der seltsame kleine Vorfall ereignete sich in meiner Wohnung, wo John Bartine den Abend mit mir verbrachte. Wir hatten im Klub zu Abend gegessen, waren in einer Droschke hierher gefahren, und alles hatte sich in der üblichen prosaischen Alltäglichkeit abgespielt. Weshalb

John Bartine aber die natürliche und bestehende Ordnung durchbrechen und sich mit einer solchen Gefühlsaufwallung in Szene setzen mußte, anscheinend zu seinem eigenen Vergnügen, konnte ich unmöglich verstehen. Je mehr ich darüber nachdachte (während sich seine glänzenden Unterhaltungsgaben an meine Unaufmerksamkeit wandten), um so neugieriger wurde ich, und natürlich fiel es mir leicht, mir einzureden, daß meine Neugier nur freundliche Anteilnahme sei. Es ist die Maske, hinter der sich die Neugier meistens verbirgt, um Verstimmungen zu vermeiden. Ich zerstörte also einen der schönsten Sätze seines unbeachteten Monologs und unterbrach ihn ganz ungezwungen: »John«, sagte ich, »Sie müssen mir verzeihen, wenn ich mich irre, aber ohne etwas mehr Einblick als jetzt kann ich Ihnen nicht das Recht zugestehen, sich so aufzuplustern, wenn man Sie fragt, wieviel Uhr es ist. Ich finde es nicht richtig, daß Sie mit rätselhaftem Widerwillen auf Ihre eigene Uhr schauen und sich in meiner Gegenwart peinlichen Gefühlsausbrüchen hingeben, deren Ursache mir verborgen bleibt und die mich sozusagen nichts angeht.«

Auf diese lächerliche Ansprache ging Bartine nicht sofort ein, sondern er saß einfach da und starrte ins Feuer. Da ich bereits fürchtete, ich könnte ihn beleidigt haben, wollte ich mich entschuldigen und ihn bitten, die Sache zu vergessen. Doch da sah er mir ruhig in die Augen und sagte: »Mein lieber Junge, Ihre frivole Art zu reden kann mich nicht über die widerliche Unverschämtheit Ihres unausgesprochenen Wunsches hinwegtäuschen, aber glücklicherweise hatte ich mich bereits entschlossen, Ihnen zu erzählen, was Sie zu wissen wünschen, und keinerlei Anzeichen Ihrer Unwürdigkeit, es zu erfahren, soll meinen Entschluß beeinflussen. Wenn Sie so gut sein wollen, mir Ihre Aufmerksamkeit zu schenken, werden Sie alles hören!

»Diese Uhr«, begann er, »war schon seit drei Generationen in meiner Familie, ehe sie an mich fiel. Ihr ursprünglicher Besitzer, für den sie angefertigt wurde, war mein Urgroßvater, Bramwell Olcott Bartine, ein wohlhabender Farmer in der Kolonie Virginia, und ein so unerschütterlicher Tory, wie er nur je nachts wachgelegen haben kann, um sich neue Verwünschungen für Mr. Washington auszudenken, und neue Methoden, um dem guten King George zu helfen und ihn zu unterstützen. Eines Tages nun hatte dieser sehr ehrenwerte Gentleman das große Unglück, seiner gerechten Sache einen Dienst von allergrößter Wichtigkeit leisten zu können, der jedoch von den andern, die darunter leiden mußten, als ungesetzlich angesehen wurde. Es ist belanglos, um was es sich handelte, aber eine der geringeren Folgen war die Verhaftung meines ausgezeichneten Ahnherrn, den eines Nachts eine Gruppe von Washingtons Rebellen in seinem eigenen Haus überraschte. Es wurde ihm gestattet, sich von seiner weinenden Familie zu verabschieden, und dann wurde er weggeführt, hinaus in die Nacht, die ihn auf ewig verschluckte. Niemals fand man den geringsten Hinweis auf sein Schicksal. Nach dem Krieg vermochten weder eifriges Nachforschen noch das Angebot einer hohen Belohnung einen seiner Häscher aufzutreiben oder eine Einzelheit hinsichtlich seines Verschwindens zu erlangen. Er war und blieb verschwunden, das war alles.«

Etwas in Bartines Verhalten – etwas Unausgesprochenes, ich wußte kaum, was es war –, veranlaßte mich zu der Frage: »Und was ist Ihre Ansicht? Ging es gerecht zu, meine ich?«

»Meine Ansicht?« polterte er los und schlug mit der geballten Faust auf den Tisch, als säße er mit allerlei Gesindel in einer Kneipe beim Würfeln. »Meiner Ansicht nach war es ein typischer, gemeiner Mord des verdammten Verräters Washington und seiner schurkischen Rebellen!«

Ein paar Minuten herrschte Schweigen. Bartine versuchte, sich wieder zu fassen, und ich wartete. Dann fragte ich: »Ist das die ganze Geschichte?«

»Nein – es gehört noch etwas dazu. Ein paar Wochen nach der Verhaftung meines Urgroßvaters wurde seine Uhr gefunden. Sie lag vor der Haustür auf der Veranda, in ein Blatt Briefpapier eingewickelt, auf dem der Name Rupert Bartine, der Name seines einzigen Sohnes, meines Großvaters, geschrieben stand. Die Uhr trage ich jetzt.«

Bartine verstummte. Seine sonst so unruhigen schwarzen Augen starrten ins Feuer, und in jedem Augapfel spiegelte sich ein rotes Fünkchen, der Widerschein der Flammen. Mich hatte er anscheinend vergessen. Als plötzlich die Zweige eines Baums vor meinem Fenster im Wind rauschten und fast gleichzeitig der Regen auf die Scheiben peitschte, wurde John wieder seiner Umgebung inne. Durch eine Bö angekündigt, war ein Unwetter heraufgezogen, und nach ein paar Sekunden hörten wir schon deutlich das gleichmäßige Regengeprassel auf dem Pflaster. Warum ich diesen Nebenumstand erwähne, weiß ich nicht recht, doch scheint er mir eine gewisse Bedeutung und Beziehung zu haben, die ich jetzt nicht mehr erklären kann. Zumindest wurde dadurch dem Ganzen ein ernster, fast feierlicher Zug hinzugefügt. Bartine fuhr mit seinem Bericht fort: »Ich habe dieser Uhr gegenüber ein seltsames Gefühl – eine Art anhänglicher Liebe. Ich habe sie gern um mich, obwohl ich sie teils wegen ihres Gewichts und teils aus einem andern Grund, den ich jetzt erklären möchte, selten bei mir trage. Der Grund ist folgender: jeden Abend, wenn ich sie bei mir habe, spüre ich einen unerklärlichen Drang, sie zu öffnen und die Zeit festzustellen, selbst wenn ich nicht angeben könnte, weshalb ich es wissen will. Aber wenn ich dem Drang nachgebe, und im Augenblick, wo ich das Zifferblatt sehe, packt mich eine rätselhafte Angst – das Gefühl eines drohenden Unheils.

Und das wird um so unerträglicher, je weiter es auf elf Uhr zugeht – elf auf dieser Uhr, einerlei, wie spät es in Wirklichkeit sein mag. Nachdem die Zeiger die Elf überschritten haben, ist der Drang, auf das Zifferblatt zu blicken, verschwunden: dann bin ich ganz ruhig. Ich kann dann auf die Uhr sehen, sooft ich will, ohne mehr Erregung als Sie zu verspüren, wenn Sie auf Ihre Uhr sehen. Natürlich habe ich mich dazu erzogen, nicht abends vor elf auf die Uhr zu blicken: nichts könnte mich dazu verleiten. Ihre Beharrlichkeit vorhin hat mich ein wenig aufgeregt. Mir war ungefähr so zumute, wie es vermutlich einem Opiumsüchtigen ergeht, wenn seine Gier auf seine besondere, ihm eigentümliche Art der Hölle noch durch gute Gelegenheit und guten Rat verdoppelt wird.
Das ist also meine Geschichte, und ich habe sie zum Besten Ihrer aufgeblasenen Wissenschaft erzählt. Wenn Sie aber ab heute an irgendeinem Abend sehen, daß ich die verflixte Uhr trage, und dann noch die Dreistigkeit haben, mich nach der Zeit zu fragen, dann muß ich Ihnen leider lästigfallen und Sie zusammenschlagen!«
Ich fand seinen Humor nicht lustig. Ich konnte beobachten, daß ihn die Schilderung seines Wahns wieder aufgeregt hatte. Das Lächeln, mit dem er schloß, war ausgesprochen gespenstisch, und in seinen Augen lag etwas mehr als die gewohnte Rastlosigkeit. Scheinbar ziellos huschten sie im Zimmer umher und hatten, wie mir schien, den wilden Ausdruck angenommen, den man in gewissen Fällen von Dementia kennt. Vielleicht bildete ich es mir auch nur ein, aber jedenfalls war ich jetzt überzeugt, daß mein Freund unter einer sehr seltsamen und interessanten Monomanie litt. Ohne daß es meine Zuneigung zu ihm auch nur im geringsten schmälerte, begann ich ihn als meinen Patienten zu betrachten, der eine Fülle an Möglichkeiten für ein interessantes Studium bot. Warum auch nicht? Hatte er mir seine Zwangsvorstel-

lung nicht im Interesse der Wissenschaft geschildert? Ach, der arme Mensch – er tat mehr für die Wissenschaft als er ahnte: nicht nur sein Bericht, sondern er selbst war das Beweismaterial. Natürlich mußte ich ihn heilen, falls ich das konnte, aber vorher wollte ich ein kleines psychologisches Experiment vornehmen –, oder vielmehr das Experiment selbst würde vielleicht den ersten Schritt zu seiner Heilung bilden.
»Sie sind wirklich sehr offen und freundlich, Bartine«, sagte ich in herzlichem Ton, »und ich bin sehr stolz auf Ihr Vertrauen. Es ist bestimmt alles sehr seltsam. Würde es Ihnen etwas ausmachen, mir die Uhr noch einmal zu zeigen?«
Er holte sie mitsamt der Kette aus der Weste und reichte sie mir ohne ein Wort. Das Gehäuse war aus sehr dickem, schwerem Gold und eigenartig graviert. Nachdem ich das Zifferblatt genau untersucht und festgestellt hatte, daß die Zeiger auf kurz vor zwölf standen, öffnete ich die Rückseite und bemerkte sehr interessiert, daß die Uhr ein inneres Gehäuse aus Elfenbein enthielt, auf das in der erlesenen und zarten, während des achtzehnten Jahrhunderts so beliebten Manier ein Miniaturbildnis gemalt war.
»Aber, mein Gott!« rief ich vor lauter künstlerischer Begeisterung aus, »wo konnten Sie denn das nur anfertigen lassen? Ich hatte geglaubt, die Elfenbeinmalerei sei eine vergessene Kunst?«
Er lächelte ernst: »Das bin ja nicht ich! Es ist mein würdiger Urgroßvater, der verstorbene Bramwell Olcott Bartine aus Virginia. Damals war er noch jünger, ungefähr in meinem Alter. Es soll mir sehr gleichen – finden Sie das auch?«
»Ihnen gleichen? Aber natürlich! Abgesehen von der Kleidung, von der ich annahm, Sie hätten sie nur der Kunst zu Ehren angelegt, wegen der *vraisemblance* gewisserma-

ßen, und vom nicht vorhandenen Schnurrbart, entspricht das Porträt in jedem Gesichtszug und Mienenspiel und Ausdruck genau Ihnen!«
Dann sprachen wir eine Zeitlang nicht mehr. Bartine holte sich ein Buch vom Tisch und begann zu lesen. Ich horchte auf das unablässige Regengeplätscher draußen auf der Straße. Hin und wieder hasteten eilige Schritte den Bürgersteig entlang, und einmal hörte ich einen langsameren, schwereren Schritt, der vor meiner Haustür Halt zu machen schien – ein Polizist, nahm ich an, der unter dem Vordach Schutz suchte. Die Zweige der Bäume pochten bedeutungsvoll an die Fensterscheiben, als bäten sie um Einlaß. Während der folgenden Jahre eines weiseren und ernsteren Lebens stand mir das alles stets vor Augen.
Sowie ich mich unbeobachtet sah, nahm ich den altmodischen Schlüssel, der an der Uhrkette hing, und drehte die Zeiger der Uhr rasch um eine volle Stunde zurück. Dann knipste ich das Gehäuse zu, reichte Bartine sein Eigentum und sah, wie er Uhr und Kette wieder in der Weste unterbrachte.
Mit verstellt gleichmütiger Stimme begann ich: »Sagten Sie nicht, daß der Anblick des Zifferblatts nach elf Uhr Sie nicht mehr berührt? Und jetzt ist es beinah zwölf«, unterbrach ich mich und blickte auf meine eigene Uhr. »Würden Sie, falls Sie mir die Bitte um einen Beweis nicht verübeln, jetzt noch einmal auf Ihr Zifferblatt sehen?«
Er lächelte gutmütig, holte die Uhr wieder hervor, öffnete sie und sprang mit einem Schrei auf, den zu vergessen mir der Himmel noch nicht gewährt hat. Seine Augen, deren Schwarz durch die Blässe seines Gesichts erschreckend betont wurde, starrten auf die Uhr, die er mit beiden Händen umklammerte. Einige Zeit blieb er in dieser Stellung, ohne einen Laut zu äußern, dann sagter er mit einer Stimme, die ich nie als die seine erkannt hätte: »Hol Sie der Teufel! Es ist zwei Minuten vor elf!«

Ich war natürlich auf einen ähnlichen Ausbruch gefaßt und antwortete gelassen und ohne aufzustehen: »Verzeihung! Ich muß mich mit Ihrer Uhr geirrt haben, als ich meine Uhr nach der Ihren stellte!«
Mit einem scharfen Klick ließ er den Deckel zuschnappen und schob die Uhr in die Tasche. Er blickte mich an und versuchte zu lächeln, aber seine Unterlippe zitterte, und den Mund konnte er anscheinend nicht mehr schließen. Auch die Hände zitterten, und er steckte sie, zu Fäusten geballt, in die Taschen seines Sakkoanzugs. Sein tapferer Geist bemühte sich eindeutig, den feigen Körper zu besiegen. Die Anstrengung war zu groß: er begann von einer Seite auf die andre zu schwanken, als schwindelte ihm, und ehe ich vom Stuhl aufspringen konnte, um ihn zu stützen, gaben seine Knie nach, und er kippte ungeschickt vornüber und fiel aufs Gesicht. Ich sprang vor, um ihm beim Aufstehen zu helfen, aber wenn John Bartine wieder aufsteht, werden wir alle auferstehen.

Die Post-mortem-Untersuchung ergab nichts; jedes Organ war normal und gesund. Aber als der Leichnam für die Beerdigung vorbereitet wurde, sah man, wie sich auf seinem Hals ringsherum eine schwache dunkle Linie abzeichnete; wenigstens wurde es mir von mehreren Personen bestätigt, die es gesehen hatten. Doch aus eigener Kenntnisnahme kann ich nicht behaupten, daß es sich tatsächlich so verhielt.
Ebensowenig kann ich dem Gesetz der Vererbung irgendwelche Schranken setzen. Ich weiß nicht, ob in der übernatürlichen Welt ein Gefühl oder eine Empfindung imstande ist, das Herz zu überleben, das sie einst beherbergte, und ob es noch Generationen später in einem verwandten Herzen Ausdruck suchen kann. Wenn ich das Schicksal Bramwell Olcott Bartines erraten sollte, würde ich vermuten, daß er um elf Uhr abends gehängt wurde

und daß man ihm ein paar Stunden gewährt hatte, um sich auf den Übergang vorzubereiten.
Was meinen Freund John Bartine betrifft, meinen Patienten während kurzer fünf Minuten, und in alle Ewigkeit mein Opfer (was mir der Himmel verzeihen möge), so ist nichts weiter über ihn zu berichten. Er wurde begraben, und seine Uhr mit ihm – dafür hatte ich gesorgt. Möge Gott seiner Seele im Paradies Frieden gewähren, und ebenso der Seele seines virginischen Ahnherrn – falls es überhaupt zwei Seelen waren!

Das Verfluchte Ding

I

MAN ISST NICHT IMMER, WAS AUFGETISCHT IST

Beim Licht einer Talgkerze, die auf dem einen Ende eines rohen Holztisches stand, las ein Mann, was in ein Buch eingetragen worden war. Es war ein altes, sehr abgenutztes Kontobuch, und die Schrift war anscheinend nicht sehr leserlich, denn manchmal hielt der Mann die aufgeschlagene Seite dicht an die Kerzenflamme heran, damit mehr Licht darauf fiel. Dann warf das Buch einen dunklen Schatten über das halbe Zimmer und verdunkelte eine Anzahl Gesichter und Gestalten; außer dem Lesenden waren noch acht andere Männer anwesend. Ihrer sieben saßen still und starr längs der rohen Blockhauswände und nicht weit vom Tisch entfernt, da der Raum klein war. Hätte einer von ihnen seinen Arm ausgestreckt, dann hätte er den achten Mann berühren können, der mit aufwärtsgewandtem Gesicht auf dem Tisch lag; er war zum Teil mit einem Leintuch bedeckt, die Arme lagen an der Seite. Er war tot.

Der Mann mit dem Buch las nicht etwa laut, und niemand sprach; alle schienen darauf zu warten, daß sich etwas ereignete; nur der Tote erwartete nichts mehr. Aus der pechschwarzen Finsternis draußen drangen durch die Öffnung, die als Fenster diente, all die ewig unvertrauten Geräusche einer Nacht in der Wildnis: das lange, undeutbare Geheul eines fernen Präriewolfs, das eintönig vibrierende Schrillen unermüdlicher Insekten in den Bäumen, seltsame Rufe von Nachtvögeln, die so anders klangen als

die der Tagvögel, das Brummen großer, tolpatschiger Käfer und der ganze geheimnisvolle Chor kleiner Laute, die man immer nur halb gehört zu haben glaubt, wenn sie plötzlich verstummen, als wären sie ihrer Aufdringlichkeit inne geworden. Doch von alledem nahmen die Männer nichts zur Kenntnis; ihr Interesse war nicht übermäßig auf Dinge gerichtet, die keinen praktischen Wert hatten. Man erkannte es an jedem Zug ihrer derben Gesichter, und sogar beim schwachen Schimmer der einen Kerze machte es sich bemerkbar. Offenbar waren es Leute aus der dortigen Gegend – Farmer und Holzfäller.
Der Lesende unterschied sich ein wenig von ihnen; man hätte von ihm sagen können, er käme von weither, vielleicht gar aus der großen Welt, obwohl seine Kleidung etwas an sich hatte, das eine gewisse Kameradschaft mit den Dingen seiner Umgebung verriet. Mit der Jacke zum Beispiel hätte er sich kaum in San Francisco zeigen können; seine Fußbekleidung war nicht städtischer Herkunft, und hätte jemand den neben ihm auf den Fußboden liegenden Hut (übrigens war er der einzige, der seinen Hut abgenommen hatte) für eine besondere männliche Zierde gehalten, dann würde er seinen wahren Zweck verkannt haben. Der Gesichtsausdruck des Mannes war recht anziehend und wies nur eine Spur Strenge auf, aber die hatte er vielleicht nur momentan angenommen, weil er sie als angemessen für eine Amtsperson empfand. Er war nämlich Untersuchungsrichter und amtlicher Leichenbeschauer. Kraft seines Amtes hatte er von dem Buch, in dem er gerade las, Besitz ergriffen: es war zwischen den Effekten des Verstorbenen gefunden worden, in seinem Blockhaus, wo jetzt die gerichtliche Obduktion stattfand. Als der Richter genug gelesen hatte, steckte er das Buch in seine Brusttasche. In demselben Augenblick wurde die Tür aufgestoßen, und ein junger Mann trat ein. Er war bestimmt nicht in den Bergen geboren und aufgewachsen,

denn er war wie die Leute angezogen, die in der Großstadt wohnen. Seine Kleider waren allerdings staubig, vielleicht von der Reise. Und tatsächlich war er scharf geritten, um bei der Untersuchung anwesend zu sein.
Der Richter grüßte ihn mit einem Kopfnicken. Von den andern grüßte ihn niemand.
»Wir haben auf Sie gewartet«, sagte der Untersuchungsrichter. »Die Sache muß unbedingt bis heute abend erledigt sein.«
Der junge Mann lächelte. »Tut mir leid, daß ich Sie warten ließ«, sagte er. »Ich hatte mich nicht entfernt, um mich von der Verhandlung zu drücken, sondern um meiner Zeitung einen Bericht über das zu schicken, was ich jetzt hier aussagen soll und weshalb ich vermutlich zurückgerufen wurde.«
Der Untersuchungsrichter lächelte.
»Der Bericht, den Sie an Ihre Zeitung geschickt haben«, sagte er, »wird wahrscheinlich von dem abweichen, was Sie hier unter Eid aussagen.«
»Das kommt ganz auf Ihren Standpunkt an«, entgegnete der junge Mann hitzig und wurde rot. »Ich habe Durchschlagpapier benutzt und besitze daher eine Kopie von dem, was ich an die Zeitung schickte. Es ist nicht als Reportage abgefaßt, dafür klingt es zu unglaubwürdig, sondern ich habe eine Geschichte daraus gemacht. Sie kann als Teil meiner eidlichen Aussage benutzt werden.«
»Aber Sie sagten doch eben, sie sei unglaubwürdig?«
»Das kann Ihnen doch egal sein, Sir, wenn ich beschwöre, daß es eine wahre Geschichte ist.«
Der Richter blickte ein Weilchen stumm auf den Fußboden. Die Männer an den Seitenwänden der Hütte flüsterten untereinander, wandten aber ihre Blicke nur selten vom Gesicht der Leiche ab. Dann blickte der Richter wieder auf und sagte: »Wir wollen mit der Untersuchung fortfahren.«

Die Männer nahmen die Hüte ab, und der Zeuge wurde vereidigt.
»Wie heißen Sie?« fragte der Richter.
»William Harker.«
»Alter?«
»Siebenundzwanzig.«
»Und Sie kannten den verstorbenen Hugh Morgan?«
»Ja.«
»Sie waren bei ihm, als er starb?«
»In der Nähe.«
»Wie kam es dazu – ich meine, daß Sie dabei waren?«
»Ich war zu Besuch hier, um mit ihm zu fischen und zu jagen. Doch ein Teil meiner Absicht war es auch, ihn und seine seltsame, zurückgezogene Lebensweise zu beobachten. Er schien mir ein gutes Vorbild für einen Helden in einer Erzählung zu sein. Ich schreibe nämlich manchmal Erzählungen.«
»Und ich lese sie manchmal.«
»Besten Dank!«
»Erzählungen ganz allgemein – nicht gerade Ihre.«
Ein paar Geschworene lachten. Vor einem düsteren Hintergrund hebt sich der Humor stets um so greller ab. In einer Schlachtenpause lachen die Soldaten viel leichter, und ein Scherz in einem Zimmer mit einem Toten wirkt so unwiderstehlich auf die Lachmuskeln, weil ihn niemand dort erwartet.
»Schildern Sie die Umstände beim Tode dieses Mannes!« sagte der Untersuchungsrichter. »Sie können nach Belieben all ihre Notizen und Aufzeichnungen benutzen!«
Der Zeuge verstand den Hinweis. Er zog ein Manuskript aus der Brusttasche, hielt es nah an die Kerze und blätterte darin, bis er die gesuchte Stelle gefunden hatte. Dann begann er zu lesen.

II

WAS IM WILDHAFER PASSIEREN KANN

»... Die Sonne war gerade eben aufgegangen, als wir das Haus verließen. Wir wollten Wachteln schießen und hatten jeder eine Flinte, aber nur einen Hund. Morgan sagte, die günstigste Gegend liege hinter einer bestimmten Hügelkette, auf die er deutete, und wir überquerten sie auf einem Pfad, der durch immergrünes Gestrüpp führte. Auf der andern Seite war der Boden verhältnismäßig eben und dicht mit Wildhafer bestanden. Als wir aus dem Gestrüpp herauskamen, war Morgan nur ein paar Schritte vor mir. Plötzlich hörten wir ein wenig rechts und ziemlich dicht vor uns ein Geräusch wie von einem Tier, das sich durch die Büsche zwängt, die sich heftig bewegten.

›Wir haben ein Reh aufgescheucht!‹ flüsterte ich. ›Ich wünschte, wir hätten ein Gewehr mitgenommen!‹

Morgan war stehengeblieben und beobachtete die sich bewegenden Büsche; er sagte aber nichts, sondern hatte beide Läufe seiner Flinte gespannt und hielt sie schußbereit. Ich fand, daß er ein bißchen aufgeregt war, was mich wunderte, weil er im Ruf stand, ungewöhnlich kaltblütig zu sein, sogar im Augenblick einer unmittelbar drohenden Gefahr.

›Aber hör mal‹, sagte ich, ›du wirst doch nicht ein Reh mit Wachtelschrot vollpumpen?‹

Er antwortete noch immer nicht, aber bei einem Blick auf sein Gesicht, als er es mir zuwandte, fiel mir die gespannte Miene auf. Da begriff ich, daß wir uns in einer ernsten Lage befanden, und mein erster Gedanke war, wir hätten einen Grislybären aufgestöbert. Ich trat neben Morgan und spannte dabei meine Flinte.

Die Büsche waren jetzt ganz reglos, die Geräusche hatten aufgehört, aber Morgan musterte die Stelle noch ebenso scharf wie vorher.

›Was ist es? Was zum Kuckuck ist es denn?‹ fragte ich.
›Das Verfluchte Ding!‹ erwiderte er, ohne den Kopf umzudrehen.
Ich wollte gerade weitersprechen, da sah ich, wie sich der Wildhafer in der Nähe der seltsamen Stelle ganz unerklärlich heftig bewegte. Ich kann es kaum beschreiben. Es sah aus, als würde der Wildhafer von einem Lufthauch gestreift, der nicht nur mit ihm spielte, sondern ihn so stark zu Boden drückte, ja preßte, daß er sich nicht wieder aufrichten konnte. Und diese Bewegung pflanzte sich fort und rückte direkt auf uns zu.
Ich hatte noch nie etwas gesehen, das mich so merkwürdig berührte wie dieses unbekannte und unerklärliche Phänomen, aber ich kann mich nicht erinnern, daß ich Angst hatte. Ich entsinne mich – und ich schalte es hier ein, weil es mir seltsamerweise gerade dort in den Sinn kam –, daß ich einmal, als ich zufällig aus einem offenen Fenster schaute, von einem kleinen Baum in der Nähe glaubte, er gehöre zu einer entfernteren Gruppe größerer Bäume. Er wirkte genauso groß wie die andern, war aber im Laubwerk und in den Einzelheiten deutlicher und schien deshalb nicht zu ihnen zu passen. Es war bloß eine optische Täuschung der Perspektive, aber ich erschrak und war beinah entsetzt. Wir vertrauen dem ordentlichen Ablauf bekannter Naturgesetze so sehr, daß jede scheinbare Aufhebung uns wie eine Bedrohung unsrer Sicherheit vorkommt. Genauso beunruhigend war die scheinbar grundlose Bewegung der Halme und das langsame, unbeirrbare Näherrücken der Bewegung. Mein Gefährte schien sich wirklich zu fürchten, und ich traute meinen Augen nicht, als ich sah, wie er plötzlich die Flinte an die Schulter riß und beide Läufe auf den sich bewegenden Wildhafer abfeuerte! Noch ehe sich der Rauch der Schüsse verzogen hatte, hörte ich einen lauten Schrei, ein Gebrüll wie von einem Raubtier – und Morgan warf seine Flinte hin,

sprang weg und floh. Im nämlichen Augenblick wurde ich heftig zu Boden gestoßen, und zwar durch den Zusammenprall mit einer weichen, schweren, im Rauch nicht erkennbaren Substanz, die anscheinend mit großer Wucht auf mich geschleudert wurde.

Bevor ich wieder auf die Füße kam und meine Flinte packen konnte, die mir wohl aus den Händen geschlagen worden war, hörte ich Morgan wie in Todesängsten losschreien, und in seine Schreie mischten sich heisere, wilde Geräusche, wie man sie bei kämpfenden Hunden vernimmt.

Ich war unsagbar erschrocken, rappelte mich mühsam hoch und schaute in die Richtung, wohin sich Morgan geflüchtet hatte. Aber möge mich der Himmel in seiner Gnade verschonen und mich einen derartigen Anblick nicht noch einmal erleben lassen! In einer Entfernung von knapp dreißig Schritten sah ich meinen Freund, auf einem Bein kniend, den Kopf grauenhaft abgewinkelt, ohne Hut, und das lange Haar zerzaust, während der ganze Körper wild hin und her und vor- und zurückschwankte. Den rechten Arm hatte er erhoben, er schien ohne Hand zu sein, wenigstens konnte ich sie nicht entdecken. Der andre Arm war nicht zu sehen. Manchmal konnte ich, wie mir mein Gedächtnis jetzt diese Szene vorspielt, nur einen Teil des Körpers erkennen: es war, als wäre er stückweise ausgelöscht worden – anders kann ich es nicht beschreiben –, und dann machte ein Wechsel in seiner Körperhaltung alles wieder sichtbar.

Das Ganze muß sich innerhalb weniger Sekunden abgespielt haben, obwohl Morgan während dieser Zeitspanne sämtliche Stellungen eines verbissen Ringenden einnahm, der von einem schweren und starken Gegner besiegt wird. Ich sah aber nur ihn, und auch er war nicht immer deutlich zu erkennen. Während des ganzen Vorfalls hörte ich seine Schreie und Flüche, jedoch überlagert von einem Getöse

solcher Wut und Raserei, wie ich sie noch nie aus einer menschlichen oder tierischen Kehle vernommen habe.
Nur einen Augenblick stand ich unentschlossen da, dann warf ich meine Flinte weg und lief meinem armen Freund zu Hilfe. Halb war ich der Meinung, daß er einen Anfall habe oder an Krämpfen litte. Ehe ich bei ihm eintraf, lag er auf dem Boden und war still. Alle Geräusche waren verstummt, aber mit einem Grauen, das nicht einmal der gräßliche Kampf mir eingeflößt hatte, erblickte ich jetzt wieder die geheimnisvolle Bewegung im Wildhafer, die sich vom niedergetrampelten Bezirk um den am Boden liegenden Freund bis zum Rande eines Wäldchens fortpflanzte. Erst, als ›es‹ das Gehölz erreicht hatte, brachte ich es über mich, den Blick abzuwenden und auf meinen Gefährten zu schauen. Er war tot.«

III

AUCH EIN NACKTER KANN IN FETZEN LIEGEN

Der Richter erhob sich von seinem Platz und trat zu dem Toten. Er hob einen Zipfel des Leintuchs hoch, zog es weg und entblößte den ganzen Körper, der völlig nackt und im Kerzenschimmer von einer lehmgelben Farbe war. Er hatte jedoch große blauschwarze Flecke, offenbar durch Prellungen verursachte Blutergüsse. Die Brust und die Seiten sahen aus, als wären sie mit einer Keule bearbeitet worden. Die Fleischwunden waren furchtbar, und die Haut war in Streifen und Fetzen abgerissen.
Der Untersuchungsrichter begab sich ans Ende des Tisches und entfernte ein seidenes Tuch, das auf dem Kopf verknotet war und den Unterkiefer festhielt. Durch das Wegnehmen des Tuches wurde sichtbar, was ehedem die Kehle gewesen war. Einige der Geschworenen, die aufge-

standen waren, um besser sehen zu können, bereuten ihre Neugier und wandten das Gesicht ab. Der Zeuge Harker trat ans offene Fenster und lehnte sich über das Fensterbrett, weil ihm schwach und übel wurde. Der Richter ließ das Taschentuch auf die Kehle des Toten fallen und ging zu einer Ecke des Zimmers; von einem Kleiderhaufen nahm er ein Stück nach dem andern und hielt jedes zur Besichtigung einen Augenblick in die Höhe. Jedes war zerrissen und steif von Blut.

Die Geschworenen wünschten keine genauere Besichtigung. Sie schienen ziemlich uninteressiert zu sein, da sie alles schon vorher gesehen hatten. Neu war für sie einzig die Aussage des Zeugen Harker.

»Gentlemen«, sagte der Untersuchungsrichter, »mehr Beweismaterial haben wir wohl nicht. Ihre Aufgabe ist Ihnen bereits erklärt worden. Wenn Sie keine weiteren Fragen haben, können Sie hinausgehen und über Ihren Urteilsspruch beraten.«

Der Obmann erhob sich – ein großer, bärtiger Mann, etwa sechzig Jahre alt und bäuerlich gekleidet.

»Ich hätte eine Frage, Herr Richter«, sagte er. »Aus was für einem Irrenhaus ist der Zeuge ausgerissen?«

»Mr. Harker«, fragte der Richter mit ruhigem Ernst, »aus was für einem Irrenhaus sind Sie ausgerissen«?

Harker wurde wieder rot, sagte aber nichts, und die sieben Geschworenen standen auf und gingen feierlich der Reihe nach aus der Hütte.

»Wenn Sie mich nicht noch weiter beleidigen wollen, Sir«, sagte Harker, sowie er und der Beamte mit dem Toten allein waren, »steht es mir wohl frei, wieder wegzugehen?«

»Ja.«

Harker wandte sich zum Gehen, doch als er schon die Hand auf der Klinke hatte, blieb er stehen. Seine Berufszwänge waren stark ausgeprägt, stärker als sein Gefühl für persönliche Würde. Er drehte sich halb um und sagte:

KB
2/21/90

»Das Buch, das Sie da haben, ist mir bekannt. Es ist Morgans Tagebuch! Sie scheinen sich sehr dafür zu interessieren. Ich habe gesehen, daß Sie darin lasen, während ich meine Aussage machte. Darf ich es sehen? Die Öffentlichkeit wäre sehr ...«

»Das Buch spielt überhaupt keine Rolle in dieser Angelegenheit«, sagte der Beamte und ließ es in seine Jackentasche gleiten. »Die Eintragungen wurden alle vor dem Tod des Schreibenden gemacht.«

Als Harker das Haus verließ, kehrten die Geschworenen wieder zurück und stellten sich um den Tisch, auf dem sich der jetzt wieder bedeckte Leichnam deutlich unter dem Laken abzeichnete. Der Obmann setzte sich neben die Kerze, holte einen Bleistift und ein Stück Papier aus seiner Tasche und schrieb etwas umständlich den Urteilsspruch auf, den die andern mit unterschiedlichen Anstrengungen unterzeichneten: »Wir, die Leichenschau-Kommission, befinden, daß die sterblichen Überreste sind zu Tode gekommen von der Hand von einem Berglöwen, doch manche von uns denken, trotzdem muß er auch Krämpfe gehabt haben.«

IV

EINE ERKLÄRUNG AUS DEM GRABE

Das Tagebuch des verstorbenen Hugh Morgan enthält gewisse interessante Eintragungen, die möglicherweise als Hinweis von wissenschaftlichem Wert sind. Bei der gerichtlichen Leichenschau wurde das Buch nicht als Beweismaterial vorgelegt; vielleicht hielt der Untersuchungsrichter es nicht für der Mühe wert, die Geschworenen damit zu verwirren. Das Datum der ersten Eintragungen kann nicht festgestellt werden, weil der obere Teil der Seite weggerissen wurde. Die restliche Eintragung lautet folgendermaßen:

»… lief in einem Halbkreis herum, hatte dabei den Kopf dem Zentrum zugewandt und blieb dann wieder stehen, um wütend zu bellen. Endlich lief er, so schnell er konnte, ins Gebüsch. Habe zuerst gedacht, er hätte die Tollwut, aber auf dem Heimweg fand ich sein Verhalten nur insoweit verändert, wie es auf die Angst vor der Bestrafung zurückzuführen war.«

»Kann ein Hund mit seiner Nase *sehen*? Prägen Gerüche einem Gehirnzentrum Bilder auf, die von einem Ding verströmt werden?«

»2. Sept. – Als ich gestern abend beobachtete, wie die Sterne über dem Hügelkamm östlich vom Haus aufstiegen, bemerkte ich, wie sie der Reihe nach von links nach rechts verschwanden. Jeder war nur einen Augenblick verfinstert, und immer nur ein paar zur gleichen Zeit, aber längs der ganzen Linie des Hügelkamms waren alle, die etwa ein bis zwei Grad über dem Kamm standen, wie ausgelöscht. Es war, als hätte sich etwas zwischen mich und die Sterne geschoben, aber ich konnte es nicht sehen, und die Sterne waren nicht so nah beisammen, daß ich seine Umrisse hätte bestimmen können. Puh! Das gefällt mir gar nicht!«

Dann fehlen die Eintragungen von mehreren Wochen, da drei Blätter aus dem Tagebuch herausgerissen wurden.

»27. Sept. – Es ist wieder hier zugange gewesen. Jeden Tag finde ich Beweise, daß es hier war. Die ganze letzte Nacht habe ich in Deckung gelegen und ihm aufgelauert, die Flinte im Anschlag, doppelt mit Rehposten geladen. Am Morgen waren wieder frische Fußspuren da, genau wie vorher schon. Dabei hätte ich schwören können, daß ich nicht eingenickt war: ich schlafe ja ohnehin kaum noch. Es ist gräßlich, unerträglich! Wenn die erstaunlichen Beobachtungen Wirklichkeit sind, bin ich im Begriff, verrückt zu werden – und wenn ich sie mir nur einbilde, bin ich's bereits.«

»3. Okt. – Ich gehe nicht weg, es soll mich nicht vertreiben! Nein, es ist doch *mein* Haus und *mein* Land. Feiglinge werden von Gott verabscheut …«
»5. Okt. – Ich kann's nicht mehr aushalten! Habe Harker eingeladen, ein paar Wochen bei mir zu verbringen, er hat einen nüchternen Verstand. Aus seinem Verhalten kann ich ablesen, ob er mich für verrückt hält.«
»7. Okt. – Ich habe die Lösung des Rätsels gefunden, gestern abend ist sie mir eingefallen, ganz plötzlich, wie eine Offenbarung! Wie einfach, wie furchtbar einfach!
Es gibt Geräusche, die wir nicht hören können. An beiden Enden der Skala gibt es Töne, die keine Saite unsres Ohrs, dieses unvollkommenen Instruments, berühren. Sie liegen zu hoch oder zu tief. Ich habe einen Schwarm Amseln beobachtet, die einen ganzen Wipfel, sogar mehrere Wipfel, besetzt hatten, und alle sangen aus voller Kehle. Plötzlich – innerhalb von kaum einer Sekunde – in genau demselben Augenblick schwirren alle in die Luft und fliegen davon. Weshalb? Nicht alle konnten einander sehen, dichte Baumwipfel waren dazwischen. An keinem Punkt konnte ihr Führer für *alle* sichtbar sein. Es muß ein Warnruf oder ein Kommando gewesen sein, das laut und schrill über dem allgemeinen Gezwitscher aufstieg, aber für mich unhörbar war. Dasselbe gleichzeitige Losfliegen habe ich auch bemerkt, wenn alle schwiegen – und nicht bloß bei Amseln, sondern auch bei andern Vögeln, wie zum Beispiel bei Wachteln, die durch Büsche voneinander getrennt waren, ja sogar zu beiden Seiten eines Hügels saßen.
Seeleuten ist es bekannt, daß Walfische, die sich an der Oberfläche des Meeres sonnen oder tummeln – meilenweit voneinander getrennt, zwischen ihnen die Erdkrümmung –, manchmal alle in demselben Augenblick tauchen, alle im Nu verschwunden sind. Das Signal war gegeben worden, zu tief, um das Ohr des Matrosen im Mastkorb

und das seiner Kameraden an Deck zu erreichen, obwohl sie die Vibration des Schiffs spüren, wie ja auch die Steine einer Kathedrale unter dem Dröhnen der Orgelbässe mitschwingen.
Und wie bei den Tönen, so ist es auch bei den Farben. An beiden Enden des Sonnenspektrums kann der Wissenschaftler das Vorhandensein von Strahlen feststellen, die als ›aktinische‹ Strahlen bekannt sind. Sie repräsentieren Farben – im unzerlegten Licht enthaltene Farben –, die wir nicht wahrnehmen können. Das menschliche Auge ist ein unvollkommenes Instrument, sein Sehvermögen umfaßt nur ein paar Oktaven des wirklichen Farbenspektrums. Ich bin nicht verrückt: es gibt Farben, die wir nicht sehen können.
Und so eine Farbe – Gott steh mir bei! – hat das Verfluchte Ding!«

Haïta, der Schafhirte

Im Herzen Haïtas waren die Illusionen der Jugend nicht durch Alter und Erfahrung getrübt worden. Seine Gedanken waren rein und heiter, denn sein Leben war einfach, und seine Seele war nicht von Ehrgeiz zerfressen. Er erhob sich mit der Sonne und ging hinaus, am Altar Hasturs zu beten, der Hirtengöttin, die ihn hörte und erfreut war. Nachdem Haïta den frommen Ritus vollzogen hatte, entriegelte er das Gatter des Pferchs und trieb mit fröhlichem Herzen seine Herde ins Freie, verzehrte im Gehen sein Morgenmahl aus Haferbrot mit Quark und blieb dann und wann stehen, ein paar taufrische Beeren naschend oder vom Wildbach trinkend, dessen Wasser von den Bergen heruntersprang, um sich mit dem Fluß in der Mitte des Tals zu vereinen und weggetragen zu werden – wohin, das wußte er nicht.

Während des langen Sommertags, wenn seine Schafe das gute Gras abknusperten, das die Götter für sie hatten wachsen lassen, oder wenn sie mit unter der Brust gefalteten Vorderbeinen dalagen und wiederkäuten, lehnte Haïta im Schatten eines Baums, oder er saß auf einem Felsen und spielte auf seiner Rohrflöte eine so liebliche Musik, daß er manchmal aus dem Augenwinkel einen flüchtigen Blick auf die kleinen Waldgottheiten erhaschte, die aus dem Dickicht hervorspähten, um ihm zuzuhören; doch sowie er offen hinsah, waren sie verschwunden. Daraus zog er den gewichtigen Schluß – denn denken mußte er ja, wollte er nicht zu einem seiner eigenen Schafe werden –, daß das Glück kommt, wenn man ihm nicht nachjagt; doch wenn man es sucht, findet man es nie. Denn nächst Hastur und ihrer Gunst, die sich ihm nie zeigte, schätzte Haïta die freundliche Anteilnahme seiner Nachbarn, der scheuen Unsterblichen in Wald und Wasser. Bei Anbruch der Nacht trieb er seine Herde wieder in den Pferch, vergewisserte sich, daß das Gatter gut verschlossen war, und zog sich in seine Höhle zurück, um sich zu laben und zu träumen.

So verging sein Leben – tagaus, tagein, ausgenommen, wenn die Stürme den Zorn eines beleidigten Gottes verkündeten. Dann kauerte Haïta in seiner Höhle, bedeckte das Gesicht mit den Händen und betete, daß er allein für seine Sünden gestraft und die Welt vor der Zerstörung bewahrt werden möge. Manchmal, wenn ein starker Regen fiel, der Bach über seine Ufer trat und er gezwungen war, seine entsetzte Herde auf die Höhen zu treiben, dann legte er Fürsprache ein für die Menschen in den Städten, die, wie er gehört hatte, im Tiefland jenseits der blauen Berge wohnten, die den Einlaß zu seinem Tal bildeten.

»Du bist sehr gütig, o Hastur«, betete er, »mir die Höhen so nah bei meiner Behausung und bei meinem Pferch zu schenken, so daß ich und meine Schafe den wütenden Sturzbächen entfliehen können; aber die übrige Menschheit mußt du selbst auf irgendeine unvorstellbare Art erretten, sonst werde ich dich nicht länger anbeten.«

Und Hastur wußte, daß Haïta ein Jüngling war, der zu seinem Wort stand, und verschonte die Städte und sandte die Wasser ins Meer.

So hatte Haïta gelebt, solange er denken konnte. Eine andre Art zu leben konnte er sich nicht recht vorstellen. Der fromme Einsiedler, der eine volle Tagesreise entfernt am Ende des Tales wohnte und von dem er von großen Städten gehört hatte und von Menschen, die darin wohnten – armen Seelen, die keine Schafe besaßen –, dieser Einsiedler erzählte ihm nichts von der ersten Zeit, als er klein und hilflos wie ein Lamm gewesen sein mußte.

Indem er über all diese Geheimnisse und Wunder nach-

dachte und über die grausame Umwandlung zu Schweigen und Zerfall, die bestimmt eines Tages auch ihm bevorstand, wie er es bei so vielen Tieren seiner Herde miterlebt hatte und wie es allem, was lebte, bevorstand, mit Ausnahme der Vögel, wurde es Haïta zum erstenmal bewußt, wie elend und hoffnungslos sein Schicksal war.
»Es ist notwendig«, sagte er sich, »daß ich weiß, woher ich gekommen bin, und wie es geschah. Denn wie kann man seine Pflicht erfüllen, wenn man nicht beurteilen kann, wieso man mit ihr betraut wurde? Und wie kann ich jemals zufrieden sein, wenn ich nicht weiß, wie lange dieser Zustand anhält? Vielleicht soll ich schon vor dem nächsten Sonnenaufgang umgewandelt werden, und was wird dann aus den Schafen? Ja, was wird überhaupt aus mir?«
Als Haïta über diese Fragen nachdachte, wurde er schwermütig und mürrisch. Er sprach nicht mehr fröhlich mit seiner Herde, lief auch nicht munter zum Altar der Hastur. In jedem Windhauch vernahm er das Wispern böser Gottheiten, deren Vorhandensein er jetzt zum erstenmal bemerkte. jede Wolke war ein Omen, das Unheil vorhersagte, und das Dunkel war voller Schrecken. Setzte er seine Rohrflöte an die Lippen, dann entfloh ihr keine holde Melodie, sondern eine traurige Klage; die Wald- und Wassergottheiten drängten sich nicht mehr ins Dickicht, um zu lauschen, sondern sie flohen vor den Klängen, was er an den aufgescheuchten Blättern und den geduckten Blüten erkannte. Seine Wachsamkeit ließ nach, und manche seiner Schafe verirrten sich auf den Hügeln und gingen verloren. Die andern, die übrigblieben, waren mager und krank, weil es ihnen an gutem Weideland fehlte, denn er suchte es nicht mehr für sie aus, sondern führte sie tagein, tagaus auf dieselbe Stelle – rein aus Zerstreutheit, weil er über Leben und Tod nachgrübelte. Von der Unsterblichkeit hatte er nie gehört.
Eines Tages, als er sich den düstersten Gedanken über-

ließ, sprang er plötzlich von dem Felsen hoch, auf dem er gesessen hatte, und rief mit entschlossener Handbewegung: »Nicht länger will ich nach Wissen lechzen, das die Götter mir vorenthalten! Mögen sie nur achtgeben, daß sie mir nicht Unrecht tun! Ich werde meine Pflicht erfüllen, so gut ich's verstehe, und wenn ich fehlgehe, möge es auf ihr Haupt kommen!«

Noch während er sprach, senkte sich unversehens ein großer Glanz hernieder, so daß er emporblickte, weil er glaubte, die Sonne sei aus einer Wolkenbank hervorgebrochen – aber es waren keine Wolken am Himmel. Kaum auf Armes Länge von ihm entfernt stand ein wunderschönes Mädchen. So herrlich war sie, daß die Blumen zu ihren Füßen verzweifelt die Blütenblätter schlossen und demütig die Köpfe beugten, und so lieblich war ihr Anblick, daß die wilden Bienen ihre Lippen umschwärmten und die singenden Vögel sie umflatterten und ihre durstigen Schnäbel in sie versenken wollten. Und so strahlend war der Glanz, daß aller Dinge Schatten vor ihren Füßen entfloh und sich abwandte, als sie sich bewegte.

Haïta war entzückt. Anbetend kniete er vor ihr nieder, und sie legte ihre Hand auf seinen Kopf.

»Laß!« sagte sie mit einer Stimme, in der die Musik aller Glöckchen seiner Herde mitschwang, »laß, du sollst mich nicht anbeten, denn ich bin keine Göttin, aber wenn du wahr und pflichtgetreu bist, will ich bei dir bleiben.«

Haïta ergriff ihre Hand, sprach stammelnd von seiner Freude und Dankbarkeit und erhob sich. Hand in Hand standen sie da und blickten sich lächelnd in die Augen. Er betrachtete sie ehrfürchtig und hingerissen. »Ich bitte dich, du Holde«, flehte er sie an, »sag mir deinen Namen, und woher du kamst, und warum!«

Da legte sie warnend den Finger auf die Lippen und begann zurückzuweichen. Mit ihrer Schönheit ging eine sichtbare Veränderung vor, die ihn erschauern ließ, er

wußte nicht, weshalb, denn sie war noch immer schön. Ein riesiger Schatten jagte mit der Geschwindigkeit eines Geiers über das Tal und verdunkelte die Landschaft. Im düsteren Licht wurde auch die Gestalt des Mädchens trübe und undeutlich, und ihre Stimme schien aus weiter Ferne zu kommen, als sie traurig und vorwurfsvoll zu Haïta sagte: »Anmaßender und undankbarer Jüngling! Muß ich dich so bald schon verlassen? Warum mußtest du nur das ewige Bündnis brechen?«
Haïta war unsagbar bekümmert, fiel auf die Knie und flehte sie an, bei ihm zu bleiben. Er stand auf und suchte sie in der zunehmenden Finsternis, lief hierhin und dorthin und rief laut nach ihr, aber es war alles vergeblich. Sie war nicht mehr zu sehen, doch aus der Dunkelheit hörte er ihre Stimme, die zu ihm sagte:
»Nein, dein Suchen soll dir nichts nützen! Geh wieder an deine Pflicht, treuloser Schäfer, sonst werden wir uns niemals wiedersehen!«
Die Nacht war hereingebrochen, in den Bergen heulten die Wölfe, und die erschrockenen Schafe scharten sich um Haïta. Über dem Gebot der Stunde vergaß er seine große Enttäuschung und trieb seine Schafe in den Pferch, ging zum Altar und dankte Hastur aus vollem Herzen, weil sie es zugelassen hatte, daß er seine Herde rettete. Dann zog er sich in seine Höhle zurück und schlief.
Als Haïta erwachte, stand die Sonne hoch am Himmel, schien in die Höhle hinein und erhellte sie mit ungewohntem Strahlenglanz. Denn neben ihm saß das Mädchen! Sie lächelte mit einem so holden Lächeln auf ihn nieder, daß es ihm wie sichtbar gewordene Musik aus seiner Rohrflöte vorkam. Er wagte nicht zu sprechen, weil er fürchtete, sie wieder zu beleidigen, und nicht wußte, was er zu ihr sagen durfte.
»Weil du deine Pflicht bei der Herde erfüllt hast«, sagte sie, »und nicht vergessen hast, Hastur dafür zu danken,

daß sie in der Nacht die Wölfe fernhielt, bin ich zu dir zurückgekehrt. Willst du mich als Gefährtin haben?«

»Wer wollte dich nicht auf ewig haben?« erwiderte Haïta. »Oh, verlaß mich nie, nie wieder, bis ich eines Tages umgewandelt und stumm und still bin!«

Das Wort »Tod« war Haïta unbekannt.

»Ich wünschte wirklich«, fuhr Haïta fort, »du wärst von demselben Geschlecht wie ich, so daß wir miteinander ringen und um die Wette laufen könnten und niemals unsres Beisammenseins überdrüssig würden!«

Bei diesen Worten erhob sich das Mädchen und verließ die Höhle, und Haïta sprang von seinem Lager duftender Zweige in die Höhe, um sie einzuholen und festzuhalten, aber zu seiner Verwunderung merkte er, daß der Regen niederströmte und der Fluß in der Mitte des Tals über die Ufer getreten war. Die Schafe blökten entsetzt, denn das Hochwasser hatte ihren Pferch erreicht. Und die unbekannten Städte in der fernen Ebene schwebten in großer Gefahr.

Es dauerte viele Tage, bis Haïta das Mädchen wiedersah. Eines Tages kehrte er vom Ende des Tals zurück; er hatte dem frommen Einsiedler Milch und Haferbrot und Beeren gebracht, denn der Greis war zu alt und zu schwach, um sich selber Nahrung zu beschaffen.

»Der arme Alte!« rief Haïta laut, als er heimwärts trabte. »Morgen werde ich wieder hinaufgehen und ihn auf meinem Rücken bergab in meine Höhle tragen, denn dort kann ich für ihn sorgen. Bestimmt hat mich Hastur all die vielen Jahre zu diesem Zweck erzogen und mir Gesundheit und Kraft verliehen.«

Als er noch sprach, begegnete ihm auf dem Wege das in glitzernde Gewänder gehüllte Mädchen und schenkte ihm ein Lächeln, daß ihm der Atem stockte.

»Ich bin wieder hier«, sagte sie, »um bei dir zu wohnen, falls du mich jetzt haben willst, denn sonst will mich

niemand. Vielleicht hast du an Weisheit zugenommen und bist bereit, mich zu nehmen, wie ich bin, ohne zu fragen.«
Haïta warf sich ihr zu Füßen. »Herrliches Wesen!« rief er, »geruhe doch, mein Herz und meine Seele in all ihrer Ergebenheit anzunehmen, sie gehören – nach Hastur – dir allein! Aber ach, du bist launisch und wetterwendisch! Noch vor der nächsten Sonne könnte ich dich wieder verlieren. Versprich mir, ich flehe dich an, daß du mir verzeihst und ewig bei mir bleiben wirst, auch wenn ich dich in meiner Unwissenheit beleidige!«
Kaum hatte er die Worte geäußert, da kamen Bären in Scharen mit blutroten Schnauzen von den Bergen herunter und rasten mit feurigen Augen auf ihn zu. Das Mädchen war wieder verschwunden, und Haïta drehte sich um und floh, um sein Leben zu retten. Er blieb erst stehen, als er die Schlafbank des frommen Einsiedlers erreichte, den er gerade verlassen hatte. Hastig verriegelte er die Tür und sperrte die anstürmenden Bären aus, und dann warf er sich auf den Boden und weinte.
»Mein Sohn«, sagte der Einsiedler, der auf dem Heu lag, das Haïtas Hände erst am Morgen frisch eingesammelt hatten, »es steht dir nicht zu, um Bären zu weinen! Erzähl mir, was für ein Kummer dir widerfahren ist, damit das Alter die Wunden der Jugend mit dem Balsam heilt, der ihm aus der Weisheit kam!«
Haïta erzählte ihm alles: wie er dreimal der strahlenden Jungfrau begegnet war und wie sie ihn dreimal verlassen hatte. Er schilderte, was geschehen war, und ließ kein Wort aus, das sie gesprochen hatten.
Als er geendet hatte, schwieg der fromme Einsiedler ein Weilchen, und dann sagte er: »Mein Sohn, ich habe mir deinen Bericht angehört, und ich kenne die Jungfrau. Ich habe sie selbst gesehen, und viele andre gleich mir. Wisse denn, daß der Name, den zu erfragen sie dir nicht erlaubte, GLÜCK heißt! Du hattest die reine Wahrheit ge-

sprochen, als du ihr sagtest, sie sei launisch, denn sie stellt Bedingungen, die kein Mensch erfüllen kann, und Ungehorsam bestraft sie mit böswilligem Verlassen. Sie kommt nur, wenn man ihr nicht nachläuft, und Fragen duldet sie nicht. Das kleinste Anzeichen von Neugier, die kleinste Spur von Bedenken oder der Ausdruck einer Befürchtung – und schon ist sie weg! Wie lange hattest du sie jedesmal, ehe sie davonfloh?«

»Nur einen Moment«, antwortete Haïta und errötete vor Scham ob des Eingeständnisses. »Jedesmal vertrieb ich sie nach einem einzigen Augenblick!«

»Unglücklicher Jüngling!« rief der fromme Einsiedler. »Wärst du nicht so taktlos gewesen, hättest du sie doppelt so lange haben können.«

Ein Einwohner Carcosas

Denn da sind mancherlei Arten Tod – solche, wobei der Leib bleibet, und solche, wobei er zusammen mit dem Geist enteilet. Solches geschieht meistens nur in der Einsamkeit (nach dem Willen Gottes), und weil niemand das Ende mit ansiehet, sagen wir, der Mensch ist verschwunden, oder er ist auf eine lange Reise gegangen – hat's ja in Wahrheit auch getan. Doch manchmal ist es geschehen vor den Augen vieler, wie es mannigfach bezeuget ward. Bei der andern Art Tod stirbt auch der Geist, und wurde bekannt, daß es also geschah, während der Leib noch viele Jahr in voller Lebenskraft wandelt. Manchmal, wie wahrhaftig bezeugt wird, stirbt der Geist mit dem Leibe zugleich, doch nach einiger Zeit erhebt er sich wieder und weilt an dem Ort, wo der Leib verweste.

Über diese Worte Halis (der in Gott ruhen möge) sann ich nach und grübelte ihrer vollen Bedeutung nach, wie jemand, der zwar eine Ahnung hat, jedoch zweifelt, ob nicht noch mehr dahinterstecke als nur das, was er begriffen hat. Und so gewahrte ich gar nicht, wohin ich mich verirrt hatte, bis ein jäher kalter Wind meine Wange streifte und den Sinn für meine Umgebung weckte. Ich bemerkte mit Erstaunen, daß alles fremd zu sein schien. Zu beiden Seiten erstreckte sich eine öde und einsame weite Ebene, die mit hohen, dürren Gräsern bestanden war und deren Rascheln und Raunen im herbstlichen Wind mir weiß der Himmel welche rätselhafte und beunruhigende Botschaft zutrug. In großen Abständen ragten düstere, seltsam ge-

formte Felsen daraus hervor, die untereinander in geheimem Einverständnis zu stehen und Blicke unheilvoller Bedeutung auszutauschen schienen, als reckten sie die Köpfe, um den Ausgang eines vorausgesehenen Ereignisses zu beobachten. Ein paar verdorrte Bäume hier und dort wirkten bei dieser böswillig stummen, verschwörerischen Erwartung wie die eigentlichen Anführer.
Es muß schon recht spät geworden sein, dachte ich, obwohl ich keine Sonne sah, und wenn ich auch spürte, daß die Luft rauh und kühl war, vermerkte mein Bewußtsein diese Tatsache eher mit dem Verstand als mit dem Körper, denn mir war nicht unbehaglich dabei. Über der ganzen trostlosen Gegend hing wie ein greifbarer Fluch ein Baldachin niedriger blaugrauer Wolken. In alledem barg sich eine Bedrohung und ein böses Omen, eine Anspielung auf Unheil, die Ankündigung eines Verhängnisses. Vögel, Insekten und anderes Getier fehlten. Der Wind seufzte in den kahlen Zweigen der abgestorbenen Bäume, und das graue Gras beugte sich nieder und wisperte der Erde ein furchtbares Geheimnis zu – doch sonst unterbrach kein Laut und keine Bewegung die grauenhafte Ruhe der trostlosen Gegend.
Im Gras bemerkte ich eine Anzahl verwitterter Steine, die offensichtlich mit Werkzeugen bearbeitet worden waren. Sie waren geborsten, von Moos überzogen und halb eingesunken. Einige lagen flach da, andre neigten sich schief nach links und rechts, und kein einziger stand aufrecht da. Es waren offenbar Grabsteine, doch die Gräber existierten nicht mehr, weder als Hügel noch als Grube: die Zeit hatte sie alle eingeebnet. Hier und da lagen noch solidere Blöcke herum und zeigten an, wo eine prunkvollere Ruhestätte oder ein stolzeres Grabmal einst kraftlosen Widerstand gegen die Vergänglichkeit geleistet hatte. So alt, so verschliffen und abgenutzt und verwittert schienen diese Überreste zu sein, und so vernachlässigt und verlassen

und vergessen dieser ganze Friedhof, daß ich mich für den Entdecker der Begräbnisstätte einer prähistorischen Rasse halten mußte, deren Name längst verschollen war. Ich war so erfüllt von meinen Überlegungen, daß ich mich eine Zeitlang nicht um die Folgen meines Erlebnisses gekümmert hatte, doch bald schon dachte ich: »Wie bin ich hierhergekommen?« Ein kurzes Nachdenken schien es ganz klarzumachen und gleichzeitig, wenn auch etwas beunruhigend, die merkwürdigen Eigenheiten zu erklären, mit denen meine Phantasie alles ausgeschmückt hatte, was ich sah oder hörte: ich war krank! Jetzt fiel es mir ein, daß ein heftiges Fieber mich hingestreckt hatte und daß meine Angehörigen mir gesagt hatten, ich hätte während meiner Fieberphantasien ständig nach Freiheit und Luft begehrt, und man habe mich im Bett festhalten müssen, damit ich nicht ins Freie flüchtete. Jetzt hatte ich mich der Wachsamkeit meiner Wärter entzogen und war hierhergewandert, zu diesen – ja, wohin? Ich konnte es nicht erraten. Sicher befand ich mich in einer beträchtlichen Entfernung von der Stadt, in der ich wohnte – von der alten und berühmten Stadt Carcosa.
Keinerlei Anzeichen menschlichen Lebens waren zu sehen oder zu hören – kein Rauch stieg auf, kein Wachhund bellte, keine Kuhherde blökte, kein Lärm spielender Kinder – nichts als diese düstere Grabstätte mit ihrer geheimnisvollen und beunruhigenden Atmosphäre, die meinem eigenen kranken Gehirn entstammte. Hatte ich vielleicht einen Fieberanfall, fern von menschlichem Beistand? War es nicht im Grunde *alles* eine Illusion meines Wahnsinns? Laut rief ich den Namen meiner Frauen und Söhne, streckte meine Hände aus, nach den ihren verlangend, selbst hier, wo ich zwischen morschen Steinen und dürrem Gras umherging.
Dann veranlaßte mich ein Geräusch hinter meinem Rükken, mich umzudrehen. Ein wildes Tier kam näher, ein

Luchs. Mir fuhr ein Gedanke durch den Kopf: wenn ich hier in der Einöde zusammenbreche, wenn das Fieber zurückkehrt und ich nicht weiterkann – dann wird mir die kleine Bestie an die Kehle springen! Ich stürzte darauf zu und schrie. Es zog gelassen an mir vorüber, keinen Schritt weit entfernt, und verschwand hinter einem Felsen.

Gleich darauf schien in nächster Nähe der Kopf eines Mannes aus dem Erdboden aufzutauchen. Er stieg den jenseitigen Hang eines Hügelchens hinan, dessen Kuppe sich kaum vom übrigen Niveau unterschied, und bald kam sein ganzer Körper in Sicht. Er hob sich vom grauen Wolkenhintergrund ab und war teils nackt, teils mit einem Fell bekleidet. Sein Haar war ungekämmt, sein Bart lang und zerzaust. In der Hand trug er Pfeil und Bogen, die andre hielt eine loderne Fackel mit einer langen schwarzen Rauchfahne. Er ging langsam und vorsichtig, als fürchte er in ein offenes Grab zu fallen, das unter dem hohen Gras versteckt war. Die seltsame Erscheinung überraschte mich, ohne mich zu beunruhigen, und ich lenkte meine Schritte so, daß ich ihm mit einem alltäglichen »Gott zum Gruß!« in die Quere kam.

Er kümmerte sich nicht darum und blieb auch nicht stehen.

»Guter Fremdling«, fuhr ich fort, »ich bin krank und habe mich verirrt. Ich flehe Euch an, zeigt mir den Weg nach Carcosa!«

Der Mann stimmte einen barbarischen Gesang in einer mir unbekannten Sprache an und ging weiter und verschwand.

Eine Eule auf dem Ast eines abgestorbenen Baums ließ ihren unheimlichen Ruf hören, und in der Ferne antwortete ihr eine andre. Als ich hochblickte, sah ich hinter einem Riß in den Wolken Aldebaran und die Hyaden! Das alles deutete auf Nacht hin – der Luchs, der Mann mit der Fackel und die Eule. Und doch sah ich – sah ich sogar die Sterne, ohne daß es dunkel war. Ich sah, war aber offen-

sichtlich selber weder zu sehen noch zu hören. Was für ein grauenhafter Bann umfing mich hier?
Ich setzte mich auf die Wurzel eines großen Baums, um ernsthaft zu überlegen, was zu tun sei. Daß ich wahnsinnig war, konnte ich nicht mehr bezweifeln, und doch entdeckte ich einen leisen Zweifel an meiner Überzeugung. Fieber hatte ich jedenfalls nicht die Spur, und überdies war da ein mir völlig fremdes Gefühl von Heiterkeit und Spannkraft – ein geistiges und körperliches Hochgefühl. Meine Sinne schienen geschärft; ich konnte die Luft als dichte Materie fühlen; ich konnte die Stille hören!
Eine große Wurzel des riesigen Baums, an den ich mich lehnte, hielt eine Steinplatte umklammert, die zum Teil in eine Höhlung hineinragte, die durch eine zweite Wurzel gebildet wurde. Dadurch war die Steinplatte teilweise vor der Witterung geschützt, obwohl auch sie stark beschädigt war. Ihre Kanten waren abgeschliffen und die Ecken abgerundet, die Oberfläche wies Sprünge und Löcher auf. Auf dem Boden ringsum glitzerten Glimmerstäubchen, Anzeichen ihres Zerfalls. Die Steinplatte hatte offenbar hinter einem Grab gestanden, aus dessen Erdreich vor undenklichen Zeiten der Baum hervorwuchs. Die starken Wurzeln des Baums hatten das Grab beraubt und die Steinplatte zu ihrem Gefangenen gemacht.
Ein Windstoß wehte ein paar dürre Blätter und Ästchen von der Oberfläche der Steinplatte. Ich sah das Flachrelief einer Inschrift und beugte mich darüber, um sie zu entziffern.
Großer Gott! Es war *mein* eigener voller Name! Das Datum *meiner* Geburt! Das Datum *meines* Todes! Ein flacher Sonnenstrahl beleuchtete die ganze Seite des Baumstamms, als ich entsetzt aufsprang. Am rosigen Osthimmel ging die Sonne auf. Ich stand zwischen dem Baumstamm und der riesigen roten Scheibe – aber kein Schatten fiel auf den Stamm!

Ein Chor heulender Wölfe begrüßte den Morgen. Ich sah sie auf ihren Hinterläufen hocken, einzeln und in Gruppen, zuoberst auf unregelmäßigen Kuppen und Hügelgräbern, die einen Teil meiner Wüstenlandschaft einnahmen und sich bis zum Horizont ausdehnten. Da wußte ich: das hier waren die Ruinen der alten und berühmten Stadt Carcosa!

* * *

Solches sind die Tatsachen, die dem Medium Bayrolles vom Geist Hoseib Alar Robardin mitgeteilt wurden.

Der Fremde

Ein Mann trat aus dem Dunkel in den kleinen, hellen Kreis unsres zusammensinkenden Lagerfeuers und setzte sich auf einen Stein.

»Ihr seid nicht die ersten, die das Gelände hier erforschen«, sagte er ernst.

Niemand widersprach seiner Behauptung: er war selber der beste Beweis, daß er damit recht hatte, denn er gehörte nicht zu unserer Gruppe und mußte irgendwo in der Nähe gewesen sein, als wir unser Lager aufschlugen. Überdies mußte er Kameraden in der Nähe haben, denn es war keine Gegend, in der man allein leben oder herumreisen konnte. Klapperschlangen und Krötenechsen waren die einzigen Lebewesen, die wir – ausgenommen uns selbst und unsre Tragtiere – seit über einer Woche zu Gesicht bekommen hatten. Nur mit solchen Geschöpfen kann man aber in einer Arizona-Wüste nicht lange in Lebensgemeinschaft existieren: man muß Tragtiere, Vorräte und Waffen haben, eine regelrechte Ausrüstung. Und das alles bedingt Kameraden. Vielleicht waren es leise Zweifel, was für eine Art Männer die Kameraden dieses so zwanglos auftretenden Fremden sein mochten, sowie etwas in seinen Worten, das man als Herausforderung auffassen konnte – jedenfalls fühlte sich jeder einzelne von uns »Gentleman-Abenteurern« veranlaßt, sich aufzurichten und die Hand auf eine Waffe zu legen – eine Bewegung, die dort und damals Vorbeugungsmaßnahme war. Der Fremde beachtete es nicht. Er begann wieder mit derselben vorsätzlich eintönigen Redeweise zu sprechen, mit der er uns schon seinen ersten Satz vorgetragen hatte: »Vor dreißig Jahren überquerten wir, Ramon Gallegos,

William Shaw, George W. Kent und Berry Davis, alle aus Tucson, das Santa Catalina-Gebirge und zogen, soweit es die Bodenformation zuließ, strikt westwärts. Wir waren Goldschürfer und wollten, wenn wir nichts fanden, an einer Stelle in der Nähe von Big Bend zum Gila River vorstoßen, wo es, wie wir gehört hatten, eine Siedlung geben sollte. Wir hatten eine gute Ausrüstung, aber keinen Führer. Wir waren nur unser vier: Ramon Gallegos, William Shaw, George W. Kent und Berry Davis.«
Der Mann wiederholte die Namen langsam und deutlich, wie um sie dem Gedächtnis seiner Zuhörer gut einzuprägen, von denen ihn jetzt jeder einzelne aufmerksam beobachtete, jedoch mit nachlassender Besorgnis in bezug auf seine Kameraden, falls sie vielleicht irgendwo in der Finsternis steckten, die uns jetzt wie eine schwarze Mauer einschloß.
Im Verhalten dieses selbsterkorenen Chronisten deutete nichts auf unfreundliche Absichten hin. Eher kam er uns wie ein harmloser Idiot vor – und nicht wie ein Feind. Wir waren nicht gar so große Neulinge im Land, um nicht zu wissen, daß das einsame Leben manch eines Präriebewohners leicht dazu führte, Überspanntheiten in Betragen und Charakter zu fördern, die sich nicht ohne weiteres von Irresein unterscheiden lassen. Ein Mann gleicht einem Baum: in einem Forst mit vielen seiner Kameraden wird er geradewachsen, wie es Gattung und individuelle Natur ihm gestatten; steht er aber allein im freien Gelände, dann überläßt er sich den deformierenden Zwängen und Einflüssen, denen er dort preisgegeben ist. Ähnliche Gedanken gingen mir durch den Kopf, als ich den Mann unter dem Schutz meiner Hutkrempe hervor beobachtete, die ich tief in die Stirn gezogen hatte, um die Augen gegen den Flammenschein abzuschirmen. Er war zweifellos ein närrischer Bursche, aber was mochte er hier im Herzen der Wüste vorhaben?

2/5/90

Da ich mir nun einmal vorgenommen habe, diese Geschichte zu erzählen, hätte ich gern das Äußere des Mannes beschrieben – das wäre naheliegend. Leider bin ich seltsamerweise nicht in der Lage, es mit einiger Zuverlässigkeit zu tun, und hinterher waren nicht einmal zweie von uns der gleichen Meinung, wie er gekleidet war und wie er aussah, und wenn ich versuche, meine eigenen Eindrücke wiederzugeben, entziehen sie sich mir. Jedermann kann eine Geschichte erzählen: Erzählen ist eine der ureigensten Fähigkeiten der menschlichen Rasse. Doch die Kunst des Beschreibens ist eine Göttergabe.
Da niemand das Schweigen gebrochen hatte, fuhr der seltsame Gast mit seinem Bericht fort: »Das Gelände hier war damals nicht so, wie es heute ist. Zwischen dem Gila River und dem Golf gab es keine einzige Ranch. In den Bergen gab es da und dort etwas Wild, und in der Nähe der recht vereinzelten Wasserlöcher wuchs Gras, das unsre Tiere vor dem Verhungern bewahrte. Wenn wir soviel Glück haben sollten, keinem Indianer zu begegnen, könnten wir es schaffen. Innerhalb von einer Woche hatte sich jedoch der Zweck unsrer Expedition geändert: statt der Entdeckung von Reichtümern waren wir jetzt ganz auf die Erhaltung unsres Lebens eingestellt. Wir waren zu weit vorgedrungen, um noch umzukehren, und was vor uns lag, konnte nicht ärger sein als das, was hinter uns lag. Deshalb zogen wir weiter, ritten bei Nacht, um nicht von Indianern gesehen zu werden, und versteckten uns bei Tage, so gut es eben ging. Manchmal, wenn wir unsern Vorrat an Wild aufgebraucht und unsre Wasserfäßchen geleert hatten, waren wir tagelang ohne etwas zu essen oder zu trinken, bis ein Wasserloch oder ein flacher Tümpel auf dem Grunde eines *arroyo* unsre Kraft und unsern Allgemeinzustand soweit wieder belebte, daß wir ein paar von den Tieren erlegen konnten, die dort trinken wollten. Manchmal war es ein Bär, manchmal eine Antilope, ein

Präriewolf oder ein Puma – wir nahmen es hin, wie es Gott beliebte, denn alle waren Nahrung.
Als wir eines Morgens an einem Bergrücken entlangzogen, um einen guten Paßübergang zu suchen, wurden wir von einer Apachen-Bande angegriffen, die unsrer Spur eine Schlucht hinauf gefolgt war – nicht weit von hier. Da sie wußten, daß sie uns zahlenmäßig überlegen waren, und zwar zehn zu eins, wandten sie keine ihrer üblichen feigen Vorsichtsmaßnahmen an, sondern rasten schießend und brüllend in vollem Galopp auf uns los. Widerstand war unmöglich. Wir nötigten unsre geschwächten Tiere die Schlucht hinauf, soweit sich nur ein Halt für einen Huf fand, und dann sprangen wir aus dem Sattel und verkrochen uns im Zwergeichengebüsch an einem der Abhänge. Unsre gesamte Ausrüstung überließen wir den Feinden, behielten aber unsre Gewehre, jeder einzelne von uns, Ramon Gallegos, William Shaw, George W. Kent und Berry Davis.«
»Immer noch dieselbe alte Clique«, sagte der Witzbold in unsrer Gruppe. Er stammte aus den Oststaaten und war nicht mit den Feinheiten gesellschaftlichen Umgangs vertraut. Eine Geste unsres Führers brachte ihn zum Schweigen, und der Fremde fuhr mit seinem Bericht fort: »Die Wilden stiegen auch ab, und einige von ihnen liefen noch weiter die Schlucht hinauf, bis zu der Stelle, wo wir abgebogen waren. Damit schnitten sie uns auch in jener Richtung den Rückzug ab und zwangen uns den Hang hinauf. Unglücklicherweise dehnte sich das Chaparral-Gestrüpp nur ein kurzes Stück am Abhang aus, und als wir ins Freie traten, beschossen uns ein Dutzend Gewehre. Aber Apachen schießen schlecht, wenn sie sich beeilen, und mit Gottes Willen wurde keiner von uns getroffen. Etwa zwanzig Meter den Hang hinauf, jenseits der Chaparral-Grenze, erhoben sich senkrechte Felswände, in denen sich genau vor uns eine enge Öffnung befand. Wir

liefen hinein und sahen uns in einer Höhle, die etwa so groß wie ein gewöhnliches Zimmer in einem Haus war. Hier waren wir eine Zeitlang in Sicherheit. Ein Mann allein mit einem Repetiergewehr konnte den Eingang gegen alle Apachen Amerikas verteidigen. Aber gegen Hunger und Durst konnten wir uns nicht verteidigen. Mut hatten wir, aber die Hoffnung war nur noch ein Traum. Nachher sahen wir keinen einzigen Indianer mehr, aber am Rauch und dem Schein ihrer Feuer in der Schlucht unten konnten wir ersehen, daß sie uns Tag und Nacht am Rande des Dickichts mit den Gewehren im Anschlag belauerten, und wußten, wenn wir einen Ausfall machten, würde keiner von uns auch nur drei Schritt weit am Leben bleiben. Drei Tage lang wachten wir abwechselnd und hielten durch, bis es unerträglich wurde. Am Morgen des vierten Tages sagte Ramon Gallegos: ›Señores, ich kenne den guten Gott nicht und weiß nicht, was ihm beliebt. Ich habe ohne Religion gelebt, und eure Religion ist mir nicht bekannt. Verzeiht mir, Señores, wenn ich euch schockiere, aber für mich ist die Zeit gekommen, den Apachen das Spiel zu verderben!‹

Er kniete auf dem felsigen Boden der Höhe nieder und drückte den Lauf seiner Pistole an seine Schläfe. ›Madre de Dios!‹ rief er, ›jetzt kommt die Seele des Ramon Gallegos!‹

Und damit hatte er uns verlassen – uns, William Shaw, George W. Kent und Berry Davis.

Ich war der Anführer – an mir war es, etwas zu sagen. ›Er war ein tapferer Mann‹, erklärte ich. ›Er wußte, wann es Zeit war, zu sterben und wie zu sterben. Es ist dumm, vor Durst wahnsinnig zu werden und von den Kugeln der Apachen zu fallen, oder bei lebendigem Leibe geschunden zu werden, was geschmacklos ist. Wir wollen uns Ramon Gallegos anschließen!‹

›Sehr richtig!‹ sagte William Shaw.

›Sehr richtig!‹ sagte George W. Kent.
Ich rückte Ramons Glieder zurecht und legte ein Taschentuch über sein Gesicht. Dann sagte William Shaw: ›So möchte ich auch aussehen – ein Weilchen nur!‹
Und George W. Kent sagte, daß er dasselbe dächte.
›Dann soll es so sein!‹ sagte ich. ›Die roten Teufel werden eine Woche warten, ehe sie kommen. William Shaw und George W. Kent, zieht eure Pistole und kniet!‹
Sie taten es, und ich stellte mich vor ihnen auf.
›Allmächtiger Gott, unser Vater‹, sagte ich.
›Allmächtiger Gott, unser Vater‹, sagte William Shaw.
›Allmächtiger Gott, unser Vater‹, sagte George W. Kent.
›Vergib uns unsre Sünden‹, sagte ich.
›Vergib uns unsre Sünden‹, sagten sie.
›Und erbarme dich unsrer Seelen‹, sagte ich.
›Und erbarme dich unsrer Seelen.‹
›Amen!‹
›Amen!‹
Ich habe sie neben Ramon Gallegos gelegt und ihre Gesichter mit einem Taschentuch bedeckt.«
Auf der gegenüberliegenden Seite unsres Lagerfeuers entstand plötzlich ein Tumult: einer aus unsrer Gruppe war hochgesprungen und hatte die Pistole im Anschlag: »Und du?« schrie er. »Du bist ausgerissen? Du wagst es weiterzuleben? Du feiger Hund, ich schicke dich hinter ihnen drein, und wenn ich dafür baumeln muß!«
Doch unser Anführer stürzte sich mit einem Panthersprung auf ihn und packte ihn beim Handgelenk. »Sachte, Sam Yountsey, sachte!« befahl er.
Wir waren inzwischen alle aufgesprungen – bis auf den Fremden, der teilnahmlos und anscheinend unaufmerksam sitzengeblieben war. Einer von uns hielt Yountsey am Ärmel fest.
Ich sagte: »Captain, da stimmt etwas nicht! Der Bursche ist entweder ein Verrückter oder bloß ein Lügner – ein

ganz kommuner, ordinärer Lügner, den Yountsey nicht erschießen darf. Wenn der Mann hier zu der Gruppe gehörte, dann waren es fünf, und einen hat er nicht genannt, wahrscheinlich sich selbst!«

»Ach ja«, sagte der Captain und ließ den Rebellen los, der sich wieder hinsetzte, »es ist etwas – ungewöhnlich. Vor Jahren fand man am Eingang zu jener Höhle vier tote weiße Männer – skalpiert und schandbar verstümmelt. Dort sind sie jetzt begraben – ich habe ihre Gräber gesehen. Morgen werden wir alle sie sehen.«

Der Fremde erhob sich. Hoch aufgerichtet stand er im Schein des verlöschenden Feuers, das wir nicht in Gang gehalten hatten, weil wir dem Bericht so gespannt lauschen mußten.

»Es waren vier«, sagte er, »Ramon Gallegos, William Shaw, George W. Kent und Berry Davis.«

Nach diesem nochmals wiederholten Appell ging er ins Dunkel hinaus, und wir sahen ihn nicht mehr.

Gleich darauf trat einer von unsrer Gruppe, der Wache gestanden hatte, mit dem Gewehr in der Hand und ziemlich aufgeregt zwischen uns.

»Captain, während der letzten halben Stunde«, sagte er, »haben drei Männer draußen auf der Mesa gestanden.« Er deutete in die Richtung, die der Fremde eingeschlagen hatte. »Ich konnte sie deutlich sehen, denn der Mond ist aufgegangen, aber weil sie keine Gewehre hatten und ich sie mit meinem Gewehr im Schußfeld hatte, fand ich, daß ich lieber abwarten sollte. Sie haben nichts weiter unternommen, aber sie sind mir verdammt auf die Nerven gegangen.«

»Geh auf deinen Posten zurück und bleib dort, bis du sie nochmal siehst!« sagte der Captain. »Und ihr andern legt euch wieder hin, oder ihr bekommt einen Tritt!«

Die Wache zog sich gehorsam und fluchend zurück und erschien nicht mehr.

Als wir uns in unsre Wolldecken eingewickelt hatten, sagte der leidenschaftliche Yountsey: »Verzeiht, Captain, aber zum Teufel, was glaubt Ihr denn, wer die drei sind?«
»Ramon Gallegos, William Shaw und George W. Kent.«
»Und was ist mit Berry Davis? Den hätte ich erschießen sollen!«
»Ganz überflüssig! Noch mehr als tot hättest du den nicht schießen können! Schlaf lieber!«

AUS DEM AMERIKANISCHEN
VON ELISABETH SCHNACK, ZÜRICH
GESTALTUNG BRIGITTE UND HANS-PETER WILLBERG,
EPPSTEIN/TAUNUS
LITHOGRAPHIE FISCHER REPRO TECHNIK GMBH,
FRANKFURT AM MAIN
SATZ SG SATZSERVICE GMBH,
FRANKFURT AM MAIN
SCHRIFT 11 PUNKT CENTURY EXPANDED
DRUCK RICHARD WENZEL, GOLDBACH
BINDUNG GROSSBUCHBINDEREI
MONHEIM GMBH, MONHEIM
PRINTED IN GERMANY 1991
ISBN 3-7632-2826-8